Kein schöner Land

Elke Pfesdorf mag das Leben auf dem Land zwischen Schneckenjagd, Saunelken und Gummistiefeln. Sie ist Ideensammlerin, Buchstabenfan, Kinder- und Jugendbuchautorin. »Kein schöner Land« ist ihr erster Krimi für Erwachsene.

Ähnlichkeiten mit wahren Begebenheiten, lebenden Personen und Tieren sind natürlich an allen Haaren herbeigezogen … Einige Schauplätze der Geschichte, zum Beispiel die Strumpfhosenfabrik, wurden mit künstlerischer Freiheit angepasst.

ELKE PFESDORF

Kein schöner Land

DER BERGISCHE KRIMI

emons:

Bibliografische Information der Deutschen Nationalbibliothek
Die Deutsche Nationalbibliothek verzeichnet diese Publikation in der Deutschen Nationalbibliografie; detaillierte bibliografische Daten sind im Internet über http://dnb.d-nb.de abrufbar.

FSC
www.fsc.org
MIX
Papier aus verantwortungsvollen Quellen
FSC® C083411

Umschlagmotiv: mauritius images/imageBROKER/
H.-D. Falkenstein
Umschlaggestaltung: Tobias Doetsch
Gestaltung Innenteil: César Satz & Grafik GmbH, Köln
Lektorat: Dr. Marion Heister
Druck und Bindung: CPI – Clausen & Bosse, Leck
Printed in Germany 2016
ISBN 978-3-95451-981-1
Der Bergische Krimi
Originalausgabe

Kein schöner Land in dieser Zeit

Kein schöner Land in dieser Zeit,
als hier das unsre weit und breit,
wo wir uns finden
wohl unter Linden
zur Abendzeit.

Da haben wir so manche Stund'
gesessen wohl in froher Rund'
und taten singen;
die Lieder klingen
im Eichengrund.

Daß wir uns hier in diesem Tal
noch treffen so viel hundertmal,
Gott mag es schenken,
Gott mag es lenken,
er hat die Gnad'.

Nun, Brüder, eine gute Nacht,
der Herr im hohen Himmel wacht!
In seiner Güten
uns zu behüten
ist er bedacht.

Ihr Brüder wißt, was uns vereint,
eine andre Sonne hell uns scheint;
in ihr wir leben,
zu ihr wir streben
als die Gemeind'.

Anton Wilhelm von Zuccalmaglio (1838)

Erste Einblicke

Die Hand ragt aus der Plastiktüte. Eine abgetrennte Hand an einem kurzen Stumpf. Wie beim Lotoseffekt perlen rote Tropfen vorwurfsvoll ab. Die Frau mit dem Hund schreit und hört nicht wieder auf.

Sieben Minuten später geht ein Notruf ein. Die Polizei rückt an, ein Krankenwagen, mittlerweile stehen zehn Personen am Rand des steilen Weges. Sie starren auf den blauen Kunststoffbeutel, der langsam an einem Ast hin- und herpendelt. Auf Augenhöhe. Die grünen Blätter verdecken die Finger, was zunächst gnädig wirkt.

»Weiter unten hängt noch etwas. Ich glaube, da drin steckt ein Fuß!«, haucht eine Joggerin.

Sie ist so weiß im Gesicht wie ihr Kapuzenpullover. Mit den Armen umschlingt sie ihren Oberkörper, um ein bisschen Wärme herbeizuzaubern. Der aufdringliche Nieselregen macht ihre Bemühungen zunichte. Das Ortsschild Nümbrecht, Oberbergischer Kreis, steht ein paar Meter weiter oben und hat Moos angesetzt.

Die Dorfpolizisten stehen ein wenig unschlüssig am Tatort. Sie müssen nachdenken. Leichenteile gehören nicht zur täglichen Routine. Schließlich fordern sie die Spezialisten aus der Kreisstadt Gummersbach an. Gregor Germann schiebt die Mütze aus der Stirn. Er notiert sich die Telefonnummern und Adressen der Zeugen. Das Papier seines Notizbuches wird nass und wellig. Sein Kollege sperrt den Bereich mit Flatterband ab und versucht, nicht in das hohe, feuchte Gras zu treten. Gelbe Saunelken blühen vereinzelt. Eine fette Schnecke schleimt langsam über den brüchigen Asphalt des Weges.

Und dann warten alle auf die Spurensicherung und die Kripo. Die stellen rasch fest, dass die Hand aus nicht organischem Material besteht. Die Dorfpolizisten blicken beschämt in Richtung Wald. Leere Tetrapaks, Flaschen, Folien und Dosen hat man dem

Leichenteil anscheinend mit auf den Weg ins Totenreich gegeben. Dennoch sind sich die Spezialisten einig, dass hier womöglich ein psychopathischer Serienkiller eine Warnung hinterlassen hat.

Gregor Germann teilt diese Vermutung nicht. Auch wenn es seinem gekränkten Selbstbewusstsein schmeichelt, dass die Experten die Sache ernst nehmen und nicht als Aprilscherz abtun. Allerdings kann er einen Killer in diese Bilderbuchlandschaft, wo sich dichte Wälder, blaue Seen, Berge samt Tälern abwechseln und wo doch überwiegend hilfsbereite Menschen leben, nicht wirklich einordnen. Der Schnitt ist ihm zu krass. Schuleschwänzen, Unfallflucht, ein paar Drogen, entlaufene Schweine oder Fahrraddiebstähle, na klar. Aber so richtig schlecht ist diese hügelige ländliche Welt einfach nicht. Oder doch?

Im Kabuff

Immer die gleichen Bilder. Der sich überschlagende Wagen, berstende Scheiben, nasse lange Grashalme ragen in den zerquetschten Innenraum des Fahrzeugs. Ich werde wach, weil ich geschrien habe. Der Schmerz wühlt in meinen Beinen, kriecht den Rücken hinauf und bleibt in der Wirbelsäule stecken. Mühsam wälze ich mich auf die Seite, die Decke liegt zerwühlt auf dem Boden.

In fünf Minuten klingelt mein Handy, um mich auf den kommenden schwarzen Tag vorzubereiten. Denn heute, auf den Tag genau, liegt der grässliche Unfall dreißig Jahre zurück. Ich war fünf, und mein Vater saß am Steuer. Die Landstraße war schmal, der Untergrund nass und rutschig. Ein dicker Baumstamm stoppte das herumschleudernde Fahrzeug. Meine Eltern überlebten leicht verletzt, doch meine zarten Knochen nahmen die rüde Überbeanspruchung übel.

Lange blieb ich in der Klinik, und mein Leben sollte nie mehr so unbeschwert sein wie vorher. Mein Vater machte sich Vorwürfe, und meine Mutter sprach sie laut und anklagend aus. Meine Eltern rieben sich gegenseitig auf, sie verbrauchten ihre Zeit, um sich zu zerfleischen. Und sie vergaßen mich, weil sie meinen jämmerlichen Anblick nicht ertragen konnten. Mein ständiger Begleiter war stattdessen der Schmerz. Viele Operationen folgten, wirklich helfen konnten mir die Ärzte nicht.

Ich muss seitdem diese hässlichen, fetten orthopädischen Schuhe tragen, um überhaupt vernünftige Schritte machen zu können. Mein Rücken wirkt bei meinen Bewegungen unbeweglich und steif, so, als würde ich auf einer schmalen Linie balancieren. Irgendwie trifft das auf mein ganzes Leben zu, der Grat, auf dem ich mich befinde, ist schmal geworden. Man muss schwindelfrei und extrem zielorientiert sein. Und genau das bin ich.

Wer mitgerechnet hat, weiß, dass ich fünfunddreißig Jahre alt bin. Ich arbeite im Rathaus am Empfang. Jeder, der die Behörde im Waschbeton-Schiefer-Look in Nümbrecht betritt, muss an mir und dem kleinen Kabuff vorbei. Ich kümmere mich um die Post und weise den Besuchern den richtigen Weg für ihre Anträge und wichtigen Anliegen.

Nicht dass in unserer kleinen Gemeinde viel los wäre und ich vor Beschäftigung nicht wüsste, wo mir der Kopf steht. Ganz im Gegenteil, ich habe viel Zeit und jede Menge Gelegenheiten, meine spitze Nase in alle Dinge zu stecken, die interessant sind. Dazu gehören Krimis in der Schreibtischschublade, fremde Telefongespräche und Unterhaltungen, die im Rathaus geführt werden. Wenig entgeht meiner Aufmerksamkeit, und die fehlenden Puzzleteile erfrage ich oder leite sie logisch ab.

Wäre ich körperlich nicht versehrt, wäre ich am liebsten Polizistin geworden. Jetzt sehe ich die Dorfsheriffs im Rathaus. Dort im Untergeschoss hat die kleine Wache ihren Sitz. Die beiden Polizisten streunen durch das Dorf, kümmern sich um die Sicherung des Schulwegs, und dienstags bekommen sie ein Polizeifahrzeug aus der größeren Dienststelle. Wenn ich Gregor Germann und Christoph Löffelsterz ärgern will, nenne ich sie die Kellerbullen. Aber das kommt selten vor. Meistens unterstütze ich die beiden nebenamtlich ein wenig beim Papierkrieg, natürlich heimlich und für mich sehr informativ. Auch für unsere Gemeindezeitung fühle ich mich zuständig und erfahre eine Menge vor allen anderen.

Ich setze mich langsam im Bett auf, versuche, die Träume abzuschütteln und in den Morgen zu starten.

Wenig später startet der Motor meines Automatikfahrzeugs tadellos. Ich rolle aus der maroden Scheune und lasse das zweiflügelige Tor offen stehen. Hier im Oberbergischen Land sind alle Menschen grundehrlich, niemand würde etwas zerstören oder mitgehen lassen. Das denke ich. Und wenn es die anderen ebenfalls denken, funktioniert das Prinzip. Ich lasse den Scheibenwischer laufen, ohne diese nützlichen Helfer geht im Bergischen Land gar nichts. Die Regenhäufigkeit im Wetterbericht könnte man treffend mit hundertfünfundvierzig Prozent angeben, jedenfalls gefühlt.

Mit viel Mühe und extremen Kosten habe ich mein Elternhaus in Oedinghausen renovieren lassen. Die dunklen Balken des Fachwerkhauses glänzen, besonders bei Nässe. Die Wetterseite ist mit schwarzem Schiefer verblendet, und die grünen Holzfensterläden lassen das Gebäude freundlich und einladend aussehen. Das zarte Grün des Frühlings wechselt gerade zum vollen, satten Ton des Sommers. In Blumenkübeln wachsen kugelige Buchsbäume. Nur die alte Scheune hat bisher ihren charmant morschen Stil bewahrt und wartet auf eine Sanierung im nächsten Frühling, der vielleicht ein neues Dach bringt und frisches Wandmaterial.

Ein Huhn schlendert heran und legt den Kopf schief. Das Federvieh findet meinen Garten spannender als sein Leben auf dem Bauernhof nebenan, und das kann ich ihm nicht verübeln. »Gock!«, gluckst das Tier.

Ich glaube, es hat sich in den runden Kugelporsche verliebt, der mit ungeöffnetem Cabrioverdeck langsam über das Kopfsteinpflaster rollt. Dieses zusätzliche Sommer-Detail hätte ich mir wirklich sparen können; wenn ich mal offen fahren kann, mache ich ein Kreuz im Kalender. Vielleicht finde ich heute Nachmittag als Liebesgabe ein Ei in der Scheune und ein wehmütiges Huhn auf dem Wagenheber.

Vor dem Rathaus muss es zwei Behindertenparkplätze geben. Sehr praktisch. Ich stelle das Auto ab und schaue in den grauen Himmel. Der Nieselregen wird von einer kräftigen Windböe nach unten gedrückt. Langsam schlendere ich zu meinem Arbeitsplatz. Bei diesem Schritttempo bemerkt man kaum, dass ich ein Bein nachziehe. Humpel-Bea.

Einige Briefumschläge liegen bereits im Ausgangskorb. Was mich wirklich überrascht, ist der Anblick meines Schreibtischstuhls. Dort sitzt der Dorfsheriff Gregor Germann und hämmert nervös mit meinen Kugelschreibern auf der Platte herum.

»Bea, du musst mir helfen. Mein Magen spuckt schon Säure vor Schock.« Gregor unterbricht den Trommelwirbel, und ich wühle in den Packungen mit Kräutertee. Von seiner gewohnten vorbildlichen Gelassenheit scheint keine Prise mehr übrig zu sein.

»Die Superbullen aus der schlauen Bezirksstadt wollen einen Bericht. Und ich kann den nicht schnell genug und wahrscheinlich nicht ordentlich tippen. Dieses Formular macht mich verrückt! Hast du Zeit?«

»Du bist früh dran!«, stelle ich fest und hänge den Teebeutel in eine Tasse.

Das Wasser blubbert im Kocher. Nach und nach erfahre ich von den Plastikbeuteln mit den vermeintlichen Leichenteilen im Müllmantel.

»Sie reißen sich die Sache sowieso unter den Nagel. Warum machen sie dann nicht sofort alles selbst?«, mault sein Kollege Christoph Löffelsterz, der sich auch noch in das Kabuff quetscht.

Ich muss ein wenig hysterisch kichern. »Zerstückelte Arme und Füße aus Plastik? Ist das Kunst oder kann das weg? Die glauben wirklich, ein psychopathischer Killer könne dahinterstecken? Warum sind sie überhaupt gerufen worden?«

Gregor druckst herum. »Wir haben uns nicht getraut, näher an den Tatort zu gehen, damit alles für die Spurensicherung unverfälscht erhalten bleibt. Die Hand sah wirklich echt aus, wie gerade abgeschnitten. Wer kann denn ahnen, dass es sich um Plastik handelt?«

Christoph wirft einige rasch ausgedruckte Fotos in gestreifter Qualität auf den Tisch, um sich zu rechtfertigen. Ich versuche, die Blutstropfen zu ignorieren.

»Ihr steht also ohnehin als Dorftrottel da und sollt nun eure trugschlüssigen Beobachtungen schriftlich eingestehen«, fasse ich zusammen.

»Ich war schon immer ein Fan deiner schonungslosen, nicht komplett einfühlsamen Zusammenfassungen der Sachlage«, motzt Gregor beleidigt.

»Ausheulen kannst du dich beim Psychologischen Dienst«, setze ich eins drauf.

Gregor bekommt seine Teetasse in die Hand gedrückt, und ich starte den Rechner.

Gemeinsam formulieren wir einige Sätze, und ich rate dazu, Tatortfotos aus entsprechend großer Entfernung einzufügen. Die

Körperteile in Tüten sehen wirklich nicht sonderlich appetitlich aus, gestehe ich ein wenig widerstrebend ein. Allmählich hellen sich die Gesichter der Polizisten auf. Der Bericht macht Fortschritte. Die ersten Besucher betreten das Rathaus, begrüßen mich und stellen Fragen. Ich gebe Auskunft und rücke meine Brille gerade. Die Polizisten halten sich diskret im Hintergrund. Ich ziehe die Daten auf einen Stick. Gregor braucht das Dokument nur unten in der Polizeistation zu öffnen und in das Formular zu kopieren. Einige Details klären wir noch, und dann zischen die beiden ab. Quasi mit Tatütata in ihren Bullenkeller.

Und ich atme durch. Die ersten beiden Stunden meines Horrortages sind damit rasch vorübergegangen. Ein paar Telefonate, meine Kollegin Annabell kommt zwitschernd auf einen schnellen Kaffee vorbei, und dann ist es Zeit, mein Kabuff zu verlassen und mich um die Post zu kümmern.

Langsam gehe ich durch das putzige Städtchen Nümbrecht. Die Häuser sind alt, die Straßen schmal und die Alleebäume mickrig. Die Gärtner des Bauhofs bepflanzen gerade die Rabatten um den Brunnen neu und nicken mir höflich zu. Man kennt sich. Mit der Schwester des einarmigen John war ich in einer Klasse. John heißt eigentlich Johannes, was ihm zu fromm und langweilig war. Weil der einarmige Bandit sein Lieblingsgerät in der Spielhalle war, hat er seinen Spitznamen bis heute weg.

John hebt den Wasserschlauch in meine Richtung, ich winke dankend ab. Der bergische Landregen von oben reicht mir. John grinst und stiert mir mit einem unglaublich intensiven Blick, den ich im Rücken spüre, hinterher. Mein schiefer Gang ist mir peinlich und unangenehm. Das sind Momente, die ich hasse. Angestarrt und bemitleidet zu werden ist das Letzte. Angespannt überquere ich die verkehrsberuhigte Straße, deren improvisierte Vorfahrtsregeln kein Mensch kapiert. Besonders auswärtige Fahrer blicken ratlos durch die Windschutzscheibe und schleichen dann ziellos um den Brunnen.

Beim Bäcker sitzen einige Herren und Damen im Frühstücksraum. An der Eisdiele lärmt eine Schulklasse, und die Fensterscheiben der Fahrschule werden von professionellen Kräften gereinigt. Ich grüße die Leute. Meine Knöchel tun weh, irgendetwas drückt am Schuh. Oder bilde ich mir das ein, weil ich heute vor dreißig Jahren zum Tragen dieser fetten Teile verurteilt wurde?

Jeder hinkende Schritt kostet mich Überwindung, ich schwanke zwischen Wut, Unverständnis und stummen Klagen, warum ausgerechnet ich diesen Unfall haben musste. Es nützt nichts. Das Jammern habe ich mir abgewöhnt. Stattdessen betrachte ich meine Umwelt mit meinem unbestechlichen, aufmerksamen Blick. Es lenkt mich vom eigenen Unvermögen ab, und es macht Spaß. Die Leute hier nehmen mich nicht sonderlich ernst, schließlich bin ich die verhuschte Eule aus dem Rathaus, die ziemlich viel Pech im Leben hatte. Diese Fehleinschätzung erleichtert meine Beobachtungen. Manchmal kommt es mir vor, als gehörten die Bewohner dieses Städtchens zu einer Sammlung von aufgespickten Exponaten, ähnlich den Schmetterlingen in Schaukästen. Sie präsentieren mir ihr schönes Aussehen. Aber ich blicke tiefer in ihr Inneres, bin der Detektiv mit der Lupe und habe diebische Freude daran, Geheimnisse zu entdecken oder sie ihnen zu entlocken.

Ein mir sehr bekannter brauner Hut überquert die Straße. Mein Nachbar Günther Germann, der seinen Bauernhof nur in seltenen Ausnahmefällen verlässt, hebt grüßend die Hand. Ich winke zurück, doch ich bin nicht gemeint, und mein »Hallo« bleibt halb gesagt im Hals stecken. Ein älterer Herr biegt um die Ecke und bleibt kurz bei meinem Oedinghausener Nachbarn stehen: »Und?«

Der nickt: »Muss. Selbst?«

»Ja«, antwortet sein Gegenüber und setzt sich wieder in Bewegung. Hoch lebe die intensive Kommunikation, denke ich belustigt. Warum lange Reden schwingen, wenn mit wenigen Worten die Quintessenz des Lebens auf den Punkt gebracht werden kann?

Wortkarg, eigensinnig und traditionell, das scheinen die tragenden Säulen des oberbergischen Miteinanders zu sein. Deshalb überrascht mich der Blick in das jahrelang unverändert gehaltene Schaufenster des Nagelstudios »Besser Balzano«. Es sieht anders aus. Die silbernen Wuschel-Stanniol-Girlanden und die blonde Schaufensterpuppe sind verschwunden. Aktuell wird Weihnachtsstimmung im beginnenden Sommer verbreitet. Wo bleiben die Lebkuchen? Ein großer plüschiger Nikolaus mit roter Filzmütze blickt von seinem Kamin in Richtung eines scharf geschliffenen Beils. Auf einem Plakat daneben steht: »Rettet den Weihnachtsmarkt mitten im Dorf! Der dritte Advent muss bleiben!«

Ich beginne zu grinsen. Wir haben zwar ein marodes Rathaus voller Bausünden, aber der Bürgermeister ist neu und ein Auswärtiger. Wobei »neu« in unseren Breiten selbst nach vier Jahren noch seine Berechtigung hat. Roman Giesbrecht hat frische Ideen, die er allerdings mit der Axt im Walde durchsetzt. Er beabsichtigt, den schwächelnden Weihnachtsmarkt, der traditionell (und wenn ich traditionell sage, meine ich seit mindestens dreihundert Jahren, und das muss genauso bleiben) am dritten Advent stattfindet, zu verlegen. Rund um die Kirche und entlang der Hauptstraße stehen schnuckelige Buden, die weihnachtliche Produkte, Glühwein und andere Sentimentalitäten anbieten. Last-minute-Weihnachtsgeschenke und natürlich der Weihnachtsbaum-Verkauf mit dem begehrten Liefer- und Abholservice, also ein Christbaum-Komplett-Paket. Man kann sogar eine Art Wichtel oder Wichteline zum Schmücken buchen. Und im neuen Jahr häckseln die Arbeiter des Bauhofs die Weihnachtsbäume zu Rindenmulch, den Alexander Jürgens, Nischen-Geschäftsmann und Jäger in einer Person, verkauft. Angeblich für einen guten Zweck, aber den hat bisher niemand aufgetan.

Bürgermeister Giesbrecht will den Markt an den Knottenweiher, zum spillerigen Helmut, der seinen Hirtenstab unbeweglich in die Luft hält, und damit näher zum Rathaus verlegen, fernab von Kirche und Läden. Noch dazu soll die Sause am ersten Adventswochenende starten. Die an der Hauptstraße ansässigen Händler sehen ihre Gewinne am verkaufsoffenen Wochenende dahinschmelzen. Die Betreiber des Wellnesstempels »Jungbrunnen am Teich« sind einverstanden. Sie öffnen die Pforten, bieten Verpflegung und ein Verwöhnprogramm.

Man munkelt, dass sie eine kleine Touristikmesse für Ferien im Schnee und Wintersport aufziehen wollen, der Kommerz lässt grüßen. Wahrscheinlich ist ein nettes Sümmchen geflossen, oder man hat dem Bürgermeister anderweitige Zugeständnisse und Versprechungen gemacht. Auch die hiesige umsatzstarke Firma für Wurstwaren scheint nicht abgeneigt, auf den Zug der Veränderung aufzuspringen. Das weiß ich aus verlässlicher Quelle.

Die Proteste und die Entrüstung der Bevölkerung schlagen hohe Wellen. Es wird wohl einen organisierten Widerstand geben. Die Pfarrer wettern wider die Entsinnlichung von Weihnachten und beharren darauf, die Kirche im Kern des Marktes zu lassen. Die Händler wollen den Markt vor ihren eigenen Ladentüren, das Weihnachtsbaum-Geschäft würde vier Wochen vor dem Fest zum Erliegen kommen, und die Nachbargemeinden sind garantiert verärgert.

Das kümmert den Bürgermeister nicht. Ich weiß, dass er bereits einen Plakatentwurf hat. Gestaltet von einer Druckerei weit weg, und bald werden bestimmt die großformatigen Flyer und runden Aufkleber aufgelegt und ans Rathaus geliefert werden.

Bevor ich zur Post gehe, muss ich ein Detail klären: Wo steckt Gerda?

Lange Finger(nägel)

»Gerda« habe ich die Dame mit den aufgeklebten Fingernägeln in Gedanken getauft. Gerda konnte den Autoverkehr auf der verrückten Kreuzung begutachten, die Auslage des Blumengeschäfts und den Betrieb beim Friseur. Gerda wohnte im Schaufenster und ist blond. Mit dem Nikolaus hat sie keinerlei Ähnlichkeit. Er hat sie verjagt und verdrängt. Das Beil liegt drohend neben Ausstechförmchen und Glitzersteinen. Ich öffne die gläserne Tür, und es bimmelt wie früher.

»Hallo, Bea. Neue Fingernägel sind bei dir eher nicht gefragt.« Manuela Balzano mustert mich abschätzig. Sie streicht ihre schwarzen Locken zurück und präsentiert das stark geschminkte Gesicht. Hastig balle ich meine Hände zu Fäusten und verberge die Fingerspitzen mit den glanzlosen Nägeln, die zwar Risse und Reste von Gartenerde, aber keinen aufgeklebten Schnickschnack aufweisen. »Willst du bei unserer Unterschriftenaktion gegen diese Weihnachtsmarkt-Kiste mitmachen?« Die Chefin, mit angespitzten und mit Strasssteinen versehenen Plastikplatten, die fünf Zentimeter über die Kuppen hinausragen, wedelt mit einem Papier vor meiner spitzen Nase herum.

»Ich habe schon«, lüge ich. »Beim Bäcker«, füge ich hinzu und hoffe, dass mein Schuss ins Blaue ein Treffer war.

Die Liste wandert bedauernd auf die Theke zurück. Kein Widerspruch, gut. Ich starte meinen Angriff.

»Nettes Schaufenster! Aber der Nikolaus hat keine dekorierten Fingernägel.«

»Hahaha!« Manuela Balzano lässt ein affektiertes Lachen los. Ich bemerke, dass sie die Beine yogamäßig verknotet. Braucht sie Entspannung? Der Baum …

»Habt ihr die blonde Schaufensterpuppe mit der Leggings im Leopardenmuster ausgemustert?« Ich gebe keine Erklärung ab. Ich habe gelernt, dass das nicht nötig ist. Die meisten hören nicht wirklich zu, ich komme lieber direkt zum Thema.

»Die liegt in der Abstellkammer für später.« Manuelas Fingernägel blinken in Richtung der freigelegten Dachbalken, und ich kann in ein Kabuff spähen. »Jetzt müssen wir erst den Weihnachtsmarkt retten, bevor uns diese neumodischen, verschrobenen Ideen des Bürgermeisters Kopf und Kragen kosten.«

Eine hektische Bewegung lässt mich aufmerksam werden. Charlotte, die Aushilfe, blickt mit zusammengebissenen Lippen auf den Boden. Ihre fransigen, langen blonden Haare verbergen die Augen. Da scheint irgendetwas nicht im grünen Bereich zu sein. Eine elegante Dame lässt die Ladenglocke ertönen und wird säuselnd begrüßt. Eine Unterschrift landet auf der weihnachtlichen Protestliste, und Tilly von Palmolive lässt grüßen. Die Fingerspitzen der Kundin landen in einem Handbad, das garantiert kein Spülmittel enthält. Die Chefin hat mich vergessen, und mir gelingt ein Abstecher in Richtung Abstellkammer. Die schmale Tür steht offen. Pappschachteln, Schüsseln in allen Größen, Handtücher, Putzmittel in einem wüsten Durcheinander, aber keine Gerda. Nicht einmal die Tierfell-Leggings. Ich gönne mir einen weiteren Blick. Manuela Balzano schnattert etwas von Paraffinbad und Sauna für die Hände. Gerda ist verschollen. Dafür steht Charlotte plötzlich neben mir und zischt mir hektisch etwas ins Ohr.

»Zeichen setzen!«, glaube ich zu verstehen. Charlotte weiß etwas über Gerda, und in einem günstigeren Moment, wenn die Chefin nicht dabei ist, werde ich nachhaken. Ich speichere sie auf meiner To-do-Liste und suche mit Verspätung die Schließfächer in der Post auf.

Dort sind die Plastikbeutel mit dem makabren Inhalt Hauptgesprächsthema. Eine Dame will sogar einen zahnlosen Schädel gesehen haben.

»Das ist der Katzenfänger! Er will ablenken. Heute Nacht holt er unsere Haustiere!«, vermutet eine andere schrille Stimme.

Trotz der allgemeinen Aufregung streifen mich die üblichen mitleidigen Blicke. »Wie die Eule wieder angezogen ist. So findet die nie wieder einen Mann.«

Trotzig könnte ich ihnen antworten: »Und wisst ihr was, ich

will auch keinen mehr. Ich bin sehr zufrieden. Wenn die anderen Schachteln, die nur außen schön sind und von innen hohl oder voll Unrat, für ihre Lebensgefährten das Bügeleisen oder den Wischmopp schwingen, sitze ich gemütlich auf dem Sofa. Leere Bierkisten gibt es in meinem Haus nicht und liegen gelassene Unterhosen ebenso wenig. Niemand schnarcht mir ins Ohr oder legt mitten in der Nacht lüstern die Hand auf meine Brust. Ich habe durchaus Erfahrungen als Ehefrau, wenn auch keine sonderlich guten.« Langsam komme ich wieder in der Wirklichkeit und in der realen Poststelle an. Statt das Mitleid frech zu ignorieren, habe ich die Kuverts sinnlos neu sortiert und dabei weiter den allgemeinen Mutmaßungen gelauscht.

Vor dem Tresen hat ein älterer Herr vor Aufregung glatt vergessen, wie viel Geld er von seinem Sparbuch holen wollte. Ratlos zuckt er mit den Achseln.

»Vielleicht fünfhundert Euro wie üblich?«, brüllt die Angestellte über die Paketwaage hinweg. Die grüne hügelige Welt ist klein, man kennt sich. Der Mann greift an sein Hörgerät. Die lautstarke Kommunikation geht weiter.

»Es sind noch fast zehntausend Euro auf dem Konto, Herr Böhne. Sie können ruhig ein paar hundert abheben. Oder brauchen Sie mehr, weil Sie etwas Größeres für Ihr künstlerisches Hobby gekauft haben?«

»Getauft? Was hat die Kirche mit meinem Geld zu tun?«, brummt der Mann ärgerlich. Er hämmert mit seinen krummen, knotigen Fingern auf den bunten Tasten herum. Die Angestellte stöhnt verzweifelt.

»Moment!«, bestimmt sie und reißt das graue Kästchen an sich.

Dabei fällt eine Kladde, auf der die Unterschriften gegen die Verschiebung des Weihnachtsmarkts sind, zu Boden. Ich gebe die Briefe am zweiten Schalter ab und nehme weiße, braune, wichtige und bedeutungslose, große und kleine Umschläge aus dem Postfach an mich.

Wer macht da eigentlich so massiv mobil? Wer steckt genau dahinter? Wie konnten sie es schaffen, ihre Aktion zu planen und schlachtplanmäßig zu starten, ohne meine Aufmerksamkeit erregt zu haben? Ich glaube, ich schwächele. Um meine Schlappe wettzumachen, muss ich einen Vordruck in die Hand bekommen und genauer betrachten. Ich schlendere langsam zur Theke, hebe betont langsam die Kladde auf und versuche, die Einzelheiten aufzunehmen. Das sieht sehr professionell aus, und ich zähle zehn Signaturen. Eine gewisse Form muss gewahrt bleiben, es gibt Vorschriften über diese Eingaben, sonst sind sie ungültig.

Wer hat Ahnung von diesen Dingen? Ein Jurist, und ich vermute, dass Jörg Arend, der Rechtsanwalt und notorische Gegenspieler des Bürgermeisters, seine überschäumende Kompetenz eingebracht hat. Jörg Arend verkehrt nicht in niederen Kreisen, daher reden wir nie miteinander. Und in seiner Kanzlei arbeitet niemand, der mit Informationen herausrücken würde, lauter integre Gestalten oder genauso hochnäsig wie der Chef.

Mein Chef tobt. Ich höre seine cholerische Stimme durch die dünnen Wände des Rathauses, als ich die Umschläge bearbeite.

Der Bürgermeister wettert und schreit, wahrscheinlich fliegt seine Spucke meterweit durch sein Büro. Für einen so mickrigen Kerl versprüht er eine Menge klebrigen Speichel und Ärger. Der Politiker will hoch hinaus. Ich habe einige Telefonate und Treffen mitbekommen, denn erstens: Die Telefonanlage ist überfordert und morbide. Die Gespräche laufen über meinen Apparat, und ich kann sie mühelos auch nach der Weitervermittlung belauschen. Zweitens: Die gut informierte Sabine Müller, ihres Zeichens Sekretärin des Bürgermeisters, ist meine Freundin. Der Terminkalender des ersten Mannes im Dorf ist nie verschlossen und seine Meinung bedingt öffentlich. Ich muss lächeln und versuche, das Schimpfen des Bürgermeisters im Stockwerk über mir auszublenden, als ein Anruf hereinkommt.

»Nein, für die Bürgersprechstunde bei Herrn Giesbrecht müssen Sie sich nicht anmelden, Frau Schmidt. Der Bürgermeister ist dienstags von fünfzehn bis achtzehn Uhr für alle zu sprechen«, flöte ich in den Hörer. Dienstags fahren unsere Polizisten durch die Gegend, weil sie das Auto haben. Den Bürgermeister hinterlassen sie ungeschützt. Ob System dahintersteckt? »Sie können einfach zu uns ins Rathaus kommen, Frau Schmidt. Bisher waren die Wartezeiten kürzer als beim Arzt.«

»Es geht um den Weihnachtsmarkt!«, keift es am anderen Ende der Leitung. Mein Ohr beginnt zu schwingen und zu zittern.

»Ja, da stehen gewaltige Änderungen an.« Bevor Frau Schmidt mich mit weiteren Details eindeckt, hänge ich eilig ein scheinbar zuvorkommendes »Bis bald, Frau Schmidt« an und beschließe, meine Mittagspause um fünf Minuten vorzuverlegen.

Ich verlasse mein Kabuff, das mit einem modernen, einladenden Empfangsbereich wirklich nichts zu tun hat, und gehe Richtung Pizzeria. Eine Pasta mit Salat und ein starker Espresso beim Italiener an der Ecke müssen sein, bevor das Nachmittagsprogramm weitergeht.

Nach einer Dosis Koffein und Kohlehydrate steigt mein Tatendrang. Der einarmige John, die Gießkanne, Schaufeln und Arbeiter des Bauhofs sind verschwunden. Im Beet rund um den Brunnen blühen Stiefmütterchen in Gelb und Lila. Im Gegensatz dazu wirken die Dorfpolizisten in Dunkelblau eher schlicht. Sie stehen wie festgenagelt vor der Tür des provokativ weihnachtlich aufgemotzten Ladens von Manuela Balzano. Letztere redet hysterisch, kein guter Tag für die Kellerbullen.

»Unsere Gegner schrecken vor nichts zurück. Jetzt haben sie den Nikolaus-Weihnachtsmann und das neue Beil mitgehen lassen. Es fehlen bestimmt noch mehr Sachen!«, quengelt die Ladenchefin.

Ich humpele näher heran, die Ohren auf Empfang und die Augen im leeren Schaufenster. Keine Scherben, registriere ich.

»Ich bin nur ganz kurz weg gewesen. Als ich vom Einkaufen wiederkam, war mein Geschäft verwüstet«, klagt die Betreiberin des Nagelstudios. Ich sehe einen umgeworfenen Stuhl und erfahre, dass die Aushilfe Charlotte, mit der ich unbedingt wegen Gerda sprechen möchte, bereits gegangen ist. »Die Unterschriftenliste ist fort. Die Schurken haben es auf unseren Widerstand abgesehen!«, tönt Manuela und strafft ihren Rücken. Sie erinnert mich ein bisschen an Robin Hood, und ich halte Ausschau nach

Pfeil und Bogen. Stattdessen sehe ich die Fingernagel-Waffen, eine schwarz gefärbte Mähne und zentnerschweren Modeschmuck.

Gregor Germann ergreift die Initiative: »Aber du hattest die Tür verriegelt, oder, Manu?«

Clever, der Polizist. Er lässt Robin-Hood-Manuela zunächst Dampf ablassen, nutzt die Zeit zur Beobachtung und stellt dann seine klugen Fragen. Manuela Balzano, Beschützerin der Waisen und Witwen, sinkt ein wenig in sich zusammen.

»Ich glaube schon. Aber manchmal vergesse ich es. Schlüssel und ich stehen auf Kriegsfuß.« Der Redefluss stoppt. »Als ich wiederkam, stand die Tür offen, und diese Kerbe ist frisch!«, erklärt sie eifrig, begierig, ihre Gedächtnislücke auszumerzen und von ihrem Versagen abzulenken.

Die Polizisten treten näher, und ich schließe mich ihnen dreist an. Niemand hindert mich oder nimmt Notiz von mir. Eine schmale, ungefähr zwanzig Zentimeter lange Scharte im Türblatt verschandelt das Aussehen des gepflegten Fachwerkhäuschens. Mit Sicherheitsstandards und Alarmanlangen sind die Gebäude selten versehen.

Ich überlasse die Beamten und Manuela Hood-Balzano ohne Liste, aber engagiert im Kampf gegen das organisierte Weihnachtsmarkt-Verbrechen ihrem Schicksal.

Vor dem Rathaus steht der kleine schwarze Flitzer des lokalen Radiosenders. Ein bärtiger Reporter stolpert gerade aus der Tür und wirkt ein wenig ratlos.

»Kann ich Ihnen helfen?«, frage ich zuvorkommend.

»Ich suche die Polizisten«, sagt der Mann. Sein Sakko ist sportlich zerknittert, das T-Shirt darunter blütenweiß, und die Jeans sitzt knackig.

»Die ermitteln gerade in Sachen Einbruch«, berichte ich und gebe eine Lagebeschreibung von Manuela Balzanos Schmirgel-Bude. »Wollen Sie etwas über die Plastiktüten senden?«, setze ich nach. Quid pro quo, ich habe eine Auskunft gegeben, jetzt will ich ebenfalls etwas wissen.

Der Reporter nickt. Verschwörerisch flüstert er in mein Ohr, das im Inneren garantiert vor kondensierter Spucke trieft: »Ich habe einen guten Draht zur Bezirksstadt. Dort laufen die Computer heiß. Sie suchen im Register nach Auffälligkeiten, Straftätern und Informanten.« Die Stimme klingt auch leise gut. Sie kommt mir sehr bekannt vor.

»Spannend! Sprechen Sie Ihren Beitrag selbst? Wann kann ich ihn hören?«, schleime ich und poliere das Ego des Bartträgers auf. Er holt eine Visitenkarte aus der Jacke, zwei weitere segeln nach unten. Er kritzelt die Sendezeit auf die Rückseite und präsentiert mir das Papierstück. »Carl-Ingo Breisler; Ihr Lokalradio im Bergischen auf 103,5«, lese ich. Vielleicht kann ich den guten Draht zum Hörfunk oder zur Polizei-Chefbehörde nutzen.

»Darf man mit dem Wagen dorthin fahren oder ist die Zufahrt gesperrt?«, will der sportliche Reporter wissen. Seine Augen sind zu blau für diese Welt.

»Die Hauptstraße ist steinig, voller Schlaglöcher und mit kaputtem Kopfsteinpflaster, aber befahrbar«, gebe ich Auskunft und verspreche, mir seinen Bericht anzuhören. Auf seine Visitenkarten habe ich dezent meinen großen orthopädischen Schuh gestellt. Der Bärtige schwingt sich in den Kleinwagen. Die Scheibenwischer quietschen los, obwohl der Regen etwas nachgelassen hat. Ich lasse ihm einen Vorsprung und nehme die rechteckigen bunt gemusterten Karten an mich, bevor ich in meinem Kabuff verschwinde.

»… und die Schaufensterpuppe fehlt ebenfalls«, berichtet Christoph Löffelsterz kurz vor Feierabend, als er einen amtlichen Kaffee in meinem Kabuff trinkt.

Ich werde Charlotte nicht aus dem Blauen heraus ohne echte Beweise verpfeifen. Ich schweige mich über mein ungenaues Nichtwissen und die Beobachtung zu Gerdas Verbleib aus. Ein bisschen auf eigene Faust ermitteln kann nicht schaden und bringt Zerstreuung und Pep in den Alltag. Eine Katze, einen dreibeinigen Dackel und das Fahrrad des Elektrikers meines Vertrauens habe ich bereits aufgespürt.

»Vielleicht haben die Leute vom Bauhof etwas gesehen. Die haben im Beet am Brunnen Maulwurf gespielt«, schlage ich zum Ausgleich für mein portioniertes Schweigen vor.

»Hm, die haben alle früher Schluss gemacht. Der einarmige John hat Geburtstag. Ganz ehrlich, nüchtern hörten die sich nicht mehr an.« Christoph nippt an seiner Tasse und verzieht unwillig das Gesicht. »Und noch einmal die Wahrheit, nichts als die Wahrheit: Dieses Gebräu schmeckt widerlich. Ist die Maschine frisch entkalkt oder was?«

»Oh!«, sage ich vieldeutig. Soll er mich ruhig für einfältig und vergesslich halten. Das erleichtert mein Doppelleben. »Leichenteile am frühen Morgen, Einbruch am Mittag, was passiert heute noch?«, frage ich lahm.

»Tod durch vergifteten Kaffee!«, sagt Christoph angewidert.

»Vielleicht gibt es eine Verbindung?«, ignoriere ich seinen wenig scharfsinnigen Beitrag und ernte einen vernichtenden Blick, bevor der Polizist mitsamt Tasse und ungenießbarem Inhalt das Feld räumt.

Der Bürgermeister kommt gerade wutschnaubend die Treppe herunter. Ein Mann im Lodenanzug zerrt ungebührlich an Roman Giesbrecht herum und verfolgt ihn, ohne sich abhängen zu lassen. Ein seltsames Gespann, einer stämmig und groß, der andere klein und aufgeplustert. Ich erkenne Alexander Jürgens; durchaus korrupt und nicht so integer, wie der konservative Aufzug es weismachen will. Ich höre zunächst nur Wortfetzen, die »Weihnachtsmarkt« bedeuten könnten. Das ungleiche Paar kommt näher.

»Roman, so geht das nicht. Wir hatten eine Absprache. Das Hirschgeweih bleibt hängen!«

»Es muss weg!«, brüllt Giesbrecht und verteilt Spucketröpfchen im Rathaus.

Der Jäger antwortet mit hochrotem Gesicht: »Du kannst die Wünsche deiner Freunde, der Bürger, deines Nachbarn nicht mit Füßen treten.«

Das kann der Bürgermeister offensichtlich schon. Er trampelt verärgert weiter, die Augen entschlossen zusammengekniffen und die Ohren augenscheinlich auf Durchzug. Ohne zu grüßen, verlässt der Chef das Rathaus.

»Die Weihnachtsmarkt-Triebfeder springt aus den Räumen ihres Schaffens. Ich tippe auf Mord«, murmele ich leise und weiß nicht, dass die Wirklichkeit mich bald überrollen wird.

Gegrilltes Seil

Zu Hause öffne ich die Schiebetür zur Veranda. Mein plüschiger Begleiter Yeti hat nur auf diesen Moment gewartet und flitzt wie ein geölter Blitz hinein. Er streicht um meine Beine, die plötzlich zu zittern beginnen.

»Nein!«

Mit weit aufgerissenen Augen starre ich in den Garten. An dem alten, halb kahlen Apfelbaum bleibt der Blick kleben, löst sich keinen Millimeter. Ein Tau schaukelt an einem mächtigen Ast. Die Schlaufe weit genug für einen Hals, die Knoten kunstvoll verflochten, als hätte ein Henker persönlich Hand angelegt. Mir wird übel, dem Kater sind meine ungezielten Bewegungen unangenehm. Er macht einen unfreundlichen Buckel und faucht. Ein Seil für den Galgen aufgehängt, bedrohlich, unheilvoll. Ich knalle die Tür scheppernd zu, bedecke mein Gesicht mit den Händen. Ich will nichts von diesem grauenhaften Arrangement in meinem Garten sehen. Doch ich weiß, dass die geknotete Leine da ist. Wer?, frage ich mich. Warum ausgerechnet heute? Am Tag des Unfalls, am Jubiläum des Schmerzes?

Die Vergangenheit holt mich ein. Oder befindet sie sich bereits auf der Überholspur?

Jemand war auf meinem Grundstück. Jemand, der weiß, wo ich wohne, jemand, der eines meiner finstersten Geheimnisse zu kennen scheint und mit mir verknüpft. Der die dunklen Schatten zu deuten weiß, die ich gut verborgen hatte. Und von denen ich hoffte, dass kein Licht der Welt sie jemals zum Zucken bringen würde.

»Ruf die Polizei!«, wispert mir eine Überlegung, die zur Gattung Vernunft gehören will, zu.

»Niemals!«, wiegelt das Geflecht aus Lüge und Schuld entschieden ab. »Die Vergangenheit muss ruhen.«

Meine Gedanken führen ein bedrohliches Eigenleben. Keiner ist sinnvoll, nicht eine Idee bringe ich zu einem erfolgreichen, glücklichen Ende. Wahrscheinlich ist das für Mörderinnen niemals vorgesehen.

Zwei Stunden und einen Cappuccino mit geschäumter Milch später habe ich mich so weit in der Gewalt, dass der Amoklauf im Hirn gewaltsam niedergerungen werden kann. Von der Logik oder so. Das Böse lauert in unserem Dorf! Ich wende mein hart angelesenes Krimiwissen an: Das Haus, den Briefkasten, den Garten sollte ich nach Spuren oder anderen Botschaften absuchen.

Ich muss die Hinterlassenschaften vernichten, bevor meine Mitbürger etwas sehen, finden und blöde Fragen stellen. Ich brauche eine unauffällige Möglichkeit, um mein Grundstück zu überwachen. Ich muss weitere böse Überraschungen verhindern oder ihnen wenigstens auf die Spur kommen. Da kommt der Elektriker meines Vertrauens in Frage.

Ein Teil von mir bleibt zitternd auf dem Sofa und kämpft mit einer gewissen Übelkeit. Der andere hat sich Stiefel angezogen und betritt in Begleitung eines scharfen, gezackten Messers und eines großen Feuerzeugs den Garten. Keiner darf es sehen. Niemand soll sich erinnern. Ich schleiche zur alten Scheune. Das Huhn fühlt sich von meinem Besuch empfindlich getroffen und beäugt mit schief gelegtem Kopf den stillgelegten Schwenkgrill, den ich mühsam hinter dem alten Traktor hervorziehe. Im Bergischen hat fast jeder der Alteingesessenen so ein Dieselross. Henry, mein verstorbener Ehemann, hat das Ding restauriert, doch nun verstaubt es, genauso wie die Röststelle an Kette und Ständer.

Henry konnte nicht kochen, aber kein Grillsteak war vor seiner heißen Leidenschaft sicher. Verstohlen blicke ich mich um, versuche krampfhaft, nicht zu auffällig zu wirken. Meinem Gefühl nach gelingt mir das nicht einmal ansatzweise. Fahrige Bewegungen, das Messer liegt wie ein Klotz in meiner feuchten Hand. Ich umklammere den Griff fester. Mein Körper gehorcht den Vorgaben des Gehirns äußerst widerwillig. Die Augen mustern misstrauisch den Garten.

Von der Terrasse zerre ich einen Stuhl über die Wiese. Unter dem Apfelbaum bohren sich die vier Füße ins weiche, nasse Gras, bis die Sitzgelegenheit nicht mehr kippelt. Mühsam klettere ich hinauf, erfasse das Tau und beginne zu säbeln. Obwohl die Klinge scharf ist, macht das Seil Probleme. Die Fasern widersetzen sich. Der Ast, an dem die Schlaufe verzurrt wurde, ächzt leise. Ein Tropfenregen ergießt sich über mich, als die Blätter ungnädig geschüttelt werden und zu wackeln beginnen. Das Wasser läuft meinen Nacken hinunter. Ich bekomme eine Gänsehaut.

Beobachtet mich jemand? Kommt der Urheber dieses Szenarios zum Tatort zurück, um sich an meinem verschreckten Anblick zu weiden? Wird er mich angreifen? Oder ist ein fieser Spanner, der Angst und Schrecken verbreitet, in unserer beschaulichen Gemeinde unterwegs? Ein Psychopath?

Die Bilder der abgetrennten Hand schießen mir raketengleich in den Sinn. Meine Spucke hat im Mund eine nervöse Lache gebildet. Sie schmeckt sauer. Mein Arm wird lahm, der Griff des Küchenmessers verrutscht. Wie sollte ich einem Arzt den Grund für eine Fleischwunde nennen können? Ich ermahne mich zu größerer Vorsicht. Bisher hat anscheinend niemand mein Tun bemerkt. Das Tau wird an der Bearbeitungsstelle deutlich dünner. Erste Bündel drehen sich auseinander. Durch, endlich. Hastig packe ich die Enden des Seils, zerre die Reste vom Baum und hinter mir her.

Der Flammenwerfer klickt, Qualm steigt auf, verräterischer Gestank, ominöser Rauch. Das feuchte Zeug brennt nur zögerlich an. Es dauert nicht lange, und mein Nachbar Günther Germann schaut erst über die Hecke und eilt anschließend auf mein Grundstück. Ob seine Frau Ilse ihn geschickt hat, weil sie selbst gerade wegen Lockenwicklern oder behandelten Warzen unpässlich ist?

»Alles klar?«, fragt Bauer Günther besorgt. Er drückt seinen Hut tief in die Stirn. Einige Strähnen seines dünnen Haars sind verrutscht. »Bei dir brennt es!«

Ich kann meinen Blick kaum vom Schwenkgrill lösen. Hier kokelt kein Holz, das ist klar. Ich bücke mich, finde ein paar alte

Blätter vom letzten Herbst und werfe sie in die Flammen, decke das verräterische Glutgut zu.

Es stinkt und faucht. Günther Germann hustet. Er steht nun dicht neben mir.

»Ich wollte ausprobieren, ob der Grill noch einsetzbar ist«, starte ich einen lahmen Erklärungsversuch.

»Ach, der hält ewig …«

Im Gegensatz zu deinem Mann!, denke ich den Satz zu einem unrühmlichen Ende. Aber Günther redet glücklicherweise mit anderen Worten weiter. »Da hat dein Mann Henry, Gott hab ihn selig, Qualität angeschafft.«

Wahrscheinlich von meinem Geld, denke ich und verberge den Griff des Messers in einer hastig umgeschlagenen Falte des alten Parkas. Günther hat einen Silberblick, trägt eine Brille schief auf der Nase und ist die Gutmütigkeit in Person. Er ist sehr interessiert an seiner Umwelt und hilfsbereit.

»Hast du Brunhilde gesehen?«, fragt er.

Ich gebe nach einer kurzen Überlegung Auskunft.

»Stört sie dich?«, will der Bauer wissen. »Dann fange ich sie sofort aus der Scheune.«

»Nein, nein, sie kann ruhig beim Kugelporsche und beim Traktor bleiben. Aber hast du vielleicht eine Gans, die du mir leihen könntest?«, beeile ich mich zu sagen.

Günther lächelt. Ich weiß nicht, ob er mich anschaut. Seine Blickrichtung ist abenteuerlich.

»Als Grillgut statt der Blätter und des anderen, garantiert ungenießbaren Krempels? Vielleicht gegen die Schnecken? Oder brauchst du ein Wach-Tier? Hier passieren gerade gruselige Dinge. Erst der Polizeieinsatz am Wald und später der Einbruch bei Manuela.«

Günther wirkt so, als könne er die Vorgänge nicht fassen. Als Vater eines Dorfsheriffs ist er bestens informiert und zählt eins und eins zusammen. Seine Frau Ilse kitzelt bei einem guten Mittagessen oder einem Stück hausgemachten Kuchen so manches aus ihrem Gregor heraus. Natürlich streng vertraulich.

Allmählich kann ich klarer denken. Die Panik hat sich im

aufsteigenden Rauch verflüchtigt und nur die hartnäckige Vision übrig gelassen. Günther hat keine Gänse, der Hofhund hört schlecht und humpelt schlimmer als ich. Dafür bringt mir der Bauer eine kurze Bedenkzeit später einen Karton Eier und einen Liter frische Milch.

»Soll ich Gregor Bescheid sagen? Er würde gewiss häufiger bei dir vorbeigehen und aufpassen«, bietet Günther an. Er will mich mit seinem Sohn Gregor verkuppeln. Ilse möchte endlich Enkelkinder, und die würden sogar nebenan wohnen, praktisch.

Ich versuche ein schiefes Lächeln. Der Bauer meint es gut. Das Feuer erlischt, der Nieselregen hat Beihilfe geleistet. Ich lasse den Grill stehen und werkele, hoffentlich harmlos genug, ein wenig im Garten. Die Schnecken haben in den frisch gesetzten Pflanzen gewütet und kahle Stellen produziert. In einem Beet wuchert Giersch. Hellgrüne Blätter machen sich breit. Ich suche nach Spuren des Täters. Hat er Fußabdrücke hinterlassen? Ist ihm ein Gegenstand aus der Tasche gerutscht? Außerdem krame ich in meinem Hirn. Habe ich in den letzten Tagen merkwürdige Dinge beobachtet? War jemand komisch? In der Scheune gluckst das Huhn Brunhilde friedlich und mit der Welt versöhnt. Ich beneide es um dieses Gefühl. Meine Gemütsverfassung ist gerade leckgeschlagen wie ein löchriges Salatsieb.

Eierwurf

Meine Ermittlungen haben nichts ergeben. Rastlos tigere ich im Wohnzimmer auf und ab. Was soll ich unternehmen? Wie geht diese Kiste aus? War das Seil nur ein blöder Zufall, oder kommt etwas nach? Wer steckt bloß dahinter? In Gedanken zähle ich die Personen auf, die damals am Tatort, hier im Fachwerkhaus, waren. Der Pfarrer Kraus, mein Hausarzt Dr. Knecht, später der Bestatter. Noch jemand? Ungebetene Zeugen? Die Klingel, die müde und leise scheppert, lässt mich zusammenzucken. Besuch? Um diese Uhrzeit?

»Bea, ich bin's!«, ruft Gregor Germann. Seine flache Hand klopft gegen das kleine Strungsfenster. Wahrscheinlich wurde er von seinen Eltern zur seltsam debilen Nachbarin geschickt. Er ist in Zivil, die Uniform darf lüften. Und er ist einfach eine Schnitte!

Muskulöser Körperbau, ohne protzig zu wirken, ein sportliches, an den Ärmeln aufgekrempeltes hellblau kariertes Hemd, weißes T-Shirt, lässige Jeans. Und das Gesicht geht auch in Ordnung. Kantig genug für einen Mann, forschende hellblaue Augen, die viel Platz unter der hohen Stirn haben. Niemand ist perfekt.

Gregor geht wortlos in die Küche. Er setzt sich auf einen der hohen Hocker an der Theke. Dabei hat er wie nebenbei den Bilderrahmen mit den Fotos nach unten abgelegt. Das macht er jedes Mal. Es ist mein Triptychon, ein aufklappbarer Rahmen mit drei Fotos. In der Mitte sieht man Henry und mich als glückliches Brautpaar. Ich sitze auf den Stufen der Kirche, der lange Rock verbirgt die hässlichen Schuhe. Henry lehnt mit dem Rücken an der romanischen Säule und sieht unglaublich gut aus. So als gehöre ihm mindestens die ganze Welt. Rechts in meinem persönlichen Triptychon erkennt man einen nachdenklichen Henry. Die Züge nicht mehr hundertprozentig optimistisch, sondern mit Wackelkontakt. Er schaut über die Baumwipfel ins Bergische

Land und steht an den geöffneten Turmfenstern vom gelben Schloss Homburg. Links ist sein Grab. Ich habe keine Ahnung, warum ich ausgerechnet diese Fotos aufgestellt habe, als eine Art Selbstkasteiung? Oder damit andere glauben, ich würde untröstlich trauern? Trauung und Trauer?

Gregor reißt mich aus meinen Gedanken.

»Bekomme ich auch ein Glas?«, fragt er geradewegs.

Seiner Aufmerksamkeit entgeht wirklich kaum etwas, stelle ich seufzend fest. Es wird nicht leicht für mich werden, eine Scharade aufzuziehen. In Geschichten hasst man die Protagonisten für ihre Schweigsamkeit. Man möchte ihnen zurufen: »Sei nicht blöd! Vertrau dich jemandem an. Du musst dir Hilfe holen. Der Typ ist verlässlich.« Und Gregor gehört zur Polizei. Ich organisiere zunächst ein Glas und gieße ein. Der rote Wein gluckert leise.

Gregor nimmt einen großen Schluck. »Glaub mir, ohne ihn bist du besser dran«, sagt er unvermittelt. Sein Kinn weist zum Triptychon. Wir sind schon als Kinder nie zimperlich miteinander umgegangen. Blaue Schienbeine, Kratzer und der verbale Abtausch gehörten dazu. Einmal hat mir Gregor die Krücken fortgenommen und mich allein am Bach sitzen gelassen. Ich hatte ihn wohl zu viel geärgert.

»Wenn ich groß bin, werde ich Polizist!«, hatte Gregor immer gedroht. Ich musste lachen damals, weil mein Kopf deutlich höher saß als der des pimpfigen, dürren Nachbarsjungen.

Jetzt sitzt Gregor in meiner Hochglanz-Küche. Wir schenken uns wie gewöhnlich nichts, sondern wetzen im täglichen Umgang und Kampf unsere Messer. Sie sind immer scharf.

»Was hast du verbrannt? Wovor fürchtest du dich?«, lässt Gregor den Bullen direkt heraushängen.

»Ich will nicht wieder Hauptgespräch im Dorf werden. Das Mitleid hängt mir zum Hals heraus«, stelle ich fest.

»Ja, ja, das hatten wir schon mal.« Gregor verdreht die Augen. »Aber auf dem Behindertenparkplatz stellst du deinen Wagen immer gerne ab. Und jetzt beantworte mir meine Fragen.« Ich bin in Versuchung, sein Knie mit meinen orthopädischen

Schuhen zu bearbeiten. Die Schlagworte »Widerstand gegen die Staatsgewalt«, »Beamtenbeleidigung« lassen mich zögern. Aber die Wut hilft mir, wirklich von dem Seil zu berichten.

Gregor pfeift leise durch die Zähne. »Es war ein Fehler, das Ding in Flammen aufgehen zu lassen. Vielleicht hätte es uns Aufschluss über den Täter gegeben.«

Ich zucke nur mit den Schultern. Sie beginnen zu beben.

»Du erinnerst dich an unsere Trauung?«, wispere ich tonlos, die Heiserkeit meiner Stimme kommt trotzdem durch.

Gregor denkt nicht gerne an die Hochzeit. Er hatte sich die Kante gegeben, aus Frust oder weil er etwas beweisen wollte? Ich nehme wie üblich keine Rücksicht auf seine Gefühle.

»Der Pfarrer Kraus hat die Predigt an einem Symbol festgemacht«, sage ich. »Ein blaues Seil. Blau, Farbe der Treue, mit roten Einschlüssen für die Liebe.«

Ich breche ab. Gregor blickt betreten auf den Boden.

»Er hat euch das Seil geschenkt, nachdem er Worte wie ›Seilschaft‹, ›Verbindung vor Gott‹, ›Hilfe und Orientierung‹ gebraucht hat«, murmelt er. »Und jetzt hängt ein Seil im Baum, merkwürdig. Was hat eine Henkersschlaufe mit einer Trauung und dem Eheversprechen zu tun?«

Ich greife hastig nach meinem Glas. »Henry ist jedenfalls tot«, gebe ich sparsam Auskunft. Gregor war damals nicht im Dorf, sondern mit seiner Hundertschaft bei Fußballeinsätzen und Demos. Von der allgemeinen Aufregung hat er nur aus zweiter Hand über seine Eltern etwas mitbekommen. »Gregor, bitte behalte diese Sache für dich. Du bist nicht im Dienst und als Privatperson hier! Heute ist mein Jahrestag …«, erinnere ich ihn.

Gregor schluckt betroffen. Sein Adamsapfel hüpft auf und ab wie ein Flummi in der Gummizelle. Wir rühren an heikle Themen, die besser unter Verschluss bleiben sollten.

»Ich habe nie begriffen, warum du diesen Kerl geheiratet hast«, glaube ich zu verstehen. »Er war ein Blender!«

»Du machst es dir zu einfach. Wir haben uns geliebt.« Stilvolle Pause, in tausend Variationen eingeübt und überzeugend vorgespielt, Tiefschlag für Gregor. »Henry ist krank geworden.

Er war manisch-depressiv«, rede ich mich heraus und verteidige Henry, wie eh und je.

Warum? Um mein Gesicht zu wahren? Um die Lüge weiter aufrechtzuerhalten, dass ich mit ihm eine Weile sehr glücklich war? Selbstbetrug der Extraklasse und so viel angenehmer als das Eingeständnis, ein totaler Versager in Liebesdingen zu sein.

»Er hat dich ausgenutzt«, stellt Gregor eine Vermutung an. Ich gebe keine Antwort. »Und garantiert hatte er eine andere. Oder einen anderen«, klagt Gregor weiter an. »Er hat dich geschlagen!«

»Er ist tot«, sage ich.

Was redet Gregor da? Ich stelle mein Weinglas so heftig ab, dass der Fuß abbricht. Blutroter Wein läuft über die Holzplatte. Ich bin nicht mehr ich. Diese andere Person fängt an zu zittern, hasst sich für diese Ungeschicklichkeit. Wie blöd kann man sein? Die Schultern fallen mit dem Kopf nach vorn, warten endlose Sekunden ab, warten auf den Schmerz. Nichts passiert.

Natürlich nicht. Henry lebt nicht mehr. Seine Hand kann nicht ausholen und zuschlagen. Meine Ungeschicklichkeit wird nicht mehr bestraft. Ich hole hastig ein Geschirrtuch, die Scherben reißen eine Wunde in meine Haut, und echtes Blut tropft hinterher. Ich fühle den Schnitt, komme ganz zu mir zurück.

Gregor sagt nur »Scheiße!«, als habe ihn die Gewissheit einer unglaublichen, lieber verdrängten Erkenntnis überrollt und ihn erst jetzt das ganze Ausmaß begreifen lassen. Die Ehekomödie, die zum Drama wurde. Die Schauspielerin, die in ihrer eigenen Rolle kläglich versagt hat und sich mühsam zusammenreißt, um nicht im Strudel der Lebensgewalt unterzugehen.

»Du bist nicht schuld«, flüstert Gregor. »Es ist nicht deine Schuld, Bea!« Er hat ein weiteres Geschirrtuch aus dem Schrank geholt, wickelt es sorgfältig um meine Hand. Ich blinzele die Tränen fort, spüre das Pochen, mit dem die Wunde um Aufmerksamkeit buhlt. »Es tut mir leid!«

Ein tiefes Schluchzen wohnt in meinem Bauch. Ich lehne mich an. Gregor riecht gut, frisch geduscht, ein sympathisches Aftershave. Langsam öffne ich meine Augen, Gregor schwenkt an der Esstheke das Weinglas nachdenklich. Der Wein dreht bedenkliche Kamikaze-Kurven. Die Kante des Schranks bohrt sich unangenehm in meine Hüfte. Habe ich wirklich gedacht, dass Gregor mich trösten würde? Wollte ich mich tatsächlich an seinen Schultern ausweinen?

Die Ereignisse des Tages müssen heftig an meinem Bea-Gebilde gekratzt haben. An der Bea, die keinen Trost braucht, die das Leben allein in den Griff bekommt. Und die von keiner Person einen Funken Mitleid braucht! Das habe ich Gregor oft genug um die Ohren gebrüllt, vielleicht zu oft? Ich lasse Gregor sitzen, gehe mit bewusst festen Schritten ins Badezimmer und krame ein Pflaster heraus. Der Schnitt ist tief. Ich verklebe ihn mit einer gewissen Todesverachtung. Anschließend drücke ich Zahnpasta auf die Bürste und beginne meine Zähne zu schrubben. Ich genieße masochistisch, wie die Zahnseide in jeder Beißerritze zerrt und die Mundddusche sprudelt.

Henry hatte kein Verhältnis. Wie denn? Wann denn? Du bist oft fort gewesen, sagt sofort eine zweifelnde Stimme. Du weißt nicht, was Henry in diesen Wochen getan hat. Du weißt nur, dass ihm gern die Hand ausgerutscht ist oder die Faust, wenn etwas nicht nach seinen Wünschen lief. Dagegen half nichts, nur am nächsten Tag eine langärmelige Bluse oder ein bisschen mehr Schminke.

»Ich gehe schlafen«, sage ich zu Gregor. »Zieh die Tür fest hinter dir zu, wenn dein Glas leer ist.«

Ich klemme die Weinflasche unter meine Achsel und höre, dass er sein Glas schwungvoll in der Spüle auskippt. Sein gegrolltes »Gute Nacht!« klingt nicht ganz überzeugend und erreicht mich auf der Bettkante. Dort gieße ich den restlichen Alkohol direkt in meinen Mund. Die Haustür knallt. Wein auf Minze schmeckt gewöhnungsbedürftig. Doch die Wärme in meinem Bauch ist wohltuend. Der Raum beginnt sich um mich zu drehen. Langsam, schwerelos, und ich gleite schwebend in einen schlafähnlichen Zustand, den der Wecker ein paar Stunden später schonungslos unterbricht.

Kopfschmerzen der Stärke zehn auf der Richterskala, Rotweinflecken im Bett und wirre Träume sind kein besonders gelungener Tagesbeginn. Verschlungene Seile, Scherben, Blut und hyänenhafte Polizisten haben mich in der Nacht heimgesucht. Ich schicke sie auf der Stelle weit fort und öffne das Fenster. Draußen ist es dämmrig, feuchter Tau liegt auf dem Gras. Der Apfelbaum wirkt ungefährlich, wie ein knorriger Obstspender und nicht, als sei er ein Bote des Unheils.

Doch der Stuhl im Gras reißt die harmlose Maskerade herunter. Ich muss daran denken, ihn fortzuräumen. Yeti maunzt. Ich recke und strecke mich, mache ein paar Übungen und beschließe, ein Schmerzmedikament zu frühstücken. Davon habe ich eine bunte Auswahl, sämtliche Firmen, Wirkstoffe, als Kapseln, Pulver, Pillen oder Tropfen. Das Spülbecken ist voll roter Spritzer, ein Hauch von Alkohol weht aus dem Ausguss. Vielleicht sollte ich den neuen Tag direkt dort herunterspülen.

Nachdem die Kater sich gelegt haben, der Katzen-Kater auf das Sofa, der Kopf-Kater in den dröhnenden Untergrund, gebe ich dem Heute eine neue Chance. Brunhilde hat mir ein Frühstücksei gelegt, sehr nett von ihr. Deshalb lasse ich meinen Wagen in der Scheune stehen und nehme mein Rad. Bis zum Rathaus geht es meistens bergab, und mit Tretunterstützung des Elektromotors können sogar meine krüppeligen Beine und der schiefe Rücken gewisse Entfernungen mit Muskelkraft zurücklegen. Ich winke Günther freundlich zu, und der wedelt zurück, den Besen und eine Schaufel in der Hand. Der Kopfschmerz summt leise in meinem Kopf: Ich weiß, dass er da ist und nur darauf wartet, die Rezeptoren, die jetzt die Medikamente belegt haben, zurückzuerobern. Die Luft ist kühl, ich trete in die Pedale, schieße vorwärts und überhole einen Rentner auf dem Radweg. Manuela Balzano klebt hinter der Schaufensterscheibe des Nagelstudios. Sie scheint an einer neuen Dekoration herumzufeilen. Das Arrangement wirkt noch ziemlich dürftig.

Das Rathaus besitzt nicht nur Behindertenparkplätze, sondern auch einen Radständer. Sorgfältig befestige ich das Schloss und mache mich ein wenig seufzend an die Arbeit. Jedenfalls theoretisch. Praktisch komme ich zu nichts, weil das Telefon Endlosbetrieb einläutet. Wütende Stimmen brüllen mir aus dem Hörer entgegen.

»Wie kann man nur!«, keift eine Frau.

Ich fühle mich seltsam bedrängt. Das Seil im Garten! Ist die Vergangenheit dazu übergegangen, mich in der Gegenwart zu ertränken? Telefon-Mobbing.

»Ungesühnte Schuld. Das Leben beendet!«, schießt es durch meinen Kopf. In meiner Aufregung verstehe ich nicht wirklich, was die Dame will und was ich tun kann und soll. Mein Verstand scheint sich in einer festgeknoteten Schlaufe aufgeknüpft zu haben. Ich höre das Klopfzeichen für weitere Anrufe und schalte mit einem heiser gemurmelten »Moment« eine Leitung weiter.

Wieder zorniges Schnauben. Allmählich werde ich panisch. Meine Kollegin Annabell aus dem Bürgerbüro hetzt in mein Kabuff.

»Wir sollten die Telefonanlage abschalten!«, schlägt sie nervös vor.

Ich kann meine zitternden Hände unter der Schreibtischplatte nur mühsam verbergen. Ich fühle brennende, heiße Stellen in meinem Gesicht, wo sich hektische rote Flecken ausgebreitet haben müssen.

»Was ist los? Wie kann ich mich retten?« Bürgermeister Roman Giesbrecht stampft heran. Er produziert Dampf wie eine Lok unter Kohlen. Seine Lippen schnauben, bevor er losbrüllt: »Haben die denn alle das letzte Stück Grips verloren?«

Spucketropfen fliegen wie ein Nieselschauer durch die Luft. Ich würde am liebsten vom Stuhl rutschen und in einem Versteck verschwinden. Aber ich bin zu langsam. Der Bürgermeister hat zum ersten Mal mein Kabuff neben dem Eingang betreten. Er reißt mit ausladenden Bewegungen an den Kabeln, brüllt in einen Hörer: »Keiner zu sprechen!«

Die schwarzen Gummileitungen zischen mit Karacho aus den Steckdosen und peitschen durch die Luft. Eine trifft mein Gesicht. Ich kann den Schmerzensschrei nicht komplett unterdrücken. Mir fehlt wohl die Übung.

Annabell beugt sich besorgt über mich. Die Lichter der Telefonanlage blinken hektisch. Roman Giesbrecht scheint kurzzeitig der Brennstoff ausgegangen zu sein. Er faucht und knurrt nur noch. Schweißperlen stehen ihm auf der Stirn. Er beugt sich vornüber, verzieht das Gesicht und presst kurzzeitig seine Hand auf den Bauch. Ich tippe auf Magengeschwür, cholerische Menschen sollen dazu neigen.

»Diesem Radio-Fuzzi werde ich einheizen. Er wird es bereuen, diese Sendung über den Äther geschickt zu haben.«

Mir wird schlagartig übel. Radio? Alle haben davon gehört? Jetzt schüttelt sich mein ganzer Körper vor Entsetzen und Furcht. Annabell weiß nicht, wie sie mir helfen soll. Sie flötet etwas von: »Atmen, Bea. Ist alles nicht so schlimm. Die werden sich wieder beruhigen. Ein bis zwei Tage und der Spuk ist vorbei! Die Oberbergische Volkszeitung bringt einen Aufreger für alle Bürger, die brauchen das.«

Saurer Magensaft ist sprudelnd in meinem Mund angekommen und gurgelt in Eigenleistung im Rachen.

Schlagzeilen auf meine Kosten? – »Was ist damals genau passiert? Welche Bedeutung hat das Seil? Wann verjährt ein Mord? Wer steckt mit der bestialischen Gattin unter einer Decke? Wir klären auf!«, so jagen die Wörter des möglichen Zeitungsartikels durch meinen Kopf. Ich will fragen, was in dem Artikel stand, warum das Radio berichtet, doch meine Lippen hängen kraftlos nach unten wie bei einem Kamel nach dem vierzehntägigen Gang durch die Wüste.

Vor dem Rathaus sammeln sich immer mehr Menschen. Aufgeregte Bürger palavern, weisen mit den Händen zu unserem Verwaltungsgebäude. Sie formieren sich schließlich in einem Halbkreis. In meinem Kabuff wird es eng, nun drängt sich Christoph Löffelsterz dazu und schaut wie bereits Annabell, der Bürgermeister und ich mit einer Mischung aus Neugier, Bestürzung und Verärgerung auf die Rotte. Mein Kopf wummert gegen den protestierenden Magen an.

Anscheinend vertrage ich die Ereignisse der letzten Stunden mehr schlecht als recht. Ich schwitze und merke, wie die Bluse unter meinen Achseln feucht wird und unangenehm zu riechen beginnt.

»Frischluft! Ich brauche eine Prise unverbrauchtes O_2 zum Atmen.«

Rücksichtslos drängle ich mich an der Wand entlang und reiße das Fenster auf. Sofort strömen durch den Spalt kühle Vormittagsluft und das aufgeputschte Stimmengewirr von draußen herein.

»Das geht nicht!«, »Wir lassen uns nicht für dumm verkaufen!«, höre ich.

Zwei Frauen schwingen ein selbst gezeichnetes Transparent. »Rettet den Weihnachtsmarkt!«, steht darauf.

Und ich beginne zu schwanken, muss mich setzen. Proteste gegen die Verlegung des Marktes auf den ersten Advent bringen die Bewohner auf die Beine. Jetzt, wo ich genauer hinschaue, entdecke ich Manuela Balzano an vorderster Front. Charlotte hingegen fehlt, sie scheint das verwaiste Geschäft zu hüten. Ich schäme mich wegen meiner unglaublichen Dummheit. Der Anblick des Seils im Garten muss mich derartig erschüttert haben, dass mein Beobachtungsvermögen und die blitzschnelle Kombinationsgabe mich zu Trugschlüssen verleitet haben. Die Bürger haben weder das Seil noch mich auf dem Kieker, sondern wollen die exzentrischen Planungen des Bürgermeisters anprangern.

Vertreter der Parteien, allen voran der smarte Anwalt Jörg Arend, viele Einzelhändler aus der Hauptstraße, die direkt einige Kunden zur Verstärkung mitgebracht haben. Auch der bärbeißige Alexander Jürgens, der ein rohes Steak zum Frühstück verspeist, ist anwesend. Er hat mit dem Weihnachtsbaum-Taxi einen guten Nebenverdienst für sich geschaffen und scheffelt in der Adventszeit jede Menge Geld. Jetzt hat er Angst um sein Einkommen. Am ersten Advent kauft niemand einen Weihnachtsbaum. Der hat bis zum Fest wahrscheinlich keine Nadeln mehr vorzuweisen, und das sähe komisch aus. Plötzlich fliegt etwas durch die Luft – grün, blau, rot und silbern – und zerplatzt mit einem lauten Knall an der Scheibe. Alle zucken zusammen. Die nächsten Geschosse jagen in unsere Richtung.

»Runter!«, brüllt Christoph Löffelsterz, der herbeigeeilt ist, und robbt über den Boden. Es knistert und scheppert dann erneut.

»Sie werfen Weihnachtskugeln«, ächzt Annabell und bleibt stehen. Andere Leute sind damit beschäftigt, die niedrigen Kugelbäume auf dem Vorplatz weihnachtlich zu dekorieren. Ist es möglich, dass immer mehr unmutige Bürgerinnen und Bürger dazustoßen? Ein Reporter macht Bilder mit einer großen Kamera. Glocken lärmen, erste Kerzen werden mahnend vor den Wänden aus Waschbeton abgestellt.

»Was geht hier ab?«, fragt Christoph Löffelsterz und verschwindet wieder im Flur.

»Im Radio haben sie heute Morgen mehrfach berichtet, dass der Weihnachtsmarkt offiziell am ersten Adventswochenende stattfindet. Die Bürgermeister der Nachbargemeinden sind zu Wort gekommen. Sie haben sich lautstark beschwert, weil mit ihnen nichts abgesprochen wurde. Das ist ein typischer Giesbrecht-Alleingang, wie der Elefant in der Glasfabrik. Sie fühlen sich überfahren und vor den Kopf gestoßen. Sie kündigen Konsequenzen an. Und im Bericht der Oberbergischen Volkszeitung stand, dass Alexander Jürgens vom Konkurs seiner Firma gesprochen hat. Der Verleiher der Buden und andere Geschäftsleute befürchten ebenfalls gewaltige Einnahmeeinbußen. Und wie viel Gewerbesteuer der Gemeinde damit angeblich verloren geht«, erklärt Annabell und fragt irritiert: »Wo ist denn Christoph hin verschwunden?«

Der taucht wenig später mit seinem Kollegen im Rücken der Demonstranten auf. Die Ordnungshüter haben wichtige Mienen aufgelegt und stoppen die Weihnachtsbaumkugel-Werfer, die zusätzlich Eier (in Anspielung auf den Osterhasen?) ins Spiel bringen. Die orangegelbe Masse läuft klebrig die Scheibe am Kabuff hinunter, und auch die Glastür hat einiges abbekommen.

Ich muss grinsen, weil Gregor mit seinem Vater Günther spricht, der den grünen betagten Traktor direkt auf dem Vorplatz geparkt hat. Sogar die Strohhalme vom Mistfahren kleben an dem Gefährt, sodass die Geruchsempfindlichen unter den Demonstranten auf Abstand gehen.

Roman Giesbrecht hat nicht vor, die aufgeregten Protestler zu beschwichtigen. Er schaut mit grimmigem Blick nach draußen, die Hände zur Faust geballt.

»Ihr rückständigen Hinterwäldler!«, knurrt er und zieht eine Blechdose aus der Tasche. Rasch wirft er ein schwarzes Dragee in den Mund. Die Lakritzpastillen scheinen sein Lebenselixier zu sein.

Bürgermeister Giesbrecht, kurz BM genannt, guckt immer grantig, aber wenn er wirklich böse ist, bringt sein Blick ein Lagerfeuer zum Erkalten: »Mit meinem Konzept wird der Weihnachtsmarkt alles übertrumpfen, was diese armselige Gegend zu bieten hat. Darüber wird man berichten, und zwar immer wieder. Euren Widerstand könnt ihr euch in die Haare schmieren, ihr Amokbürger!«

Die alte Strumpfhosenfabrik

Unglaublich, was in unserem Kaff plötzlich los ist. Rund um das Rathaus strahlt weihnachtliches Ambiente im seltenen Sonnenschein. Die Kerzen brennen mahnend, rot-weiß gebogene Zuckerstangen und Lametta sind auf dem Vormarsch, und die geworfenen Eier haben ihre Spuren hinterlassen. Ich blicke in den Flur vor dem Bürgerbüro und sehe eine alte Bekannte. Was macht sie hier? Braucht sie einen Pass? Aber den findet sie nicht im Mülleimer. Die blonde Frau mit den zipfelig geschnittenen Haaren bückt sich und nimmt etwas aus dem Abfall. Sie stopft mehrere Teile in ihre große Tasche, die ausschaut, als wäre sie aus recyceltem Hanf. Charlotte entdeckt mich im Kabuff und lässt das letzte Fundstück, eine kleine Blechschachtel, verschwinden. Sie wirkt etwas nervös. Bevor ich sie nach ihren Machenschaften fragen kann, spricht sie mich an: »D-darf ich ein Plakat des A®telier hier aufhängen? Unsere Kunstgruppe macht eine Ausstellung.« Charlotte weicht meinem Blick aus.

Ich lasse sie ein wenig zappeln. Schließlich will ich etwas von ihr wissen, und vielleicht komme ich schneller ans Ziel, wenn ich sie unter Druck setze. Ich öffne das Fensterchen zum Eingang und sage unvermittelt: »Du hast dir die Schaufensterpuppe aus dem Nagelstudio ausgeliehen. Du dachtest, Manuela wird sie nicht so rasch vermissen.«

Meine Nase zuckt nach vorn wie ein Eulenschnabel, und Charlotte sinkt eingeschüchtert in sich zusammen. Sie nickt widerstrebend.

»Vernissage!«, murmelt sie.

»Du brauchst Gerda für die Ausstellung?«, platze ich verblüfft heraus.

Charlottes Wangen bekommen eine satte Färbung. Sie wedelt mit ihrem Plakat und fragt ihrerseits: »Wer ist Gerda?« Gerade will ich mit meinem Verhör ihre Schauspielerei unterbrechen und tief ins Herz stechen, da kommt Ilse Germann mit einer weiteren Dame aus dem Frauenkränzchen hereinspaziert. Sie sind mit Eimern, Lappen und Putzmitteln beladen.

»Bea, wir brauchen warmes Wasser«, sagt Ilse mit geschäftiger Miene.

»Könnt ihr nach dem Putzen der Scheiben das Plakat des A®telier aufhängen? Hier am Fenster wäre ein echt guter Platz! Da sieht es jeder«, nutzt Charlotte die Gunst der Stunde.

Sie drückt Ilse den Aushang samt Tesafilm in die Hand und verdrückt sich.

»Stopp!«, rufe ich.

Ilses Verstärkung wienert an den Fenstern herum, um die Eierpampe, die sich mit den glitzernden Scherben der zerborstenen Weihnachtskugeln vermischt hat, grob zu entfernen. Da haben die Polizisten anscheinend Tacheles gesprochen und die Demonstranten zum Beseitigen ihrer Schweinerei aufgefordert. Gute Idee, finde ich, aber ärgere mich über Charlotte. Sie ist mir mitsamt ihren Informationen entwischt. Weil ich meine Fragetechnik zu dämlich angewendet habe, verwünsche ich mich nun selbst.

Ein fetter Geländewagen fährt vor. Der Porsche parkt direkt vor dem Rathaus und verfehlt mit der gigantischen Stoßstange nur knapp einen Weihnachtsbaum. Ein schmaler, kleiner Mann kommt hinter dem Lenkrad hervor und stiefelt zur Rathaustür. Er ist mit einem großen Karton beladen, der ein paar Kilogramm zu wiegen scheint.

»Hast du deine Berufung gewechselt? Vom Großunternehmer zum Lieferservice?«, frage ich durch die Sprechanlage.

Vor mir klemmt Markus-Steve Müller das Paket mit seinem Bauch an die Wand und streicht die spärlichen Haare zurück.

»Schatzi! Schön, dich zu sehen!«, grinst er mich an. »Schade, die Scheibe ist im Weg. Es gibt heute kein Küsschen. Ich bin in Eile.«

Markus packt den Pappkarton fester und verschwindet. Geht er in Richtung des Bürgermeisterbüros? Will er meiner Freundin, seiner Frau Sabine, einen Besuch abstatten? Während der Arbeitszeit? Der alte Giesbrecht würde meckern und motzen oder Spucke feuern. Kurz darauf ein kleines Winken und verschwunden ist er, der Markus Müller, und lässt mich mit dem Reinigungsgeschwader sitzen. Ilse plappert beim Putzen, sie putzt sogar mein Fahrrad, mit dem ich anschließend eilig nach Hause strampele. Vorbei an einer blinkenden Lichterkette, selbst gebastelten goldenen Sternen und einem Haufen Dekoschnee in einem künstlichen Nadelbaum.

Ich träume nicht von Glühwein, sondern von einem Kaffee mit geschäumter Milch. Dazu die Lektüre der Oberbergischen Volkszeitung, damit ich endlich den Artikel über den Weihnachtsmarkt lesen kann. Brunhilde schmachtet mit verdrehten Knopfaugen den Kugelporsche an und sieht glücklich aus.

Ein paar andere Geflügeltiere picken auf der Wiese. Ich widme mich dem Briefkasten und zerre die Zeitung heraus.

Mit vom krampfhaften Festhalten des Lenkers klammen Fingern öffne ich den Briefkasten. Weitere Schreiben und Werbesendungen sind gekommen.

Ein weißer Umschlag steht unschuldig in der Ecke. Er widersetzt sich meinen Bemühungen, ihn hervorzuziehen. Eine Kante hat sich verfangen. Ich zerre und wundere mich, dass keine Beschriftung vorhanden ist. Woher wusste die Postbeamtin …? Oder hat irgendjemand diesen Umschlag für mich eingeworfen? Einer, der es nicht gut mit mir meint und negative Seilschaften knüpft?

Mein Herz beginnt eine Extraschicht einzuläuten und trommelt einen wilden, schnellen Rhythmus. Die Spucke im Mund vibriert, und ich muss schlucken. Es schmeckt widerlich nach Angst. Ich reiße das Papier auf, eine schlichte weiße Karte segelt auf den Boden und bleibt dort liegen. Höhnisch verkünden große, gerade schwarze Buchstaben: »ICH KENNE DEIN GEHEIMNIS!« Am liebsten würde ich meine klobigen Schuhe auf den Schriftzug setzen und ihn unsichtbar werden lassen; die Worte ruinieren, die Karte zertrampeln.

Bevor ich über mein weiteres Vorgehen sinnvoll nachdenken kann, biegt meine Freundin Sabine um die Ecke. Auf ihrer neuen roten Vespa kurvt sie rasant in die Einfahrt und durch mein Beet.

Das Papier flattert hoch und davon, landet unter dem Rollerreifen. Schmutzige Erde verdeckt die Worte, und das gibt mir ein verdammt gutes Gefühl.

»Sorry!«, sagt Sabine und mustert die Schneise der Verwüstung im Vorgarten. »Ich habe das Ding noch nicht wirklich im Griff.«

Ich winke ab. »Trinkst du einen Kaffee mit?«

»Klar! Oh, seit wann hast du eine Hühnerfarm? Willst du einen lukrativen sowie illegalen Eierlikörhandel aufziehen?«, fragt Sabine und zerrt den runden Helm vom Kopf, den sie schüttelt, um die Kurzhaarfrisur wieder auf Spur zu bringen.

Ich muss kichern. Angst und Hysterie haben bei Sabine keine Chance. »Wenn du mit der Vespa beim Schmuggel und der Auslieferung hilfst, sehe ich da ganz klare Exportchancen.«

»Ja, oder Bratwurst im Likörmantel, ein Gourmetgericht für die Großmetzgerei Ihres Vertrauens«, spielt Sabine auf den Betrieb ihres Mannes an.

Markus versorgt mit dem Fleisch aus unserer Region sogar Hotelketten und die Bundeswehr. Als kreativer Koch im Nebenjob ist er ein Genie. Manchmal beneide ich Sabine ein bisschen.

»Hat Markus dich eben besucht? Mit einem Karton scharfer Reizwäsche, Sekt und einer Fahrkarte nach Paris?«

Sabine stutzt. »Markus? Den habe ich heute noch nicht gesehen. Er konnte mal wieder nicht schlafen und ist mitten in der Nacht aufgestanden. Nach seiner Joggingrunde mit dem Hund ist er in die Firma gefahren.«

Sabine presst die Lippen aufeinander. Ich fürchte, ich habe da gerade ein heißes Eisen angefasst. Der Lärm des Milchaufschäumers kommt mir gerade recht für eine Schweigeminute zwecks späterem Themenwechsel in ungefährlichere Gefilde. Kurze Zeit darauf sitzen wir mit den Kaffeepötten weit hinten im Garten. Das Wasser des Schwimmteiches glitzert, eine Libelle hebt ab und verschwindet im Uferschilf.

»Was hältst du von dieser Weihnachtsmarkt-Kiste?«, frage ich Sabine.

»Der Bürgermeister hält da einige Sachen ziemlich unter Verschluss. Eigentlich ist sein Terminkalender offen, denn seine

Mitarbeiter müssen Dinge eintragen, abgleichen. Er hat ein neues Verschlüsselungssystem eingeführt. An manchem Tag prangt ein grünes Dreieck zu gewissen Uhrzeiten im Kalender. Dann will er nicht gestört werden oder ist zu einem konspirativen, geheimen Treffen unterwegs. Er braucht kein Protokoll, ich muss nichts tippen, darf ihn nur am Telefon entschuldigen. Ich hasse ihn! Der macht mich fertig. Irgendwann hat der ein Messer in der Brust oder Gift im Kaffee. Bea, ich schwör's, der Typ ist wie die Motorsäge in der Bonsaizucht. Er veranstaltet eigenmächtig und heimlich ziemlich großen Mist. Und ich muss das Frauenkränzchen oder den Kneipp-Verein, den einzigen weit und breit ohne eigenes Kneipp-Becken, besänftigen und vertrösten, weil sie vergeblich auf ihren Bürgermeister warten.« Sabine rollt genervt die Augen. »Das weißt du natürlich nicht von mir.«

»Na, wenigstens erwartet der Kneipp-Verein den BM nicht zum Wassertreten. Grünes Dreieck, erinnert mich an einen Weihnachtsbaum«, sage ich. Dabei ist jetzt, im Frühsommer am Schwimmteich, Weihnachten so weit weg wie das Altenheim vom Kreißsaal.

Sabine nickt. »Das dachte ich auch. Trotz meiner Bemühungen habe ich nur herausgefunden, dass er sich mit einem Vertreter der Firma Inga und Egon Schultheiß getroffen hat. Die passende Visitenkarte steckte in der Jackentasche des Herrn Giesbrecht. Neben seiner kleinen Blechschachtel mit diesen grässlichen Lakritzpastillen, die der Kerl ständig lutscht. Kein Wunder, dass seine Spucke klebt wie Sirup. Aber wenigstens dämmt Süßholz den Mundgeruch ein. Faulig nach all dem verkehrten Zeug, das der BM von sich gibt.«

»Sabine!«, grinse ich. »Überlässt du mir die Firmenadresse? Lass uns ein wenig in den weihnachtlichen Machenschaften unseres Chefs herumspionieren. Wieso sind seine Gegner so gut aufgestellt?«, will ich wissen.

»Penibel vom Anwalt geplant. Ich habe keine Ahnung, wo sie ihre Information zapfen. Bei mir jedenfalls nicht. An Giesbrecht, dem Trampeltier, scheint der Gegenwind nicht spurlos vorüberzugehen. Er wirkt fahrig und rennt ständig zur Toilette. Neben seinem Ersatzhemd hängt nun sogar eine Hose auf Reserve im Schrank. Er trägt weiße Feinrippunterwäsche!« Sabine kichert und weist mit ihrem Kinn auf den Grill, in dem die verkohlten Reste des Seiles und verkohlte Blätter liegen. »Das Teil hast du seit dem Ableben gewisser Subjekte nicht mehr genutzt. Bea, was verbirgst du vor mir? Wer ist dein frischer Liebhaber?«

Ich schaue ein wenig bedauernd durch meine Brillengläser. »Da gibt es keine Neuigkeiten.«

»Jetzt fang nicht mit deiner alten Leier an, so von wegen, wer will eine Frau, die nicht richtig laufen kann. Du hast eben die Reizwäsche erwähnt. Leg dir einen Satz zu, außerdem eine moderne Sehhilfe, nicht dieses Eulengestell, und eine flotte Frisur!«, mahnt Sabine.

»Lieber nicht«, sage ich leise. Dieses Gespräch haben wir schon häufig geführt und niemals mit einem erfreulichen Ausgang.

»Warum versteckst du dich, Bea? Das hast du nicht nötig. Henry ist seit wie vielen Jahren unter der Erde? Sieben?«, bohrt Sabine nach.

»Darum geht es nicht. Ich vermisse Henry, aber es tut nicht mehr so weh«, murmele ich in meine Tasse. Der Kaffee duftet. Warum schmeckt er eigentlich ganz anders, als er riecht?

»Hast du das Gefühl, du würdest Henry verraten, wenn du dich mit einem anderen Mann triffst?«, will meine Freundin wissen. Sie zieht ihre Fingerspitzen gedankenverloren durch das Wasser, hinterlässt kräuselnde Spuren, die sich langsam verteilen und dann auflösen.

Mich begleitet ein permanent schlechtes Gewissen. Die Schuldgefühle verfolgen mich bis in meine Träume. Sie wirbeln unter der glatten Oberfläche wie ein Strudel und ziehen mich hinunter. Davon will ich Sabine nichts verraten. Ich schweige mich aus, trinke die heiße Flüssigkeit.

»Nein«, sage ich schließlich wenig überzeugt. Ich warte ergeben auf Sabines Meinung und Vortrag zu diesem Thema. Entgegen ihrer sonstigen Gewohnheiten sagt sie zunächst nichts. Mein Blick gleitet über die dicken Steine des Schwimmteiches.

Es hat etwas ungemein Beruhigendes, am Wasser zu sitzen. Das Holz der Bank unter mir fühlt sich angenehm warm an. Die Bienen summen zufrieden zwischen den Blüten. Es könnte alles so schön sein.

Sabine unterbricht die friedliche Stimmung. »Irgendetwas bedrückt dich«, sagt sie und explodiert fast, als ich ihr widerwillig von der Aktion mit dem Seil im Apfelbaum berichte. »Eine Unverschämtheit, Mobbing! Wir müssen etwas unternehmen. Du brauchst eine Alarmanlage, Überwachung. Du musst Mick anrufen. Versprich mir das«, verlangt Sabine und blickt auf die Uhr. »Ich muss los. Gleich bringt meine Mutter Mia und Lasse zurück. Sie haben heute bei ihr gegessen, eine praktische Einrichtung. Pass auf dich auf, Bea! Ich melde mich heute Abend. Ruh dich aus am Wochenende.«

Sabine umarmt mich, danach flitzt sie um das Haus. Der Motor der Vespa röhrt auf, die Hühner flattern erbost durcheinander, einzelne Federn segeln durch die Luft, und meine Freundin düst davon. Ich winke ihr müde hinterher und hole eine Hacke, um das Beet in Ordnung zu bringen. Dabei zerpflücke ich die weiße Karte in kleine Fetzen und arbeite sie in die Erde ein. Diese Bedrohung muss ein Ende haben. Ich will mich nicht einschüchtern und herumschubsen lassen, ich ergreife die Initiative. Wenn hier jemand die Fäden in der Hand hat, dann bin ich das!

Ich spreche Mick, dem Elektriker meines Vertrauens, auf die Mailbox. Der Typ kann auf Knopfdruck Witze erzählen und erlebt die unglaublichsten Storys. Er sieht aus wie eine Vogelscheuche auf Stelzen, ist genauso mager und kann für zehn Elefanten essen. Das Koffein hat Schwung gebracht, und ich nutze meine gewonnene Energie zum Aufräumen. In meinem Elternhaus habe ich kaum einen Stein auf dem anderen gelassen, als ich es übernommen und saniert habe. Zwischenwände, Decken, alles musste raus. Containerweise wurde der Schutt abtransportiert. Nun habe ich ein großzügiges offenes Wohngebäude, in dem die Stützbalken frei stehen. Unter dem Dach ragen die quadratischen Hölzer durch die Räume. An einem meine ich auch heute noch eine blank gescheuerte besondere Stelle zu sehen.

»Hör auf damit, Bea!«, befehle ich mir und erstelle stattdessen eine Liste im Kopf.

Ich habe am Wochenende eine Menge vor und werde meine Zeit nicht vertrödeln. In meinem Folterkeller mache ich die von den Physiotherapeuten verordneten Übungen. Weil ich mental nicht bei der Sache bin, verzähle ich mich dauernd und habe nach der Stunde das Gefühl, um Jahre gealtert zu sein. Meine Muskeln ziehen. Da hilft nur ein guter Krimi auf dem bequemen Sofa. Den Wein habe ich leider gestern leer getrunken. Yeti leistet mir Gesellschaft und hat nichts dagegen, dass ich meinen Kopf auf dem Polster ablege und dort einschlafe.

Mein Rücken protestiert am nächsten Morgen allerdings heftig. Er fühlt sich viel schiefer an als am Vortag. Nach einer heißen Dusche bin ich lebendiger und frühstücke die Gastgeschenke von Brunhilde und ihren Schwestern in Form von Rührei. Dabei blättere ich in der gestrigen Ausgabe der OVZ und lese endlich den Bericht über den Weihnachtsmarkt. Im heutigen Exemplar stehen eine Menge Leserbriefe. Kaum jemand scheint von dem eigenmächtigen Vorpreschen des Bürgermeisters begeistert zu sein. Erstaunt sein, sich übergangen oder arglistig getäuscht fühlen sind noch die harmloseren Vorwürfe. Die Bürgerpartei verurteilt die Handlungsweise von Roman Giesbrecht aufs Schärfste. Sie fordern eine außerordentliche Sitzung und ernsthafte Konsequenzen. Ihre Drohung, mit diesem Bürgermeister nicht mehr zusammenarbeiten zu wollen, ist allerdings ein wenig an den Haaren herbeigezogen, wie ich finde. Hat Alexander Jürgens nicht den Vorsitz der Bürgerpartei übernommen? Kein Wunder, dass es Krawall gibt.

Kurz darauf habe ich Brunhildes Abwesenheit genutzt, um den Kugelporsche zu entführen. Statt zügig über die Landstraße zu brausen, zockele ich im zweiten Gang daher. Vor mir rumpelt eine gelbe Kiste auf Rädern, gezogen von zwei breiten Kaltblütern, im Schneckentempo durch die Landschaft. Touristen finden die Reise in der historischen Postkutsche entzückend.

Ich werde noch verrückt, weil ich am Wochenende ständig

hinter dem Gefährt klebe. Die Straßen sind eng und kurvenreich, von einem Überholvorgang kann man häufig nur träumen. Und hat man endlich gute Sicht, kommt garantiert ein Traktor entgegen. An diesen Tagen hasse ich das Landleben. Endlich biegt die Kutsche ab und schaukelt bergauf, um die Passagiere weiter durch den bergischen Grünkohl zu befördern. Ich drücke auf das Gaspedal, die Reifen rumpeln durch tiefe Schlaglöcher, sodass meine Brille auf der Nase verrutscht.

In der alten Strumpfhosenfabrik hat das A®telier Quartier bezogen. Dort werkeln die unterschiedlichsten Künstler. Chef der bunten Truppe, wenn es so etwas gibt, ist Hajo Dellrich. Er arbeitet mit Plastiken, baut Skulpturen aus verschiedenen Materialien und erschafft riesengroße Gemälde. Früher war er Polizist, aber wegen seiner künstlerischen Laufbahn und einer seltsamen Erbschaft hat er die Mütze an den Nagel gehängt und die Dienstmarke dazu. Seine Bilder sind wirklich farbenfroh und inspirierend, wie sie dort im Foyer der Fabrik hängen. Sollten mir meine weißen Wände nicht mehr gefallen, werde ich Hajo um eine Leihgabe bitten. Er verkauft die Kunstwerke nur in Ausnahmefällen.

Ich humpele durch einen Flur, in dem einige alte Maschinen aus ruhmreichen Tagen stehen. Sie sehen so aus, als könne man damit sofort wieder in die Produktion einsteigen. Eine Informationstafel mit Urlaubs- und Dienstplänen von damals ist ebenso vorhanden wie das antike schwarze Telefon samt Wählscheibe. Im Hauptraum geht es nicht mehr so gefällig zu. Parolen in schreiend roter Farbe springen mich an: »Denk an deinen ökologischen Fußabdruck!«, steht inmitten einer zertrampelten Sandkiste.

Die wartet jedoch nicht auf dem Boden, bis spielende Kinder zum Kuchenbacken anrücken, sondern hängt an zwei Ketten befestigt von der Decke herunter. Der geformte Sand scheint festgeklebt und für Kinderhände somit unbrauchbar zu sein. Am Rand kleben Getränkedosen und andere Verpackungen. »Wir vernichten unsere Zukunft«, »Homo sapiens versus Artenvielfalt«, »Nieder mit der Wegwerfgesellschaft«, »CO_2? Einerlei«, »Fracking, Pipelines und Vernichtung« sind andere wenig frohe Slogans, die die umtriebigen, anscheinend radikal-ökologisch gesinnten Künstler aufgestellt und mit Collagen, Plastiken und Gemälden verdeutlicht haben. Es riecht nach einer Mischung aus frisch geschnittenem Gras, Altöl und Kräutertee.

Hajo läuft hektisch durch den Saal. »Halt, Besucher haben hier nichts verloren!«, blafft er feindselig. Als er mich erkennt, wird sein Gesicht stellenweise freundlicher. Er erklärt: »Hallo, Bea. Die Kunstwerke sind geheim. Wir möchten unsere Ausstellung mit einem Knalleffekt eröffnen. Wenn vorher Details bekannt werden, verpufft die erhoffte Wirkung.«

»Habt ihr auch Schaufensterpuppen im Bestand?«, frage ich unvermittelt.

Hajo stutzt, dreht sich einmal um sich selbst im Kreis und weist mit theatralisch ausgeklapptem Arm auf die Sammlung der abstrusen Dinge. So kann ich leider sein Gesicht nicht sehen. Ich nehme ein Wackeln in der Stimme wahr, was will Hajo verbergen?

»Wir arbeiten mit allen Sinnen und mit Dingen, die unsere Mitmenschen achtlos fortwerfen. Es kann schon sein, dass ausgediente Schaufensterpuppen dabei sind. Warum interessiert dich das?«

Ich erzähle ihm von der verschollenen Gerda und Charlotte. Hajo wirkt nun nachdenklich. »Ausgeliehene Exponate sollten natürlich zurückgegeben werden«, verkündet er.

»Kann ich Charlotte sprechen?«, will ich wissen. Mir kommt es vor, als wäre er nicht ehrlich.

»Sie ist nicht hier. Meistens arbeitet sie am späten Abend. Sie hat wirklich gute Ideen und eine Menge Talent.« Er ist eifrig bemüht, mich aus dem Saal zu bekommen. Er hat meinen Arm gefasst und schiebt mich zur Tür. »Du musst unsere Anlage sehen, Bea.«

Ich sehe rostige Metallskulpturen mit Glaskugeln, Glocken aus Konservendosen und einen sumpfigen Teich, in dem ein löchriges Ruderboot vor sich hin modert. Eine wirklich ganz außerordentliche, bisher nie gesehene Außenanlage, kommentiere ich stumm und ironisch.

»Ich vermisse die Weihnachtsdekoration, Hajo. Ihr geht wirklich nicht mit dem Zeitgeist«, witzele ich und will ihn aus der

Reserve locken. Wie steht er zu dieser Geschichte? Hajo plustert sich auf. »Soll die bornierte Oberpfeife Giesbrecht ordentlich eins auf die Nase bekommen. Ich hoffe, die Widerstandsbewegung heizt ihm ein. Es lebe die Zivilcourage. Der hitzköpfige Knabe kann nicht schalten und walten, wie er will.« Hajo ereifert sich. Mir kommt es vor, als sei seine Aufregung etwas aufgesetzt oder übertrieben.

»Er, mein Chef, ist also nicht dein Freund«, fasse ich die Sachlage zusammen.

»Dein Chef ist ein Arschloch!«, poltert er.

Ich stimme ihm in Gedanken zu, verfolge das Thema jedoch nicht weiter. Ich muss die anderen Zimmer und Nischen der Strumpfhosenfabrik sehen. Dreist frage ich Hajo danach. Und wie vermutet lehnt er mit der fadenscheinigen Begründung ab, seine Künstler müssten kurz vor der Vernissage ungestört arbeiten. Hier werde ich tiefer graben müssen. Was verbirgt Hajo? Deckt er Charlotte? Oder steckt mehr dahinter? Hat die Weihnachtsmarkt-Opposition in der Strumpfhosenfabrik eine Außenstelle errichtet? Für den Moment begnüge ich mich mit der Vorstellung, ein bisschen Alarm in dem Laden gemacht zu haben, und dem Plan, demnächst erneut mit einem Stock in dem Wespennest A®telier herumzustochern.

Brunhilde gackert vorwurfsvoll, als ich meinen Wagen nach einem Lebensmittelgroßeinkauf in der Scheune neben dem alten Traktor abstelle. Ich kann schließlich nicht nur von ihren Eiern leben und sage das deutlich. An Brunhildes beleidigtem Gesicht ändert sich dadurch nichts. Sie rennt wie ein aufgescheuchtes Huhn um das Auto herum und schaut nach, ob es unversehrt ist. Eine Feder segelt davon.

Ob Geflügel graue Federn bekommt, wenn es sich zu sehr aufregt, ähnlich den grauen Haaren bei uns Zweibeinern ohne Flügel? Ich trage die Einkaufstaschen ins Haus. Ein wenig vorsichtig schaue ich durch das Küchenfenster in den Garten. Der Apfelbaum steht ohne Anhängsel oder Weihnachtsbaum-Schmuck auf der Wiese. Aber auf meiner Terrasse sitzt jemand!

Ich sehe einen blonden strähnigen Haarschopf über die hohe Lehne eines Gartenstuhles ragen. Polizei oder ein Messer aus der Schublade? Was ist meine beste Maßnahme?

Bevor ich gründlich darüber nachgedacht habe, liegt das Werkzeug mit der scharfen Klinge in meiner Hand. Ein heftiges Klopfen an der Scheibe lässt mich zusammenzucken. Das Messer segelt zu Boden, und ich kicke es unter die Spüle.

»Mick!«, entfährt es mir, und ich schiebe die Tür auf. Ich lasse den Elektriker meines Vertrauens in die Küche.

»Tuten Gag«, werde ich von dem Buchstabenakrobaten schneidig begrüßt. Sprachlich ist der Knabe garantiert hochbegabt, er schaltet so schnell wie seine elektrischen Stromkreise. Mindestens. »Ich dachte, ich komme ridekt persönlich vorbei. Bo wrennt's denn?«

»Ich hätte gerne eine Kameraüberwachung und mehr Licht auf meinem Grundstück. Und stell keine weiteren Fragen«, sage ich höflich, aber deutlich. Unaufgefordert bringe ich Mick einen Kakao mit Sahne und ohne Kalorien auf die Terrasse, wie der Elektriker ihn vorzugsweise ordert.

»Hm, Schanke dön. Ich müsste schon wissen, was oder wen du aufspüren willst, um die optimale Bestückung und das Ausmaß der Ausleuchtung abzuschätzen. Das könnte ein teurer Spaß werden.«

Ich druckse herum, will nicht wirklich heraus mit der Wahrheit. Jetzt, mit Mick auf der Veranda im Tageslicht, kommt mir meine Panik wegen eines banalen Seils und einer blöden Karte leicht übertrieben vor. Vielleicht war es ein Zufall? Dennoch, ich will kein weiteres Mal Dinge finden, die mir zu schaffen machen. Jetzt ermittelt Bea Lautenschläger.

Mick trinkt einen Schluck, leckt die Sahne von den Lippen und wagt einen erneuten Vorstoß: »Bea, Überwachung in dieser heimeligen Gegend zwischen Bergischer Taffeekafel und Dröppelminna? Gibt es hier seit Neuestem Danbiten, Nidknapper und Bäurer?«

»Banditen, Kidnapper und Räuber?«, murmele ich langsam. So rasant kann ich Mick nicht folgen, ich muss übersetzen.

»Ja, oder Dasisten, Diehviebe und Triebtäter?«

»Haha, das letzte Wort ist langweilig«, grinse ich. Ich berichte Mick von den Plastiktüten im Baum und dass die oberste Polizeidirektion einen mordenden Psychopathen in spe vermutet. Warum ist mir das nicht gleich eingefallen? Ich bin außer Übung. Oder war es hirnlos, dass Seil zu verschweigen? Nein, je weniger Leute davon wissen, desto besser.

»Psychopath ist auch doof, kann man nicht tauschen. Nur unauffällig«, sagt Mick. »Ist das nicht ein bisschen voreilig und weit hergeholt mit dem Keriensiller?«, setzt er eine bessere Alternative drauf.

»Und außerdem will ich keine fremden Hundehinterlassenschaften im Garten«, sage ich.

»Das wird kompliziert. Wenn wir unten filmen, erkennst du den ungeliebten kackenden Vierbeiner. Aber einen mordenden Zweibeiner kannst du schlecht identifizieren«, erklärt Mick.

»Gibt es keine beweglichen Kameras, so mit Sensor, in unseren Zeiten? Außerdem muss es unauffällig sein, riesige Apparate und Linsen sind tabu«, formuliere ich meine Wünsche präzise.

Yeti streift durch die Beete. Er macht einen großen Bogen um Mick, der für Katzen nur ein Drei-Millimeter-Stahlgeschoss übrighat.

»Sonntag!«, verspricht Mick. »Hast du einen Grundriss von Haus und Garten? Ich brauche das für die Länge der Leitungen. Ich besorge ein paar Kleinigkeiten, und morgen legen wir los.«

Ein gewisses Gefühl der Erleichterung macht sich in mir breit. Ich berichte Mick von meinem Besuch im A®telier.

»Irgendetwas ist da faul!«, schließe ich ab.

»Lea Bautenschläger, Letektivin mit Deidenschaft«, stellt Mick fest und denkt nach. Seit ich sein Hightech-Fahrrad wieder aufgespürt habe, stellt er meine logischen Fähigkeiten nicht mehr in Frage.

»Ich würde gerne ein paar Bilder von diesen gefüllten Plastiktüten sehen«, sagt Mick. »Wahnsinn, was gerade hier abgeht!«

»In welchem Loch hast du denn gesteckt? Die Presse überschlägt sich mit Meldungen zu den ominösen zerstückelten

Kunststoffkörperteilen und der Weihnachtsmarkt-Geschichte«, stelle ich vorwurfsvoll fest.

»Ich habe gearbeitet!«, sagt Mick kurz. »Von morgens bis in die Nacht. Der Jungbrunnen, das Wellnesshotel, hat den Speisesaal und die Küche im großen Stil umgebaut. Die Architektin war ein Alptraum. Aber jetzt bin ich mit dieser Baustelle fertig.«

Und ziemlich am Ende, wie mir sein Gesicht verrät. Dunkle Schatten unter den Augen, die Wangen hager und eingefallen. Ob er den Alptraum in seinem Bett hatte?

»Kannst du mit einem Grill umgehen? Wir könnten morgen das Ding anheizen und zusammen essen«, schlage ich vor.

»Fleisch, unbedingt von Vierbeinern, also weder Pute noch Fisch«, verlangt er.

»Es ist aber ein Holzkohle-, kein Elektrogrill«, ziehe ich ihn auf.

»Ich als ehemaliger Feuerwehrmann bin Herr der Flammen! Hast du noch einen Kakao?«, fragt Mick und hält auffordernd seine Tasse hoch.

Gerade als ich die zweite Portion vor ihm abstelle, hält ein weiteres Fahrzeug in meiner Einfahrt. Schritte gehen an die Haustür, die Klingel rumort heiser.

»Die repariere ich ebenfalls morgen«, nimmt sich Mick vor. Ich gehe zur Tür und lasse Gregor ins Haus.

»Was will der Schwachströmer bei dir?«, blafft Gregor untypisch gereizt.

»Die Türklingel macht Zicken«, kann ich mich praktischerweise herausreden. Die beiden Männer starren sich grantig an.

»Bis morgen, Bea«, lächelt Mick süffisant, nachdem er den Kakao genüsslich ausgeschlürft hat. »Auf Wiedersehen, Herr Kommissar!«, nickt er Gregor zu und scheint dessen zornigen Gesichtsausdruck zu genießen.

Der Elektriker meines Vertrauens jagt ein Huhn, es ist nicht Brunhilde, davon und stiefelt völlig selbstverständlich in die Scheune. Lässig schiebt er sein Rad mit einer Hand über den Vorplatz, bevor er sich in den Sattel schwingt.

Ich grinse ihm ein wenig dämlich hinterher, was Gregor säuerlich kommentiert. »Ich dachte, die Vogelscheuche hättest du abgehakt? Der war doch verschollen. In der Zeit, als du Unterstützung gut brauchen konntest, ist der abgetaucht. Bis heute weiß keiner, was er in dieser Zeit getrieben hat.«

Ich weiß es durchaus, werde es aber dem Kellerbullen nicht auf die Nase binden.

Er muss wirklich eifersüchtig oder tief frustriert sein. So negativ gestimmt erlebe ich ihn selten. Das Triptychon klatscht mit einem vorwurfsvollen Ton auf die Kommode, sodass die Fotos nicht mehr sichtbar sind. Die Bilder von Henry und mir.

»Was heitert dich auf, Gregor?«, frage ich stattdessen. »Ich hatte für heute einen vegetarischen Eintopf geplant.«

Gregor brummt etwas. Er könnte bei seinen Eltern essen, Ilse würde deftig auftischen. Schließlich schnippeln wir in trauter Eintracht Gemüse klein, trinken seltsam einmütig dazu erst Kräutertee und später ich einen Wein und Gregor ein Bier, das er von nebenan holen muss. Wir haben es uns auf dem breiten Steg am Schwimmteich gemütlich gemacht. Weil wir uns von Kindesbeinen an kennen, müssen wir nicht immer reden. Das macht unsere Beziehung durchaus angenehm. Unaufgeregt und in einvernehmlichem Schweigen schauen wir auf das Wasser und in den Garten, beobachten Vögel und Insekten, die emsiger unterwegs sind als wir.

Sonntags und die Kirche im Dorf

Der Sonntag gehört der Kirche, ein Gottesdienst in dem tausendjährigen Gebäude ist obligat. Man hört zu und trifft sich hinterher zum Kirchenkaffee, um die Neuigkeiten der Woche auszutauschen. Hier ist die Welt eben noch in Ordnung, wir regeln alles unter uns, und der Pfarrer gehört zu den wichtigen Dorf-Autoritäten. Gerade steht er auf der Kanzel mit dem goldenen Deckel. Irgendein Heiliger hat seinen Fuß auf einem echsenähnlichen Tier abgestellt. Reinhardt Kraus predigt wortgewaltig und braucht dazu kein Mikro. Seine Stimme schallt zwischen den Säulen hindurch bis in den letzten Winkel der romanischen Schlosskirche.

»Auch wenn der Sommer vor der Tür steht, Weihnachten ist immer. Gott kam uns in seinem Sohn unendlich nahe, er hält sein Versprechen und schenkt uns die Erlösung. Wir dürfen nicht zulassen, dass sein Erbe in Vergessenheit gerät. Weihnachten ist nicht Kommerz, sondern Liebe. Weihnachten ist keine winterliche Eventveranstaltung, sondern Erinnerung an das Wesentliche. Weihnachten ohne Jesus, ohne Kirche ist völlig sinnentleert. Deshalb gehört der Markt nicht zum säkularen Wellnesstempel, sondern in den Mittelpunkt des Dorfes, und der liegt immer noch rund um die Kirche. Hier können wir von dem Wunder der Nacht erzählen, hier finden die rastlosen Käufer einen Hort der Stille und Kinder einen Ort, an dem sie willkommen sind. Wärme, fröhliche Lieder und Familienzeit, sollen all unsere Bemühungen um ein entschleunigtes Weihnachtsfest in diesem Jahr ins Leere laufen? Die Posaunen und Trompeten können nicht vom Turm herab erklingen, die Chöre singen keinen Ton vom Fest der Versöhnung, und der Basar zugunsten der Mission kann nicht stattfinden. Liebe Schwestern und Brüder, lasst uns Widerstand leisten. Wir wollen unseren traditionellen Weihnachtsmarkt rund um die Kirche am dritten Advent erhalten. Wir wollen ihn nicht mit den weltlichen Ambitionen unseres Bürgermeisters teilen. Unsere Gegenwehr soll entschlossen, aber friedlich sein. Seid ohne Falsch wie die Tauben und listig wie die Schlangen. Im Anschluss an den Gottesdienst treffen sich alle interessierten Gemeindemitglieder im Saal nebenan. Amen.«

Holla, mit dem Herrn Pfarrer ist nicht zu spaßen. Er und ich, uns verbindet eine besondere Beziehung. Mich würde wirklich interessieren, welche Aktionen beschlossen werden, was Reinhardt bei und mit seinen Gemeindemitgliedern herausschlagen kann. Aber ich muss nach Hause. Ich werde nachher Günther Germann ausfragen oder Gregor, der etwas gelangweilt der Predigt gelauscht hat. Sein Blick huscht durch das Gotteshaus, verweilt an Säulen, auf der Empore und an der Orgel. Ist das etwa ein dienstlicher Besuch? Ermittelt er heimlich?

Ich sehe ihn mit jemandem tuscheln, den ich nicht genau erkennen kann. Der dicke Pfeiler des Kreuzgewölbes ist im Weg. Könnte es Jörg Arend, der Rechtsanwalt und Mitglied des Presbyteriums, sein? Oder sind es Befürworter der Weihnachtsmarkt-Verlegung? Die wird es sicherlich ebenfalls geben.

Von der Empore winkt mir Markus heftig zu. Er ist wirklich völlig schmerzfrei. Meine Freundin Sabine dagegen verzieht peinlich berührt das Gesicht. Jetzt fängt Markus an zu gestikulieren. Will er mich zum Kaffeetrinken verpflichten? Ich schicke ihm ein ratloses Lächeln.

»Herzliche Einladung zum Kurkonzert heute Nachmittag mit dem Musikverein«, tönt es von vorn.

Der Pfarrer spricht den Segen, und sogar Markus hört auf zu hampeln. Die Glocken läuten, der Gottesdienst hat länger gedauert als sonst. Ich muss wirklich los und lege hastig das Gesangbuch in die dafür vorgesehenen Fächer des alten Schrankes. Mick ist gewiss mit seinem weißen Kastenwagen voll Spezialwerkzeug vorgefahren und brennt darauf, die Kisten und Kameras in Betrieb zu nehmen.

Tatsächlich hat er bereits mit der Maßnahme begonnen. Sein Transporter steht mit offener Tür im Hof, und Material in unzähligen Kartons stapelt sich davor. Mick zeigt mir seinen Plan. Mit

Kreuzen hat er die Standorte der zukünftigen Kameras markiert. Es sieht nach einer großen Sache aus. Mit einem Leitungsfinder ist er herumgelaufen, um Kabel aufzuspüren, und hat wer weiß was für Dinge veranstaltet.

»In deiner Scheune, Bea, wird viel Strom verbraucht. Der Zähler rotiert. Was hast du denn da für Geräte stehen? Oder funktioniert das Holztor etwa elektrisch? Ich möchte einen Verteiler anzapfen und eine Kamera dort anbringen.«

»Keine Ahnung, Henry hat früher stundenlang gewerkelt, am Traktor und so. Aber jetzt läuft keine Maschine mehr.«

»Hmpf!«, sagt Mick und spielt an dem Messgerät herum. Für neue, innovative Projekte, die ihn nicht langweilen, ist Mick immer zu haben. Da kann man sich auf ihn verlassen. Sonst wird eine Verabredung, eine Abmachung mit ihm … zuweilen zum Glücksspiel.

Nach dem üblichen Kakao geht es mit neuer Kraft weiter, und einem Testlauf steht nichts mehr im Wege. Mick erklärt mir die Überwachung und ihre Feinheiten. An meinem Notebook kann ich die Kameras rund um das Haus einsehen. Die Filme werden gespeichert. Mick begibt sich an die Feinjustierung, und ich heize den Grill an. Gregor schaut missmutig über die Hecke. Natürlich hat er Mick entdeckt, der gerade zwei Eier von Brunhilde balanciert. Er sieht so aus, als würde er die Dinger dem Polizisten am liebsten an den Kopf werfen. Ich kann ihn gerade noch bremsen, nehme die ovalen Köstlichkeiten an mich und starre abwechselnd das Ei in meiner rechten und anschließend in meiner linken Hand an. Gregor und Mick, zwei völlig unterschiedliche Typen. Gregor: zuverlässig, klug, zuweilen verletzend ehrlich, sportlich und nicht komplett von seinem Elternhaus, der Heimat, freigestrampelt. Mick: fröhlich, unverbindlich, liebt die Herausforderung, Forschergeist, umtriebig bis anstrengend, geradlinig und geerdet. Die gegenseitige Abneigung der beiden Eierköpfe ist greifbar. Vorsichtig lege ich Brunhildes Hinterlassenschaften in die Mulden der Eiablage des Kühlschranks, intuitiv weit weg voneinander.

Gemüse- oder Salatputzen entfällt. Mick hasst alles, was mit

Vitaminen zusammenhängt. Zum Steak gibt es gegrillte Kartoffeln und Brot. Malzbier für Mick, und ich fühle mich gut, entspannt und in Sicherheit.

Sabine hämmert an die Tür, als Mick die Klingel in tausend Einzelteile zerlegt hat.

»Heute Abend treffen sich die Widerständler rund um Jörg Arend im ›Pfefferkuchenhaus‹«, sagt sie. »Ich bin neugierig, was sie als Nächstes planen.«

Markus schlendert durch das Haus, nachdem er mich wie gewöhnlich mit einem Küsschen begrüßt hat. Die Kinder Mia und Lasse jagen Hühner zwischen den Bäumen herum. Gegacker und Geschrei hallen durch den Garten.

»Abhörtechnik«, verkündet Mick und verbindet ein Kabel mit einem Steckschuh.

Sabine nickt anerkennend. »Jemand muss sie im Pfefferkuchenhaus deponieren«, sagt sie.

Mick grinst ein wenig verschlagen. »Du kannst mir Geld für eine große Brause geben, und ich setze mich dazu. Mich kennen sie nicht, schließlich bin ich ein Auswärtiger. Und ich lasse meine Mütze auf der Hirse.«

Sabine ist sofort überzeugt. Sie nickt Markus zu.

Der zischt ein »Spinnst du?«.

Doch Sabine lässt nicht locker. Widerwillig zerrt Markus ein Bündel Papiergeld aus seiner Hosentasche und drückt Mick ein Scheinchen in die Hand. Sabine blinzelt ihm verschwörerisch zu, und Mick verzieht den Mund noch weiter. Er sieht aus wie ein Ochsenfrosch, der einen Kerzenleuchter quer verschluckt hat.

»Ich halte euch auf dem Laufenden. Wo finde ich das Pfefferkuchenhaus? Kennt ihr den Witz von den bösen Geschwistern und der armen Hexe?«, fragt Mick.

Ich möchte plötzlich, dass alle mein Haus verlassen. Ich bin müde, will alleine sein und nur gemütlich einen Krimi mit den Problemen anderer Leute lesen, statt live und in Farbe mittendrin zu sein.

Ich höre am nächsten Tag nichts von Mick und vermisse Informationen über die Entscheidungen der Kirchengemeinde. Meine Konzentration auf die Arbeit lässt zu wünschen übrig, ich lasse das Telefon länger klingeln als nötig.

Gregor Germann tritt in das Kabuff und platzt wenig sensibel heraus: »Bea, parkst du auf dem Behindertenparkplatz?«

»Ist das neuerdings verboten, oder soll ich dir meinen Ausweis zeigen?« Hoffentlich ist der nicht abgelaufen, denke ich.

Gregor schüttelt den Kopf. »Nein, komm mit. Mein Wagen ist in der Werkstatt. Und das Polizeiauto aus dem oberen Bezirk bekommen wir erst morgen. Aber ich muss heute in den Bauhof. Christoph und ich haben da etwas herausgefunden.«

»Wo steckt Christoph?«, frage ich neugierig und stehe auf.

»Ach, der muss mit den Kurzen aus dem Kindergarten die Überquerung einer Straße am Zebrastreifen üben«, winkt Gregor ab.

Gut, dass wir wenigstens ein schwarz-weißes Exemplar vorweisen können. Eine Ampel gibt es nicht im Städtchen, geschweige denn eine Rolltreppe. Ich ziehe den Schlüssel aus der Tasche. Das Telefon und der Eingangsbereich im Rathaus müssen eben eine halbe Stunde ohne mich auskommen. Verwundert bemerke ich, dass Markus' Wagen in der Nähe des Rathauses steht. Ist Sabines Mann schon wieder im Amt unterwegs, oder was macht er hier? Und warum ist er nicht in der Firma?

»Vielleicht hat Sabine sich das Auto ausgeliehen«, versuche ich eine Erklärung zu finden.

Ich steuere den Automatikwagen über die Bahnhofstraße den Berg herunter. Früher gab es eine Eisenbahnstrecke, die zwischen den Orten pendelte, die ist längst Geschichte. Aber wenn sie so funktioniert hat wie jetzt der öffentliche Nahverkehr mit den unzuverlässigen, selten verkehrenden Bussen, ist das kein Wunder. Ein paar Brückenreste findet man gelegentlich, und teilweise wird die Trasse für Radwege, die an touristischen Highlights vorbeiführen, benutzt. Dazu gehört das Klärwerk, dessen nette Becken im Tal neben dem Bauhof liegen. Dort ist viel Platz für das Streusalzlager, die Maschinen und den Fuhrpark.

Der einarmige John erwartet uns, als ich meinen Wagen abstelle. Ungefragt humpele ich hinter Gregor her und ignoriere seinen grimmigen Blick in meine Richtung. Er wollte mir unterwegs keinen Ton, nicht ein winziges Detail, verraten. Ich bin mir fast sicher, dass es um den Einbruch bei Manuela Balzano geht. Zu meiner Verwunderung braust ein Motorrad an mir vorbei. Könnte das unter dem Helm Charlotte sein? Lange blonde Haare wehen zipfelig im Fahrtwind, dann biegt das Zweirad auf die Straße ab und ist mitsamt einem großen Rucksack verschwunden. John lehnt sich an die Wand und verschränkt die Arme.

»Was gibt es Wichtiges, dass die gesetzeshütende Obrigkeit in unseren niederen Hütten auftaucht? In Begleitung eines ominösen Hilfssheriffs?«, fragt er spöttisch.

Gregor hat nur ein säuerliches Lächeln übrig. »Es gibt da eine Zeugenaussage, sehr zuverlässig übrigens. Und die besagt, dass eine gewisse Horde Bauhofbediensteter sich im Nagelstudio aufgehalten hat. Und zwar nicht zur regulären Öffnungszeit und mit einer klitzekleinen Schaufel als Stemmeisen im Gepäck.«

In Johns Gesicht zuckt nur die Augenbraue. »Im Nagelstudio braucht man eher eine Feile«, entgegnet er und lässt den Polizisten nicht aus den Augen. Ich erwarte jeden Moment Blitze, die den Schlagabtausch, den Kontakt von Angesicht zu Angesicht, grell flackernd intensivieren.

»Ich möchte mich gerne ein bisschen bei euch umschauen. Übrigens, herzlichen Glückwunsch nachträglich zum Geburtstag!«, sagt Gregor Germann und betritt durch die hässliche braune Tür die Halle.

Es riecht nach einer Mischung aus Biomüll, alten Windeln und Nikotin. In einem Winkel, abgetrennt durch rostige Verkehrsschilder, ist der Pausenraum untergebracht. Eine Kaffeemaschine wackelt auf einem Stapel alter Winterreifen und spuckt vor sich hin. Die Eckbank umrahmt den schmuddeligen Tisch, auf dem benutzte Tassen, leere Pizzakartons und Kronkorken ein Chaos bilden.

»He!«, protestiert John halbherzig, macht jedoch keine Anstalten, den Polizisten am Herumschnüffeln zu hindern.

John strahlt eine gewisse Feindseligkeit aus, und der Schweißgeruch seines Arbeitshemdes vertieft diese Aura. Ich verlasse die Männer und gehe um die Halle herum. Aus dieser Richtung kam das Motorrad.

Tatsächlich parken die Autos der Arbeiter im Kies, und ich finde einspurige Reifenfurchen, die einen Halbkreis gefahren sind. Neben dem Hinterausgang liegt etwas Rotes zwischen Brennnesseln und anderem Unkraut.

Ich gehe dichter heran und pfeife triumphierend durch die Zähne. Gemütlich schlendere ich zurück und sehe, wie Gregor frustriert die Halle verlässt. Anscheinend waren seine Bemühungen nicht von Erfolg gekrönt. Die Mimik des einarmigen John verrät nichts von seinen Gefühlen. Spielhalle, Pokerface? Er schließt die Tür des Gebäudes sehr bestimmt von außen und zieht seine Baseballkappe tiefer in die Stirn. Ich lasse Gregor einsteigen und ignoriere sein Knurren, lächele ihn freundlich an. Der einarmige John steigt in einen der schmalen Unimogs und fährt rasant davon. Die Steine spritzen zur Seite, regnen an mein Auto. Eine Handbewegung lässt mich stutzen. Hat der Typ mir gerade seinen emporgereckten Mittelfinger gezeigt? Gregor starrt stumpf geradeaus und flucht.

»Scheiße, wir waren uns so sicher! Ich muss die anderen Arbeiter in die Mangel nehmen.«

Ich lache. »Die verraten nichts, garantiert. Aber ich kann dir etwas zeigen. Dafür wärst du mir dann bei Gelegenheit einen Gefallen schuldig.«

Gregor brummt ein »Du spinnst wohl!«.

»Na, dann nicht!«, stelle ich fest und lasse den Motor an. Der Automatikwagen rollt langsam los.

»Sei doch nicht zickig, Bea. Außerdem ist das eine Unterschlagung von was weiß ich oder eine Verschleierungstaktik, die strafbar ist«, schimpft Gregor.

Ich fahre unbeeindruckt weiter, setze den Blinker, lasse einen Bus vor.

»Ach, Mensch, Bea, tut mir leid«, grummelt Gregor etwas widerwillig. »Was hast du gefunden?«

Ich lege den Rückwärtsgang ein, drehe und lenke um die Halle. Wenig später, nach mehreren Beweisfotos, zieht Gregor eine rote Filzmütze mit weißem Rand aus dem Gebüsch neben der Tür.

»Die Mütze des gestohlenen Nikolaus!«, sagt er triumphierend.

»Wahrscheinlich«, schränke ich ein. »Diese Dinger sind Massenware.«

Gregor nickt und brummt. »Tja, ich dachte wirklich, dass ich den Beobachtern aus dem Dorf vertrauen kann. Meine Zeugen wollen die Arbeiter im Nagelstudio gesehen haben. Und andere berichten von einem Weihnachtsmann, den die Gärtner in ihrem Schmalspurunimog auf dem Beifahrersitz platziert und später im Bauhof untergebracht haben.« Gregor legt eine kurze Denkpause ein. »Garantiert war John vorgewarnt und hat sein Geburtstagsgeschenk entsorgt, versteckt …«, vermutet er.

»Oder dem Motorradfahrer mitgegeben«, murmele ich.

Gregor springt nicht darauf an. Plötzlich zuckt er zusammen. »Motorrad? Ja, jetzt, wo du es sagst. Hast du dir das Kennzeichen gemerkt?«, will er wissen.

»Nein, Herr Kommissar. Ich bin nur der nicht ernst genommene Hilfssheriff. Aber ich bin mir fast sicher, dass Charlotte, die bei ›Besser Balzano‹ aushilfsweise arbeitet, auf dem Ding gesessen hat«, pflaume ich Gregor an. Soll ich jetzt seine gesamte Arbeit übernehmen? Ich frage mich, wo das Beil und Gerda, die Schaufensterpuppe, geblieben sind. Und fehlt nicht ebenfalls eine Unterschriftenliste der Weihnachtsmarkt-Gegner?

»Charlotte und Johannes, sind die beiden ein Pärchen?«, mutmaßt Gregor. »Charlotte und den Weihnachtsmann jetzt aufzuspüren gleicht der Suche nach der Nadel im Heuhaufen. Aber fahre mal durch das Ölsbachtal. Vielleicht finden wir zwei Verliebte auf der Knutschbank.« Ich gehorche, und wir fahren an Markus' Firma vorbei. »Die bauen schon wieder an«, stellt Gregor fest. »Die müssen ohne Ende Umsatz machen.«

Ich sage dazu nichts. Markus erzählt mir hin und wieder von seinen Geschäften. Er hat den richtigen Riecher für große Dinger, da staune ich nur.

»Fahr schneller!«, kommandiert Gregor, und ich kommentiere mit einem genervten »Pfff«.

Die Straße ist schmal und kurvig und für Gegenverkehr nicht geeignet. Die Bank in der Sonne, ein beliebter Treffpunkt, ist verwaist. Wir sehen nicht einmal einen Eisvogel oder Schmucklibellen.

»Schade, war nur so eine Idee. Wir werden uns etwas anderes überlegen.«

»Wir?«, frage ich sicherheitshalber nach.

»Christoph und ich«, erklärt Gregor kalt.

Aha, ich habe also wieder ausgedient. Klar, morgen haben die Superbullen ein Auto für ihren eindrucksvollen Rechercheauftritt.

An der Straße am Nippes parkt in der Nähe des Baches eine Polizeiwagen-Armada. Dabei sind all die Fahrzeuge eine einzige Mogelpackung. Die blaue Farbe samt Schriftzügen ist nicht echt lackiert, sondern nur geklebt. Ich muss dann immer an Plakate auf der Litfaßsäule denken.

Gregor flucht, weil er nicht weiß, worum es bei der Beamtenversammlung am Nippes geht.

»Wahrscheinlich haben sie eine weitere Tüte im Wald gefunden«, sage ich so dahin.

Gregor schaut mich extrem misstrauisch an. »Woher willst du das wissen?«

Ich zucke mit den Achseln. »Warum sollten sie sonst mit ihrem gesamten Fuhrpark anrücken? Die wollen doch spielen!«, foppe ich ihn. »Ach, Mist, ich habe vergessen, dass du im Dienst bist. Bitte streich das aus deinem fotografischen Beamtengedächtnis«, sage ich.

Gregor grunzt verärgert. »Halt an, ich gehe nachsehen. Irgendwie komme ich schon zur Dienststelle«, serviert er mich ab.

Zurück im Rathaus erlebe ich einen Auftritt erster Güte. Der Bürgermeister persönlich zitiert mich in seine Amtsstube, deren Tür er demonstrativ offen lässt. Wütende Beschimpfungen prasseln auf mich ein, von unerlaubtem Entfernen vom Arbeitsplatz ist die Rede, von Verantwortungslosigkeit, von Abmahnung.

Ich bin völlig verblüfft und von der Rolle. Schon lange hat niemand mehr derartig laut und abfällig mit mir gesprochen. Klebrige Spucke meines Gegenübers fegt in mein Gesicht. Es riecht nach scharfem Lakritz, und ich hasse schwarze Sommersprossen. Die Hand des BM greift in die Anzugtasche und fischt eine kleine, flache Metallschachtel heraus. Die Ansage wird für das Einwerfen einer ovalen, glänzend schwarzen Lakritzpastille kurzzeitig unterbrochen. Danach gehen die Beschuldigungen ohne Luftholen weiter. Eine dampfende Tasse steht auf dem Schreibtisch mit der dicken Holzplatte. Es duftet nach Kamille. Der BM sollte unbedingt daraus trinken, um die beruhigende Wirkung des Heilkrautes zu erfahren.

Einen kurzen Moment wundere ich mich. Hat Giesbrecht nicht verkündet, Tee sei etwas für Weicheier? Sabine steht fassungslos am Fenster im Vorzimmer und schüttelt verzweifelt den Kopf. Die Gießkanne schwankt in ihrer Hand, und die hässlichen Veilchen auf der Fensterbank warten vergeblich auf Wasser. Im Flur sammelt sich die Rathausbelegschaft, schleicht verschämt weiter und scheint froh zu sein, dass sie nicht den Giesbrecht'schen Unmut auf sich gezogen hat. Feige Bande.

Dummerweise hat der Bürgermeister recht. Ich habe niemandem von meiner Extratour berichtet und sogar vor lauter Ermittlungseifer vergessen, das Telefon umzustellen. Der Bürgermeister schreit und wettert mit hochrotem Kopf. Seine Faust trommelt auf die blanke Platte vor ihm, und er plustert sich zu nie gekannter Größe auf. Ich warte fast darauf, dass er wie ein aufgepumpter Ochsenfrosch zerplatzt. Um nicht loszuheulen, verkrampfe ich meine Lippen. Dieses Schauspiel ist entwürdigend.

Roman Giesbrecht deutet meinen Gesichtsausdruck anscheinend falsch und legt fiese Beschimpfungen über Arroganz und

Frechheit nach. »Sie denken wohl, Frau Lautenschläger, dass Ihre Position in unserem Rathaus unantastbar ist? Da haben Sie sich getäuscht! Menschen wie Sie sollten engagiert ihre Arbeit erledigen und sich nicht auf Kosten meiner Mitarbeiter ausruhen.«

Ich schnappe nach Luft. Diese Anschuldigen treffen mich hart. Denn ich lasse mir höchst selten etwas zuschulden kommen und unterstütze meine Kollegen, wo ich kann. Aber auch ich mache Fehler, das ist schließlich menschlich. Der Chef will mich niedermachen, er will, dass ich weine, vor ihm. Diesen Gefallen werde ich ihm nicht tun.

Bevor ich eine unbedachte Äußerung von mir geben kann, hat mich Sabine beruhigend am Arm gefasst und die Gießkanne auf dem mächtigen Chef-Tisch abgestellt. Eisig unterbricht sie den zornigen Wutausbruch des Bürgermeisters.

»Ich denke, Bea und das ganze Rathaus haben verstanden, was Sie gesagt haben, Herr Giesbrecht. Sie haben einen Termin mit der Geschäftsführerin des Jungbrunnens. Frau Zimmermann erwartet Sie bereits seit zwanzig Minuten.«

Der BM schlägt mit einer wegwerfenden Handbewegung die Gießkanne herunter. Sie segelt in hohem Bogen durch den Raum. Das Wasser versickert im Teppich. Ich verschwinde in der Damentoilette. Die orangefarbenen Trennwände wackeln, als ich die Tür hinter mir zuwerfe.

Sabine folgt mir wenig später.

»Dieses geschmacklose Scheusal!«, flucht sie. »Er hat sich über einen Anruf geärgert und lässt seine Wut an dir aus.«

Ich habe mich allmählich gefangen, und meine Beschimpfungen über diesen dämlichen Despoten fallen harmloser aus. Sabine nickt, zetert mit, und weitere Kolleginnen aus den verschiedenen Abteilungen machen ihrem Unmut Luft. Nicht alle, einige scheinen mir diese Abfuhr zu gönnen, wie ich den teilweise selbstgefälligen Mienen entnehmen kann.

Spontan nehme ich mir einen halben Tag Urlaub und fahre nach Hause. Ich hatte nicht einmal einen Funken Ahnung, was mich dort erwarten würde, und der Schock erwischt mich eiskalt. Es ist unmöglich, die Tränen zurückzuhalten. Ein tiefes Schluchzen sitzt in meiner Brust und bricht unkontrolliert heraus. Ich muss schreien, sonst ersticke ich. Der Ton zerreißt mir fast die Stimmbänder, zerfetzt das Trommelfell und gellt in meinen Ohren. Meine Beine zittern und klappen zusammen.

Langsam rutsche ich an der Wand herunter und bleibe neben der Haustür wie ein Häufchen Elend hocken. Über mir, an einem der freigelegten Dachbalken der Galerie, baumelt ein Seil. Der Knoten ist kunstfertig ausgeführt, und in der Schlaufe hängt ein Hals, oben der Kopf, unten der Körper. Die Zunge hängt blau heraus, die schwarzen Augen quellen wie runde Knöpfe heraus. Es *sind* Knöpfe, die Augen einer Vogelscheuche aus Stroh, die aufgeknüpft wie ein verurteilter Verbrecher vom Galgen hängt.

In meinem Haus! Im oberen Stockwerk und halb im Treppenhaus. Genau an derselben Stelle wie Henry. Nicht daran denken, keinen Gedanken daran, verbanne diese Bilder, Bea, ganz schnell! Niemand darf es wissen. Es war ein Unfall, denke daran, Bea! Henry ist beim Renovieren abgestürzt, heißt es in der offiziellen Version, will ich mir einschärfen. Es klappt nicht.

Ich sehe die zappelnden Beine meines Mannes vor mir. Höre das Gurgeln, dieses Japsen nach Luft und dieses irrsinnige Plätschern, als Urin von oben auf die Fliesen tropft. Rieche diesen stechenden Gestank, die Angst. Ich erinnere mich an sein egoistisches, neidisches, krankhaftes »Ich zeige es dir, Bea. Du sollst leiden. Ich bin der Herr im Haus! Nie wieder sollst du glücklich sein. Ich, Henry, bestimme das Geschick«.

Ich tue nichts, damals nicht, heute nicht. Damals saß ich zusammengefaltet auf dem Fußboden, spürte die Kälte der Fliesen, der Wand und wartete. Hoffte darauf, dass die Bewegungen nachlassen, dass die gelbe Flüssigkeit nicht in meine Hose dringt, kein Laut mehr zu vernehmen ist. Jetzt warte ich ab, hoffe, dass die Figur da oben verschwindet, sich in Luft auflöst.

Damals setzte irgendwann mein Verstand ein, befahl den Füßen, aufzustehen. Dieses Mal ist es hoffnungslos. Ich kann mich nicht bewegen. Die Kraft hat mich verlassen. Ich weine und weine, wische den Rotz an den Ärmeln meiner Jacke ab, es schüttelt mich vor Verzweiflung, und ich kann nicht aufhören zu zittern. Irgendwann krieche ich auf allen vieren los, zwinge meinen Blick auf die Quadrate der Fliesen, überquere die Fugen wie tiefe Schluchten und erreiche mein Schlafzimmer. Ich ziehe mir die Decke über den Kopf und beiße in mein Kissen.

»Scheiße, Scheiße, Scheiße. Was soll ich bloß machen?«

Mitten in der Nacht werde ich wach. Mein Magen grummelt, der Mund ist ausgetrocknet wie die Sahara, und die Zähne knirschen laut, als steckten Sandkörner auf den Kauleisten. Es ist stockdunkel. Schlagartig kehrt die Erinnerung zurück. Vom Deckenbalken hängt die Henkersschlaufe. Blaue Zunge, verzerrtes Gesicht. Mir wird übel, ich muss würgen. Saurer Magensaft verätzt meinen Rachen. Meine Bluse klebt klatschnass an meinem Rücken, am Bauch. Jetzt friere ich. Die Überwachungskameras!

In fieberhafter Eile und mit bebenden Fingern starte ich den Laptop, der auf der Kommode liegt. Wie ist der Eindringling mit Seil und Vogelscheuche dorthin gekommen, frage ich mich und sichte die aufgenommenen Bilder. Sie sind grobkörnig, Yeti zischt von rechts nach links, Brunhilde schaukelt vorbei, sonst entdecke ich nichts. Eine Kamera fehlt, die von hinten.

Ich klicke und klicke, suche und beiße mir vor Nervosität auf den Lippen herum. Die Fotos der vierten Linse bekomme ich nicht ans Laufen. Was ist da los? Ich rappele mich auf, ich muss nachschauen. Meine Füße verweigern den Dienst, wollen mich nicht aus dem Schlafzimmer in die feindliche Welt tragen. Bewaffnet mit meiner großen Taschenlampe male ich einen hellen Lichtkegel auf den Boden, leuchte in die dunklen Ecken des Raumes und schleiche schließlich mit wackeligen Beinen Richtung Flur. Ich muss zur Hintertür.

Kalte Luft strömt über meine Füße. Erschrocken halte ich inne, richte die Lampe nach unten. Die Katzenklappe der Tür scheint offen zu sein. Jemand muss sie mit brachialer Gewalt herausgerissen haben, Splitter, Holzreste und die Schrauben liegen auf dem Boden. Eine Windböe knallt gegen das Haus, verfängt sich in den Ästen der Bäume. Langsam öffnet sich ohne mein

Zutun die Tür. Kalte Feuchtigkeit schlägt mir entgegen. Der Luftzug raubt mir fast den Atem.

Ich mache einen großen Schritt, reiße an der Klinke. »Stopp! Stehen bleiben!«, kreische ich hysterisch.

Meine Stimme klingt hoch, schrill, heiser. Und überfordert. Die bedrohliche Dunkelheit des Gartens macht an der Schwelle halt, das Licht der Taschenlampe in meiner Hand wackelt panisch, hält die Schwärze fern. Die Kamera!

Sie ist hinter dem Fallrohr befestigt, ein Kabel hängt nutzlos herunter, deswegen keine Aufnahmen. In der Ferne ruft eine Eule, die Blätter knistern, Regen rauscht herunter. Schritte? Nein?

Doch! Der Einbrecher ist noch hier. Er lauert, er wartet auf mich. Mit einem weiteren Seil und einer geknüpften Schlaufe? Ich ramme die Tür ins Schloss, zerre eine Kommode vor den Hintereingang und stapele willkürlich andere Möbelstücke darauf. Weg! Ich bleibe nicht hier!

Irgendwie und irgendwo finde ich die Schlüssel. Meine Füße scheinen zu schweben, fast schwerelos geistere ich durch die Haustür hinaus. Meine Augen sind starr geradeaus gerichtet, um die vom Todeskampf gezeichnete Vogelscheuche kein zweites Mal anschauen zu müssen. Ich kotze in den akkurat geschnittenen Buchsbaum, das zweite Mal ins Blumenbeet, bevor ich endlich im Kugelporsche sitze. Brunhilde fängt an zu zetern und kann gerade noch zur Seite flattern, ehe ich über die Einfahrt auf die Straße presche.

Kein Licht zu sehen, alle Häuser sind dunkel, die Straßenlampen sind abgeschaltet. Mir begegnet kein Mensch, kein Fahrzeug. Niemand folgt mir. Golfplatz, Jungbrunnen, Schlagloch: Am Rathaus blinkt die Weihnachtsbeleuchtung in Rot und Gold. Lametta hängt in sauerkrautähnlichen Fäden von der immergrünen Bepflanzung des Vorplatzes. Einige Kugeln liegen auf der Straße, die Reifen meines Wagens zermalmen die Kunstwerke aus dünnem Glas.

Allmählich sickern klarere Gedanken durch meinen Kopf. Wohin, Bea? Polizei? Das geht nicht. Meine kompletten Bemühungen, die Vergangenheit zu begradigen, wären null und nichtig. Sabine? Bierenbachtal. Ich gebe Gas.

Vor dem Einfamilienhaus mit dem runden Türmchen bekomme ich Skrupel. Ich will nicht aussteigen, die Bewohner in Angst und Schrecken versetzen. Am liebsten würde ich ewig weiterfahren, die Müdigkeit macht meine Augenlider allmählich schwer und unhandlich wie Kanaldeckel. Mick.

Nach zwanzig Minuten stehe ich vor seiner Souterrainwohnung in Bielstein. Ob ich den direkten Weg dorthin genommen habe, scheint fraglich. Mit meiner Taschenlampe blinke ich in das Fenster seines Schlafzimmers. Kurz-kurz-kurz-lang-lang-lang-kurz-kurz-kurz. SOS. Ich habe den Kugelporsche verriegelt, notfalls schlafe ich auf dem Sitz.

Mick reißt das Fenster auf. Seine blonden, etwas zu langen Haare stehen verstrubbelt in alle Richtungen. Sein Arm holt aus, er will etwas werfen. Er blinzelt, verwundert. Er verschwindet und taucht neben meinem Auto wieder auf.

»Katzenklappe«, stottere ich.

»Kann man nicht vertauschen, die Buchstaben, meine ich«, sagt Mick trocken. Er hilft mir beim Aussteigen und bugsiert mich in seine Wohnung. Sie liegt unter einer Arztpraxis und hat eine merkwürdige Raumaufteilung, deshalb ist sie dunkel und billig. In dem großen Wohnraum mit mickriger Küchenzeile zaubert Mick aus letzten Resten einen Kakao und platziert mich in seinem alten Sessel. Eine Fleecedecke soll Wärme herbeischaffen.

Stockend berichte ich. Mick, der sonst reden kann wie ein Wasserfall, hört zu und scheint aus meinen Wortfetzen schlau zu werden.

»Du hast niemanden gesehen? Jetzt? Sollen wir die Polizei hinschicken?«, fragt er. »Die freuen sich, wenn sie nachts mal rausdürfen.«

Ich winke nur ab, in meiner Hand zittert die Tasse so sehr, dass Mick sie mir abnimmt und auf die Herdplatte stellt. Ich starre aus dem großen Panoramafenster auf Micks verwahrloste Veranda und den Waldrand. Ich sehe, wie aus dem Dunkelblau der Nacht ein Grau des Morgens wird. Meine Augen müssen zugefallen sein und klappen auf, als Mick meinen Ellbogen von der Sessellehne zieht. Ich falle zur Seite.

»He, Bea, es ist spät. Ich muss los«, sagt Mick.

Ich fluche, richte mich auf, mein Rücken knackt protestierend. Mein Kopf dröhnt. Die Kleidung ist total zerknittert, dabei muss ich zur Arbeit. Eigentlich seit zehn Minuten. Und eigentlich fühle ich mich dazu nicht in der Lage.

»Ich muss mich krankmelden«, lalle ich durcheinander und suche meine Brille.

Mick reicht mir das Gestell, und ich rappele mich auf.

Die Vogelscheuche!, hämmert es plötzlich in meinem Hirn.

»Kann ich hierbleiben?«, frage ich Mick.

Der zuckt mit den Achseln. »Wenn du meinst. Aber besonders gemütlich ist es nicht.«

Da hat er recht. Diese Kellerwohnung umfasst einen großen Wohnraum, der nur mit nachgerüsteter Beleuchtung hell ist, ein Badezimmer und zwei kleinere Kammern mit winzigen Fenstern. In einer steht Micks Wasserbett, in der anderen ein Blechregal mit Micks Ordnern und sein wackeliger Schreibtisch. Von den Decken hängen lediglich Glühbirnen, für das Anbringen richtiger Lampen hat sein Berufsethos bisher nicht ausgereicht. Es ist ein Ort, in dem Depressionen unter dem fleckigen Teppich lauern.

»Der Kühlschrank ist auch leer«, ergänzt Mick die Aufzählung um ein prekäres Detail.

»Okay, ich gehe zur Arbeit«, stöhne ich und schüttele eine leere Milchpackung. »Da gibt es wenigstens etwas zu trinken.«

Mick schaut mich skeptisch an. »Okay, im Rathaus herumsitzen und Morfulare tippen ist die eine Sache. Aber in deiner Verfassung kannst du nicht Auto fahren. Du setzt die Karre an den nächsten Baum. Ich fahre dich.«

Hastig spritze ich mir etwas Wasser ins Gesicht und zerre die wildesten Falten aus der Bluse. Wenn ich das Halstuch etwas lockerer drapiere, wird es gehen. Wir sitzen in Micks Kastenwagen und brausen los. Mit jeder verrinnenden Minute werde ich nervöser. Den Anschiss des liebenswerten Bürgermeisters vor weniger als vierundzwanzig Stunden habe ich quasi so originalgetreu im Ohr, dass die Brüllerei mein Trommelfell allein von der Vorstellung vibrieren lässt. Was ist, wenn der Alte mein Zuspätkommen bereits bemerkt hat? Gleitende Arbeitszeit gilt für mich nicht.

In meiner Phantasie hockt Giesbrecht beim nächsten Kilometerstein breit unter einem Regenschirm und grinst mir höhnisch entgegen. Am Ortseingangsschild wartet die gesamte Belegschaft des Rathauses als Spalier aufgereiht auf mich und muss der Schimpftirade des Bürgermeisters lauschen, als Abschreckungsmaßnahme sozusagen.

Mick mustert mich kritisch von der Seite. »Gib mir deinen Haustürschlüssel. Ich werde bei dir Ordnung einkehren lassen«, schlägt er vor, und ich nestele das Exemplar mühsam hervor.

Ich bin ihm dankbar, finde aber keine Worte. Die Angst vor der nächsten Szene des Dramas schnürt mir die Kehle zu. Mick lässt den Schlüssel in der Tasche seiner Latzhose versinken. Unvermittelt betätigt er die Lichthupe, als ein dicker Porsche rasant um die Kurve am Ehrenmal biegt. Der Mittelstreifen scheint nur eine vage Orientierungslinie zu sein. Der Fahrer telefoniert und bemerkt nicht, dass Mick fast auf dem Bankett steht, um den anderen durchzulassen.

»Das ist Markus!«, flüstere ich verwundert. »Er hat gewiss Sabine ins Büro gefahren oder Mia in die Kita.«

Mick grunzt nur verärgert. Schließlich hält er vor dem Kunstwerk auf dem Rathausplatz an.

»Soll ich mit dir hineingehen?«, fragt er besorgt.

Nein, da muss ich allein durch!, mache ich mir Mut und rutsche vom Sitz. Fast trete ich in eine Pfütze. Mein Kabuff ist dunkel, ich starte meinen Rechner und schaue auf die Telefonanlage, die wild blinkt. Daneben klebt ein gelber Zettel. »Frau Lautenschläger, bitte umgehend ins BM-Zimmer!«

Ich zerreiße den Zettel in kleine Einzelteile. Das sollte sich als Fehler erweisen.

Annabell aus dem Bürgerbüro drückt sich schüchtern herein.

»Tut mir leid, du sollst zum alten Giesbrecht kommen. Ich weiß nicht, warum. Er ist auf hundertachtzig. Der hat da oben höllisch früh herumgetobt wie ein bockiger Diktator. Und uns Oberbergern wirft man vor, wir wären stur. Wo kommt dieser zugereiste Kerl noch einmal her?«

»Wir sind nicht stur, nur trotzig zurückhaltend«, murmele ich.

»Aber jetzt ist es in der Chefetage ruhig«, merkt Annabell an. »Du siehst fürchterlich aus«, stellt sie schließlich objektiv, aber wenig hilfreich fest.

»Ich gehe nicht«, sage ich einfach.

»Du riskierst deinen Job«, warnt Annabell und setzt schnippisch hinzu: »Na ja, aber du hast es gewiss nicht nötig, Geld zu verdienen. Schließlich hat die Lebensversicherung vor ein paar Jahren einen ordentlichen Batzen an dich ausgezahlt. Da ist ein schönes Geldpolster übrig geblieben. Ein Unfall zur richtigen Zeit …«

Annabell lächelt mir diabolisch zu und verschwindet. Zögernd beginne ich mit meiner Arbeit. Meine Finger suchen sich zitternd ihren Weg über die Tastatur. An der Scheibe prangt das Plakat des A®telier, und ein Weihnachtsstern blinkt draußen abwechselnd in Rot-Grün und Orange. Einer von denen, die vor ein paar Jahren unglaublich in waren und für die man sich jetzt schämt. Kein Mensch will sie mehr haben, doch penetrant hält dieses Exemplar die Stellung. Es erinnert mich an den Bürgermeister, und ich muss widerwillig grinsen. In ausweglosen Situationen kann einen sogar ein selbst erzählter Witz aufheitern.

Bissiges Beil

Die Stille im Rathaus ist fast schon gruselig. Alle Angestellten scheinen auf Zehenspitzen durch die Gänge zu schleichen. Keiner will die Aufmerksamkeit des Bürgermeisters auf sich ziehen. Vor dem Rathaus stellen wieder einige Bürger eine Mahnwache. Die Oberberger schwenken Transparente und vervollständigen die weihnachtliche Dekoration. Weitere gebogene Zuckerstangen werden in den Büschen befestigt, und ein Schild erklärt: »Weihnachten ist hier nicht mehr süß! Weihnachtsmarkt an der Kirche am dritten Advent!«

Das selbst beschriftete Exemplar wurde in Laminierfolie gesteckt, damit die allgegenwärtige nasse Klimalage das Werk nicht ruiniert. Oberberger sind auf alle Widrigkeiten des Wetters eingestellt. Wahrscheinlich hat einer von uns die Softshelljacken und Gummistiefel erfunden.

Bevor ich mich auf den Weg zur Post mache, höre ich notgedrungen den Anrufbeantworter ab. »Ich bitte um Rückruf in Sachen Weihnachtsmarkt: vier-fünf-sechs-sieben«, hustet eine Stimme in die Leitung. Piep.

Der charmante Reporter des Lokalradios will einen Termin, beziehungsweise er wird im Laufe des Vormittags ein Interview mit Herrn Giesbrecht zur aktuellen Lage des Weihnachtsmarktes aufnehmen. Piep. Der dritte Anrufer ist eine Vertreterin der Firma Inga und Egon Schultheiß. »Sie werden Ihre Aktion bereuen, Herr Giesbrecht. Es gibt rechtliche Mittel oder andere!«, droht eine Frau sehr bestimmt. Piep.

Der Herr Bürgermeister hat sich wirklich viele Freunde im ganzen Land gemacht, die es alle gut mit ihm meinen, stelle ich ironisch fest. So optimistisch gestimmt, beschließe ich, meinen Spaziergang mit den Umschlägen aufzuschieben und zunächst Herrn Giesbrecht aufzusuchen. Ich humpele die paar Schritte zur Glastür des Bürgerbüros.

Annabell übernimmt meinen Telefondienst und wünscht mir

alles, alles Gute, als ginge ich zu meiner Hinrichtung. Entschlossener und ruhiger, als mir in Wirklichkeit zumute ist, antworte ich: »Ich werde mich nicht zur Schnecke machen lassen. Notfalls ziehe ich ihm ein Stuhlbein über die cholerische Hirse!«

Die Kolleginnen aus dem Bürgerbüro grinsen, einige Bürger, die neue Pässe oder Ähnliches beantragen, stimmen mir zu.

»Wer hat diesen Bürgermeister nur gewählt? Er ist die reinste Landplage«, sagt ein Herr mit einem sehr gepflegten und gezwirbelten Schnurrbart.

Der Architekt aus dem Bauamt schaut dagegen grimmig. Er zischt: »Herr Giesbrecht ist der erste Bürger hier und unser Chef. Wir schulden ihm Respekt und Loyalität.«

Annabell schneidet hinter seinem Rücken eine putzige Grimasse. Ich gehe zur Treppe. Das zweite, wichtige Stockwerk ist mit einem Teppich ausgelegt, der meine Schritte schluckt. Die Türen zu den Büros sind geschlossen. Ich schummele mich in das Vorzimmer des Bürgermeisters.

Sabines Schreibtisch ist verwaist. Wo sie bloß steckt? Sie hat mir nichts von einem freien Tag erzählt. Vielleicht ist eines der Kinder plötzlich krank geworden. Es riecht ungewohnt, nicht direkt nach Rathaus, Putzmitteln und Aktenordnern. Eher etwas süßlich, nach vergammelndem Obst im Papierkorb. Angriff ist die beste Verteidigung: Forsch klopfe ich an die nächste Tür. Eine Fliege kracht brummend dagegen, wagt den nächsten genauso erfolglosen Versuch und dreht trudelnd ab. Als ich schließlich nach Zermarterung meines Hirns wegen der richtigen Vorgehensweise und einem weiteren Klopfzeichen mit Magendrücken die Tür öffne, summt das Insekt sofort in einem mörderischen Tempo an mir vorbei.

Mörderisch ist auch der Anblick, der sich mir bietet. Man hat den Bürgermeister wie den Stamm eines Weihnachtsbaumes gefällt. Fast in Trance gehe ich auf den Schreibtisch zu. Das Beil steckt im rustikalen Holz der Tischplatte. Teilweise. Das eine Stück der scharfen Klinge hat den Kopf von Roman Giesbrecht im Bereich der Halswirbelsäule abgetrennt. Es sieht so aus, als würde der Kopf in der nächsten Minute kullernd auf der Tischplatte aufsetzen und von dort weiterrollen. Am Fuß des Schreibtisches steht der Mülleimer.

Ich denke nicht nach, sauge das morbide Szenario ungefiltert auf, scheine jedes Detail als Einzelbild abzuspeichern, um meine Emotionen außen vor zu lassen. Das bin nicht ich, die zum Ort des Geschehens stolpert und die Finger vorsichtig ausstreckt. Suche ich wirklich einen Puls? An der geöffneten Halsschlagader, aus der längst kein Blut mehr hervorsprudelt?

Der Bürgermeister ist tot wie das Holz der Schreibtischplatte. Allerdings wirkt Giesbrecht nicht dementsprechend gepflegt, eher ein wenig stillos. Seine Kleidung ist rotfleckig, der Ärmel des Hemdes hängt zerrissen oder aufgeschlitzt schlapp herunter. Wer hat auf diesem Kampfplatz ein Duell ausgetragen? Wie lange ist es her? Hektisch drehe ich mich um, als würde der Mörder hinter mir lauern, bereit, mit der Axt hemmungslos zuzuschlagen und ein weiteres Opfer in handliche Stücke zu verarbeiten. Panische Gedanken trudeln unangenehm in meinem Hirn von vorn nach hinten, von rechts nach links. Ich schwanke, die Angst bringt mich aus dem Gleichgewicht. Ich will fliehen, stattdessen stolpere ich, kippe zur Seite. Mein Arm rudert hilflos in der widerlich dicken Luft herum. Ich kann den Sturz nicht aufhalten. Ohne es verhindern zu können, falle ich. Meine Hüfte schrammt gegen den Schreibtisch, der Fuß kickt an die Plastikrollen des Chefsessels.

Das Ding verschiebt sich und mit ihm der gefällte Bürgermeister. Mit einem dumpfen Plock hat sich der Kopf selbstständig gemacht. Der schwere Körper von Roman Giesbrecht bewegt sich wie in der Geisterbahn kopflos auf mich zu. Instinktiv breite ich meine Arme aus und halte die Leiche nun in einer unmöglichen Lage fest. Sie ist nicht nur schwer, sondern unhandlich und etwas steif. Ich muss vor Ekel würgen.

Hinter mir ertönt ein leiser Schrei. Mein Kollege, der Architekt aus dem Bauamt, lehnt bleich am Türrahmen. Ich kann es ihm nicht verdenken. Ich wünschte, ich könnte ebenfalls einen Halt finden. Alles um mich herum scheint zu schaukeln. Vom Gruselkabinett zur Schiffsschaukel? Ich bin nicht auf dem

Rummelplatz, schießt mir ein letzter Gedanke durch die Hirnwindungen. Dann ist es erst einmal dunkel, Licht aus in der Geisterbahn.

Ich komme zu mir, weil eine feuchtkalte Hand nach mir greift und einen seltsamen Rhythmus auf eine Wange klopft. Es scheint meine zu sein. Meine Augenlider weigern sich, wahrscheinlich aus gutem Grund, in den betriebsbereiten Tageszustand überzugehen. Es dauert eine Weile, bis man mich hochgezogen hat und ich genötigt werde, klares Wasser zu schlucken.

»Ich kann nicht glauben, was ich sehe«, stöhnt Gregor Germann fassungslos.

»Selbstmord scheidet eindeutig aus«, stellt sein Kollege Christoph Löffelsterz fest. Diese Diagnose ruft mich abrupt zurück in die Wirklichkeit. Ich blinzele und wünsche sofort, ich hätte es nicht getan. Meine Bluse ist voll Blut und anderem Schmodder. Zu meinem Erstaunen klebt eine zarte weiße Feder daran fest. Die Füße des Bürgermeisters zeigen in einer Art stummer Anklage in meine Richtung.

»Äh, Bea, wir brauchen deine Klamotten für die Spurensicherung«, sagt Gregor.

Christoph geht etwas feinfühliger zu Werke. »Mensch, Bea, wie geht es dir? Du hast uns voll geschockt. Was hast du mit Roman Giesbrecht gemacht?«

»Ich?«, krächze ich heiser.

»Also«, druckst Christoph herum, »du musst jetzt keinen Kommentar abgeben. Du weißt schon, alles, was du sagst, kann gegen dich verwendet werden. Annabell und der Architekt haben dich mit dem toten Herrn Giesbrecht in einer seltsamen Pose gefunden und uns gerufen.«

Die glauben doch wohl nicht, ich hätte Hand angelegt und mit dem abgetrennten Kopf Fußball oder Zielwerfen gespielt? Mein Mund klappt unwillkürlich nach unten. Das kann nicht wahr sein! Normalerweise müsste die Verteidigungsrede wie von selbst aus mir heraussprudeln.

Doch jedes Wort bleibt mir im Hals stecken wie ein verschluckter Drops. Willenlos lasse ich mir von einer Polizistin aus der Verstärkung helfen. Ich schäme mich, weil meine Bluse mehr als getragen ist. Gregor hat anscheinend sein weißes T-Shirt unter dem Uniformhemd ausgezogen und mir gebracht. Es riecht nach ihm und ist noch warm. Mir wird so kalt, dass ich mit den Zähnen klappere. In irgendwelchen Beständen findet Annabell eine Wolldecke, die meine dünnen Beine und die krüppeligen Füße verdeckt.

Die Spurensicherung beginnt mit der Arbeit. Einer macht Abdrücke von meinen Fingerkuppen, als wäre ich ein Schwerverbrecher. Die Kamera klickt. Die Fliege brummt frustriert gegen die Fensterscheibe. Ich sehe orange. Eine Notärztin wirbelt durch das Büro des Bürgermeisters, des toten Bürgermeisters, und macht irgendwelche Sachen. Anscheinend auch mit mir.

»Sie hat einen Schock. Sie muss ins Krankenhaus.« Sätze rauschen in mein Bewusstsein. Das lässt mich wieder ein Stück weit zu mir kommen.

»Nein«, murmele ich tonlos. Niemand reagiert. »Nein«, sage ich etwas lauter, und dann brülle ich es, nur zur Sicherheit. Die Menschen erstarren in ihrer Betriebsamkeit wie die Figuren eines Schattentheaters. »Ich will einen heißen Tee, und dann erzähle ich, in welcher Verfassung ich den Bürgermeister vorgefunden habe. Man hat ihn wie einen Baumstamm mit dem Beil gefällt.«

Die Notärztin ist nur widerwillig bereit, mich aus ihren Fängen zu lassen. Sie wickelt die Blutdruckmanschette ab und brummt etwas vor sich hin. Unten im Keller, wo ich schon entspannter gesessen habe, beginnt die Befragung. Ich fühle mich unter Druck gesetzt, spüre unangenehm die Anklagen und das Infragestellen meiner Aussagen.

»Wir haben gehört, dass Sie Gewalt anwenden wollten.« Ich erinnere mich vage an die Ankündigung im Bürgerbüro.

»Ein gelber Zettel? Wir würden ihn gerne sehen. Sie haben keine Ahnung, was Herr Giesbrecht von Ihnen wollte? Er bestellt seine Angestellten per Post-it zu sich? Kein Telefonanruf?«

Mir schwirrt der Kopf. Die wichtigen Polizisten aus der Kreisstadt Gummersbach gestehen mir Pausen zu, bringen Kaffee und

Tee, und endlich ist das Protokoll fertig. Gregor hat wenig gesagt. Er hat mich nicht in Schutz genommen.

Christoph hat mehr als einmal lautstark erwähnt, dass er mich seit Jahren kennt und meine Ausführungen absolut glaubhaft sind. Er versucht zu flüstern: »Sie ist behindert. Wie soll sie den BM angreifen und ein Beil führen?«

Ich höre diese Antwort und jede weitere Aussage der Polizisten genau: »Hast du ihre Arme gesehen? Da sind ordentliche Muskeln. Sie könnte jemanden enthaupten, jede Wette.«

Natürlich trainiere ich meine Arme und mache Krafttraining. Vielleicht müssen die irgendwann einen Rollstuhl in Fahrt setzen, wenn meine Gehwerkzeuge weiter nachlassen. Was glauben diese staatlichen Kaspernasen eigentlich, wen sie vor sich haben? Aufgrund meiner extrem geschwächten Position verkneife ich mir einen Kommentar. Christoph hat es gut gemeint, und trotzdem landet sein Vorstoß unter meiner Gürtellinie.

Ein Anruf bringt Schwung in die Bude. Der obercleverste Kripobeamte gibt einen Befehl. Christoph bleibt daher an seinem Platz an der Wand, den er eigentlich aufgeben wollte. Gregor setzt sich wieder auf den herbeigeschafften Hocker. Für so viele Leute ist die kleine Polizeiwache möbeltechnisch nicht ausgestattet. Zwei andere, mir völlig unbekannte uniformierte Polizisten müssen ausrücken. Sie tun es widerwillig, weil sie sich nicht zuständig fühlen. Blau-silberne Autos stehen genug auf dem Parkplatz, wie mir der Blick aus dem vergitterten Fenster verrät. Der kleine Flitzer des Lokalradios steht dort ebenfalls. Wenig später kehren die beiden zurück und haben einen mir sehr bekannten Mann im Schlepptau.

Der protestiert heftig und wirft mit Beschimpfungen auf wenig kompetente, rücksichtslose Menschen um sich. Er ist klug genug, die Beamten nicht direkt zu attackieren. Doch man muss komplett verblödet sein, wenn man diese Anspielungen nicht versteht. Die Polizisten halten sich mühsam beherrscht zurück.

»Bitte sehr, junger Mann. Wir haben Sie zu Bea Lautenschläger, die alles aufklären kann, gebracht. Nun sind wir gespannt, was sie zu sagen hat«, erklärt der eine höflich. Eine leicht sarkastische Färbung der Stimme kann er sich nicht verkneifen.

Gregor platzt heraus: »Mick? Was machst du Schwachströmer schon wieder hier?«

»Man kennt sich also«, zieht ein Beamter das Fazit. »Der Typ – Mick? – wurde im Garten von Frau Lautenschläger angetroffen. Er hat dort ein Feuer entzündet und einen Gegenstand verbrannt. Passanten haben uns alarmiert, weil der Gestank kaum auszuhalten war.«

»Garantiert gesundheitsgefährdend«, lautet die Anklage. Mir schwant Übles. War das Stroh der Vogelscheuche mit einem Pestizid versetzt, oder hatte sie ein Innenleben, das mir entgangen war? Hoffentlich ist von ihr wirklich nichts mehr übrig. Vielleicht hätte Mick die Sachen besser vergraben. Diese Kiste kann übel ausgehen. Die Polizei sollte wirklich nichts von dieser Bedrohung, dem Erpresser und Details meines Vorlebens erfahren. Das würde in meiner gerade besonderen Situation als mutmaßliche Mörderin kein gutes Licht auf mich werfen. Meine Überlegungen laufen auf Hochtouren, und die Nervenbahnen werden heiß. Was sage ich? Mick schaut mich an und wartet auf eine Reaktion.

»Das ist Mick Hertrampf, der Elektriker meines Vertrauens. Die Türklingel war kaputt. Und die Überwachungskameras, schließlich lebe ich allein in meinem Haus, und bei dem Einbruch und den seltsamen Vorkommnissen der letzten Zeit …«, verhaspele ich mich fast und bekomme dann die Kurve, »… also, Mick hat Kameras installiert, und eine davon ist ausgefallen. Ich habe ihn beauftragt, heute danach zu schauen.«

Skeptische Mienen um mich herum. Ein Polizist, von denen im Keller eine Schwemme herrscht, widerspricht: »Ein Elektriker hantiert nicht mit Feuer.«

»Mick schon. Er ist Feuerwehrmann«, erkläre ich und versuche beiläufig und nicht übereifrig zu klingen. Das wäre verdächtig.

»War«, ergänzt Mick.

Ich bin fast in Versuchung, eine wilde Geschichte von einem

Strohballen und schimmelnder Dekoration aufzutischen. Die Polizisten fragen nicht weiter. Ich will aufatmen, da schlägt das Ermittlungsbeil unbarmherzig zu.

»Wo waren Sie heute Morgen zwischen sechs und elf Uhr?«, will ein Polizist von Mick wissen.

»Meute Horgen? Na, erst bei mir und dann in Beas Haus, Oedinghausen Irgendwas-Ziffer, Straßennamen gibt es in diesem Duhkorf, äh, Kuhdorf, nicht«, gibt Mick grinsend Auskunft.

»Sie verkennen den Ernst der Lage!«, erklärt der Oberbulle humorlos.

Mick nickt. »Immer wieder gerne«, lächelt der Elektriker. »Gibt es Kaffee? Mein Kühlschrank war leer. Kann Bea übrigens bestätigen.«

Gregors Gesicht verzieht sich ungläubig zu einer argwöhnischen Grimasse. Dann springt er auf und packt Mick am Kragen.

»Was soll das heißen?«, zischt er.

Der Oberpolizist verbittet sich diese unqualifizierte Vorgehensweise. Gregor lässt Mick los und knurrt etwas, das als äußerst widerwillige, nur dem Chef geschuldete Entschuldigung durchgehen könnte. Mick streckt sich lässig, sein Rücken springt knackend in Form.

»Ich will jetzt der Reihe nach alles wissen«, verlangt der Oberermittler. »Ohne seltsame Überraschungen, Zwischenrufe oder Geschmacklosigkeiten.«

»Ich habe Mick gestern Abend besucht und bin dortgeblieben, weil ich nicht mehr fahren wollte. Heute Morgen, so gegen halb neun, hat mich Mick zum Rathaus gebracht. Leider hatte ich verschlafen, das ist mir seit Jahren nicht mehr passiert. Ich habe Mick meinen Haustürschlüssel gegeben und blieb selbst in der Verwaltung. Gegen zehn Uhr beschloss ich, Herrn Giesbrecht aufsuchen. Er wollte mit mir reden, worüber, weiß ich nicht«, sage ich und dehne die letzten Worte bedeutungsvoll.

»Hier kommt die Stuhlbein-Drohung ins Spiel«, will mich ein Beamter festnageln.

»Vielleicht wollte er sich bei mir entschuldigen«, rutscht es mir heraus, und ich ärgere mich. Jetzt muss ich von dem gestrigen

Streit berichten. Ich lasse Gregor großzügig aus, berichte nur von meiner Arbeitsplatz-Abwesenheit.

»Rache für eine herbe Niederlage, eine Abmahnung, das ist ein guter Grund«, stellt jemand fest.

Ich reagiere nicht, weil mein Blick in Gregors Richtung gerutscht ist. Der weiß meinen heldenhaften Einsatz nicht zu würdigen. Stattdessen kocht er vor unterdrückter Wut wie ein Schnellkochtopf mit festgezurrtem Deckel. Er hört nicht mehr zu, vibriert förmlich in seinem Zorn. Hoffentlich erstickt er nicht daran.

Wäre schade um ihn. Schließlich kenne ich ihn so lange, dass er zu meinem Lebensinventar gehört. Seine Eifersucht auf Mick finde ich albern, aber jeder hat so seine Probleme. Ich merke allmählich die kurze Nacht in der ungewohnten Schlafposition und dass die Aufregung der letzten Zeit heftig an meinem Nervenkostüm kratzt. Noch ist die Sache nicht ausgestanden. Ich gebe brav Antwort, ohne zu viel zu verraten. Allmählich komme ich mir wie ein Profi vor.

Nach gefühlten Stunden, und es ist wirklich bereits später Nachmittag, fährt mich Gregor in seinem frisch reparierten Wagen nach Hause. Die Leiche des Bürgermeisters ist längst zur weiteren Untersuchung in die Rechtsmedizin gebracht worden. Flüchtig frage ich mich, wie oder ob man den Kopf wieder fest an Ort und Stelle bekommt.

Mick hat die Wache bereits triumphierend, frei und selbstständig verlassen. Er wartet im Wohnzimmer auf mich beziehungsweise schläft eine Runde Fernsehen auf dem Sofa. Seine Füße, die in löchrigen Socken verpackt sind, hat er hochgelegt. Der rechte ruht auf meinem Krimi. Mick schnarcht tief und fest, er hört nicht, dass ich im Badezimmer unter der Dusche verschwinde.

»Mord an Bürgermeister Roman Giesbrecht«, tönt Carl-Ingo Breisler, der Moderator des Lokalradios, mit seiner öligen Stimme. Der war wahrscheinlich zur richtigen Zeit am richtigen Ort, denke ich und erinnere mich an den Anrufbeantworter der Rathaustelefonanlage und den geparkten schwarzen Flitzer. Hastig trockne ich mich ab und hülle mich in den Bademantel.

»Mick!«, brülle ich. »Wir müssen los. Recherchiere, wo die Firma Egon Sowieso ihren Firmensitz hat. Wir müssen dahin. Sofort!«

Mick gibt keine Antwort.

Ich schlüpfe rasch in eine Jeans und in ein gemütliches T-Shirt. Gregors knülle ich eine Ecke des Schrankes.

Im Flur senke ich meinen Blick und entdecke ein paar Strohhalme, wo die Vogelscheuche beim Abnehmen Federn gelassen hat. Den Balken ignoriere ich.

Mick grunzt etwas.

»Schultheiß, Egon Schultheiß«, fällt mir wieder ein.

Das heiße Wasser hat mich belebt, den unschönen Mordverdacht abgewaschen und im Abfluss verschwinden lassen. Idioten, alles Idioten! Der Mörder rennt frei herum. Hier gibt es eine wichtige Aufgabe für mich. Wenn ich sie löse, bin ich von aller Schuld befreit. Besteht ein Zusammenhang zwischen den zerstückelten Plastikpuppen und dem Axtmörder? Oder sogar eine Verbindung zu dem Vogelscheuchen-Einbrecher und dem Diebstahl im Nagelstudio? So viele unschöne Begebenheiten auf einem Haufen können kein Zufall sein. Wer hegt so viel Abscheu gegen Roman Giesbrecht, dass er ihn derart bestialisch umbringt? War die Tat von langer Hand geplant, oder handelte der Täter im Affekt? Überfallkommando? Oder geht diese Aktion als Unfall durch?

Eigentlich soll ich zum Arzt gehen, hat mir die Notärztin eingeschärft. Was mein Hausarzt, der alte Herr Knecht, wohl zu der ganzen Story sagen würde? Hoffentlich bekommt er keinen Herzinfarkt. Zu viel Vergangenheit, Tumult und offene Fragen sind garantiert nicht gesund. Nicht für ihn, nicht für mich und schon gar nicht für alle anderen.

Platzhirsch

Wenig später sind Mick und ich im Kugelporsche, den wir bei Mick abgeholt haben, unterwegs. Wir jagen an Kuhwiesen vorbei, auf denen die Saunelken gelbe Sprenkel ins grüne Gras setzen und etwas zu dieser Bilderbuchlandschaft beitragen. Die Bäume der Streuobstwiesen haben fertig geblüht. Sie warten nun auf Wärme und Sonnenschein, Wasser haben sie genug.

»Die Firma Inga und Egon Schultheiß hat sich auf die Gestaltung von Weihnachtsmärkten spezialisiert. Sie bietet den Kunden verschiedene Sachen an. Man kann Buden, die Weihnachtsbeleuchtung und Dekoration ausleihen. Zusätzlich liefern sie Bühnentechnik und die dazugehörigen Künstler, die über die Firma Schultheiß unter bestimmten Konditionen vermittelt werden. Schausteller, Verkäufer und Artisten gehören zum Programm. Ein Mann schnitzt aus Baumstämmen Kunstwerke mit der Settenkäge, Kettensärge, äh, Säge. Ein Anbieter stellt Kunstschnee her und eine Riesenrutsche auf. Na, und so weiter«, doziert Mick und starrt konzentriert auf sein Handy. »Da vorne links abbiegen. Wetten, die haben Feierabend. Da ist niemand mehr in der Firma Hultscheiß.«

»Egal, wir schauen uns um«, bestimme ich und jage rasant über die Kreuzung.

Uns ist seit einiger Zeit kein Auto mehr begegnet. In der Gegend sind die Bäume eindeutig in der Überzahl. Mehrere verlassene Gebäude säumen die Straße. Die roten Backsteine werden von der üppigen Vegetation des bergischen Alljahres-Feuchtgebiets überwuchert. Nur der hohe Schornstein schaut neugierig zwischen den Baumkronen hervor.

»Grünthal«, liest Mick auf einem Schild mit gelbem Rand. »Das passt schon. Aber bist du sicher, dass das der kürzeste Weg ist? Guxmühlen, Kleinhöhe«, zitiert Mick Namen der am Weg liegenden Ortschaften. »Hier gibt es nur noch Federvieh.«

»Die ungefähre Richtung stimmt«, sage ich und beschleunige.

Der Kugelporsche rattert durch die Schlaglöcher der überall maroden Straßen. Eine Leitplanke sucht man vergeblich. Wenigstens geht es hier nicht sofort meterweise nach unten.

»Hast du Sehnsucht nach den Bullen und willst als Verkehrsrowdy einkassiert werden? Klingt zwar besser als Mord, aber muss nicht sein. Ich habe genug davon. Nimm den Fuß vom Gas, Bea! Die Straße ist nass, wir fliegen gleich aus der Kurve.«

Ich grummele ein wenig beleidigt vor mich hin: »Bei uns in Haferspanien ist die Straße ständig feucht und rutschig. Talsperren-Füllwetter mit Turbo-Nacktschnecken-Vermehrungsgarantie.«

Doch ich gebe nach und verlangsame das Tempo. Obwohl es mit jeder verstreichenden Minute unwahrscheinlicher wird, jemanden von der Firma Schultheiß in Friedenthal zu sprechen. Diese Frau, die die Drohung am Telefon ausgesprochen hat, würde ich gerne kennenlernen. Ich stelle sie mir kompakt und bärbeißig aussehend und wenig friedlich vor. Kann sie ein Beil schwingen? Oder gibt es einen Auftragsmord? Ein Motiv scheint sie zu haben.

Uns begrüßt stattdessen eine zierliche Dame mit einem Puppengesicht und einem elegant geschnittenen Bob auf dem Hof neben einem Kleinwagen. Hinter ihr tost die Bröl durch ein Betonbett. Im Erdgeschoss des schmutzig weiß verputzten Hauses sind einige Scheiben eingeworfen worden. Am rostigen Briefkasten hängt ein winziges Firmenschild. Die Frau blickt uns fragend an.

»Sind wir hier richtig bei der Firma Inga und Egon Hultscheiß?«, fragt Mick im harmlosen Schülertonfall.

Er grinst vertrauenerweckend. Denkt er jedenfalls. Er sieht eher aus wie ein Zombie auf Urlaub. Nach wie vor trägt er seine schmutzige und zerrissene Arbeitskluft, sogar mit einigen Strohhalmen verziert, die Haare hängen strähnig in der Gegend herum.

Die Frau betont überdeutlich die Anfangsbuchstaben und sagt unfreundlich: »Egon Schultheiß ist mein Vater.«

So weit, so schlecht. Ich versuche professionell zu klingen.

Ganz sicher bin ich nicht, ob ich ihre Stimme auf dem Band gehört habe.

»Sie haben heute Morgen im Rathaus angerufen und wollten Herrn Giesbrecht sprechen.« Ich wage es, die wilde Vermutung in eine nachdrückliche Anklage zu verwandeln. »Können Sie sagen, was Sie von ihm wollten?«

»Nein, kann ich nicht«, zischt die Schultheiß-Tochter.

»Können Sie nicht oder wollen Sie nicht?«, erkundigt sich Mick zuvorkommend. Dabei fletscht er die Zähne.

»Verschwinden Sie von unserem Firmengelände oder ich rufe die Polizei!«, droht die Dame. Sie hat die Augenbrauen zusammengezogen. Das lässt ihr Gesicht hässlich aussehen, und sie macht dem Elektriker-Zombie Konkurrenz. Die Bezeichnung »Firmengelände« ist wirklich weit hergeholt. Das zweite lang gestreckte Gebäude hat ebenfalls bessere Tage gesehen und scheint im Dornröschenschlaf zu liegen. Die Rosenhecke wächst bereits eifrig.

»Und den Grün… äh, Verzeihung, Blaulingen, wollen Sie dann erzählen, dass Sie Herrn Giesbrecht heute Morgen bedroht haben? Sie haben gewiss mitbekommen, dass der Bürgermeister einem heimtückischen Mord zum Opfer fiel. Es war das Sensationsthema im Lokalradio«, gebe ich artig Auskunft. »Die Polizei wird sich gewiss für dieses Telefonat interessieren. Sie sucht nach einem Motiv …« Ich lasse den Satz wirkungsvoll ausklingen.

»Wer sind Sie? Was wollen Sie?«

Egon Schultheiß' angebliche Tochter blickt auf ihre Uhr. Sie ist aus buntem Plastik, keine goldene Rolex. Viel scheint der Laden nicht abzuwerfen. Und Gewinne müssten gewiss zunächst in die Gebäudesanierung gesteckt werden. Die Frau verlagert ihr Gewicht von einem Fuß auf den anderen. Sie wird nervös, weil ich mir mit der Antwort Zeit lasse.

»Nur eine Auskunft. Können wir das vielleicht in der Firma machen? Ich bin nämlich aus Zucker«, sagt Mick.

Ich werfe ihm einen warnenden Blick zu. Ist es eine gute Idee, in die Höhle des Löwen vorzudringen? Diese Firma hat garantiert Dreck am Stecken. Irgendetwas passt nicht. Besser nass als verschollen. Denn niemand weiß, wo wir sind. Bis man uns oder was von uns übrig wäre in dieser Industriebrache finden würde, könnten Jahre vergehen.

Aber wir sind zu zweit. Und wir brauchen Informationen aus dem Büro. Vielleicht könnten wir in Dokumenten schnüffeln. Auf dem eher improvisierten Parkplatz stehen außer dem Kleinwagen und dem Kugelporsche keine weiteren Fahrzeuge. Meine Neugier siegt über die Vernunft.

Die Frau seufzt und sortiert die Schlüssel an dem dicken Bund. Sie geht zu einer Holztür, und kurz darauf stehen wir im Treppenaufgang. Die Luft, in der Staubkörnchen wirbeln, als die Deckenbeleuchtung endlich hell aufleuchtet, riecht muffig. In einem Einbauschrank werden hinter Glas Fundstücke ausgestellt: alte Ski, eine antiquiert wirkende dunkelblaue Cremedose mit weißer Schrift und jede Menge Pappschachteln. An einer Wand hängen die unterschiedlichsten Holzgriffe für Messer aller Art. Eine runde Walze mit Handkurbel vor einem Schemel dient als Schleifstein.

Mick folgt der Dame zügig, ich brauche für die Stufen etwas länger und spüre die mitleidigen Blicke brennend in meinem Selbstbewusstsein. Der Treppenbelag löst sich stellenweise auf, dafür ist das Büro fast schon wieder wohnlich. Einfach möbliert, sauber und aufgeräumt. Und ohne jede weihnachtliche Dekoration. Ehe wir weiter fragen müssen, liefert uns die Tochter von Egon Schultheiß eine Erklärung.

»Herr Giesbrecht hat sich von uns beraten lassen. Wir haben für ihn eine neue Weihnachtsmarkt-Strategie geplant. Das war alles sehr aufwendig, Giesbrecht ist ein schwieriger Kunde.«

War!, füge ich in Gedanken hinzu, unterbreche den Redefluss aber nicht.

»Mein Vater ist ein wirklich gewiefter Geschäftsmann, doch dieser Typ aus dem Rathaus hat es geschafft, ihn zu linken. Giesbrecht hat die Unterzeichnung des Vertrages ständig hinausgezögert, und wir mussten nachbessern. Und seit gestern wissen wir, warum. Der Bürgermeister muss heimlich eine Kopie des Entwurfes in seinen Besitz gebracht haben, wie auch immer. Er kam allein zu uns, er wollte keinen Besuch im Rathaus. Vielleicht waren wir einen Moment abgelenkt. Und mit diesem gestohlenen Wissen ist er selbst tätig geworden. Er hat eigenmächtig Kontakt mit den Künstlern und Händlern gesucht, die wir vermitteln, und hat ihnen gute und ungewöhnliche Konditionen angeboten. Für jeden hat Giesbrecht einen eigenen Köder, sehr pfiffig. Er versprach zusätzlich einen freien Tag im Wellnesshotel Jungbrunnen, einen Einkaufsgutschein und so weiter. Das haben uns die Schausteller erzählt, als wir nachfragten. Sie hatten sich ein bisschen gewundert, aber dann dem verehrten Herrn Bürgermeister, der sich fälschlich auf uns berufen hat, naiv zugesagt.«

Mick fasst zusammen: »Der BM Giesbrecht hat Sie nach fast vollendeter Arbeit ohne Bezahlung herausgekickt. Damit hat er viel Geld gespart, zum Beispiel Ihre Bezahlung und die Provisionen, die bei der Vermittlung von Geschäften fällig werden. Weil er das geschickt gemacht hat, gibt es für Sie keine rechtlichen Möglichkeiten.«

Cleveres Kerlchen, ich hätte es nicht besser formulieren können.

Und ein ganz ausgekochter Fuchs, der Giesbrecht. Der tote Giesbrecht. Ich bekomme wieder eine Gänsehaut, spüre die Umarmung der von mir ganz und gar nicht geschätzten Chefleiche und sehe die makabren Details vor mir.

»Meine Reaktion am Telefon heute Morgen war nicht professionell, das sehe ich ein. Und wenn ich ehrlich bin, werde ich den Mistkerl nicht sonderlich vermissen«, sagt die Dame mit dem Puppengesicht.

Auftragsmord?, notiere ich mir gedanklich in der Liste der Möglichkeiten. »Haben Sie noch mehr Angestellte?«, will ich fragen.

Plötzlich steht ein älterer Mann im Büro. Seine Schultern hängen leicht nach vorn, der Bierbauch ragt über die bis zur Taillenoberkante hochgezurrte Hose. Doch die Augen blicken hellwach und aufmerksam in die Runde.

»Inga, ich warte seit Stunden auf dich. Was machen diese

seltsamen Vögel hier«, brummt er ein wenig missgelaunt. Die Augenbrauen verraten die Familienähnlichkeit.

Mick platzt unsensibel heraus: »Tuten Gag, Herr Hultscheiß. Ihr Stosenhall, äh, Hosenstall, steht offen.«

Egon Schultheiß wirkt kein bisschen verlegen. »Ach, Bübchen. Wenn der Kanarienvogel gestorben ist, kann man die Stalltür ruhig offen lassen.« Er grinst unverdrossen und macht keine Anstalten, den Reißverschluss im Schritt zu schließen.

Mick fällt die Kinnlade nach unten. Ich habe ihn selten um eine Antwort verlegen gesehen. Dieses Mal ist es so. Eine auf ihn gerichtete Knarre hätte ihn gewiss nicht dermaßen effektiv zum Schweigen gebracht wie dieser Kommentar. Na, die Pistole könnte noch kommen, im Gegensatz zum Kanarienvogel.

»Hassen Sie Herrn Giesbrecht?«, will ich wissen.

Der ältere Herr knurrt. »Diese Pissschrappnelle. Ich habe ihn unterschätzt. Man muss einsehen, dass man im Leben nicht nur gewinnen kann. Irgendwann zahle ich es ihm heim.«

»Wohl kaum, da war jemand schneller als Sie und der tote Vanarienkogel«, sagt Mick. »Beil und Rübe ab!«, erklärt er drastisch.

Egon Schultheiß fängt knochenhart an zu lachen. »Es gibt Gerechtigkeit auf dieser Welt, hast du das gehört, Inga!«

Die sieht nicht sonderlich fröhlich aus. »Wir werden in Verdacht geraten, weil wir Geschäfte mit ihm machen wollten.«

»Es gibt nichts Schriftliches«, erinnert ihr Vater sie.

»Die Polizisten stochern überall herum. Die werden uns finden«, murmelt Inga verdrossen. Von dem Telefonanruf sagt sie nichts.

Egon Schultheiß zuckt mit den Achseln.

»Ihnen ist eine Menge Asche durch die Lappen gegangen«, gibt Mick zu bedenken. »Da werden die Chefermittler hellhörig.«

»Ach, Jungchen, ich habe mehr Geld als die ganze Polizei zusammen. Mir gehören halbe Dörfer: Much, Waldbröl, Marienberghausen, Strombach … Frag dein schlaues Internet nach Schultheiß Immobilien, innovative Sanierung und Modernisierung«, kichert der Alte.

»Und warum arbeiten Sie dann in dieser Halde?«, will ich wissen.

»Weil es mir Spaß macht, Schätzchen. Inga und ich bauen da eine große Sache auf, sollst mal sehen. In fünf Jahren findet kein Markt in dieser Gegend ohne unser Know-how, unsere Vermittlung und Organisation statt. Das ist eine Goldgrube, unsere Idee und dieses Gelände. Wir vermieten Werkstätten, und die Bröl liefert den Strom. Die Gemeindewerke Nümbrecht haben die Turbine erneuert und versorgen mit Wasserkraft fünfzig Haushalte. Hier geht etwas«, erklärt Schultheiß amüsiert. »Das Altenheim kann ohne mich auskommen. Ich poliere mein Gebiss selbst.«

Wir erkundigen uns nach der Vorgehensweise. Schließlich gibt uns Inga sogar eine Kopie vom Programm des Giesbrecht-Marktes am ersten Advent. Mit einer solchen Bereitschaft zur Kooperation habe ich nicht gerechnet. Mir kommt ein Einfall.

»Wie wäre es mit der Flucht nach vorne? Sie könnten ein Radiointerview geben und von Giesbrechts miesen Praktiken berichten«, schlage ich vor und hole eine der Visitenkarten des schleimigen Carl-Ingo Breisler aus meinem Portemonnaie.

Schultheiß lacht wieder. »Bist ein wackeres Mädchen. Wir denken nach, Inga und ich. Ein heißer Draht zum Lokalradio ist nie verkehrt. Die bringen gewiss eine gute Werbung für unsere Sache. Was ist denn dein Beruf, Jungchen?«

Mick gibt höflich Auskunft, und eine tiefsinnige Fachsimpelei über Schaltkreise lässt mich gedanklich rasch aussteigen. Inga hat sich gelangweilt auf den Schreibtisch gesetzt und spielt mit einigen Büroklammern. Gut, dass die Klingen, Griffe und Dolche sicher im Erdgeschoss der ehemaligen Fabrik mit wechselnden Bestimmungen lagern und wir nicht »Messerwerfen« spielen müssen.

Schließlich lehnen Mick und ich das angebotene Bier dankend ab und stiefeln zum Parkplatz. Die Reifen und die Scheibenwischer des Kugelporsches sind unversehrt, keine miese Nummer verdirbt uns das Leben und diesen Abend. Die Aussicht, in meinem Haus zu übernachten, lässt meine versöhnliche Stimmung zerplatzen. Nervös lenke ich das Auto die kurvige Strecke zurück.

»Ich habe Hunger. Um meinen Kühlschrank ist es noch genauso schlecht bestellt wie meute Horgen«, stellt Mick fest. »Da vorne kommt ein Imbiss.«

Gehorsam steuere ich die Bude an, und schon bald sitzen wir in der Fettkiste vor einer riesigen Portion Pommes. Dicke Tropfen schlieren außen an der Fensterscheibe herab. Der Salat sei welk geworden, sagt der Besitzer und zwinkert Mick zu. Der winkt großzügig ab. Wir besprechen unser Ergebnis.

»Wir dürfen den Vogelheini Hultscheiß nicht aus den Augen verlieren«, gibt Mick zu bedenken. »Wetten, wir finden den Beilschwinger vor den verlausten Bullen!«

Gerade bin ich nicht gut auf Gregor zu sprechen. Ich will nicht voreilig sein, vielleicht gibt es für sein merkwürdiges Gehabe eine Begründung, also eine andere als Eifersucht. Er kann nicht ernsthaft geglaubt haben, dass ich den Bürgermeister gefällt habe? Oder hat Gregor in meiner nicht ganz sauberen Vergangenheit gegraben und Ungereimtheiten über Henrys Tod zusammengetragen?

Mir wird automatisch ein wenig übel. Diese Gedanken gefallen mir nicht. Ich schalte meine Logik ein. Eigentlich dürfte es da keine undichte Stelle geben, wir sind damals sehr sorgfältig zu Werke gegangen. Aber es wäre ratsam, in dieser Richtung vorsichtige und sehr diskrete Nachforschungen anzustellen. Und ins A®telier muss ich wieder, um Charlotte wegen Gerda auszufragen. Gut, dass das Rathaus morgen wegen der Ermittlungen geschlossen ist. Die Polizei wird alles auf den Kopf stellen. Ich bin gespannt, ob neue Erkenntnisse dabei herumkommen werden. Mick klatscht großzügig Majo über die gelben Kartoffelstäbe.

»Deine Überwachungskameras um deine Bude laufen wieder. Ich war vor dem Bullenangriff und meiner Verhaftung erfolgreich. Bei dem Exemplar, das unter anderem die Hintertür auf der Linse hatte, war ein Kabel durchgeschmort. Ich schätze eher, es war kein technischer Defekt, sondern eine Flamme eines Feuerzeugs oder Ähnliches«, sagt Mick vieldeutig.

Mir läuft eine Gänsehaut den Rücken herunter. Der geheimnisvolle Späher ist dicht dran und ein aufmerksamer Beobachter. Allmählich schlägt die Müdigkeit durch. Meine Beine kribbeln, die Füße sind eiskalt.

»Warum hast du mir nicht die Wahrheit gesagt? Der Vierbeiner war eine blöde Ausrede und all das andere auch. Was ist vorher passiert?«, will Mick wissen.

Ich zerkrümele mit der Gabel den Inhalt meines Tellers. Das Essen interessiert mich ohnehin nicht. Langsam und widerstrebend berichte ich von dem Seil im Baum. Zwischendurch gähne ich verstohlen. Bevor Mick nachdenken kann und weitere Fragen stellt, will ich wissen, was er an dem Abend der Vollversammlung der Weihnachtsmarkt-verschieben-Gegner erfahren hat. Mick zuckt mit den Achseln.

»War langweilig. Du kannst die Aufzeichnungen mitnehmen«, gibt er zur Antwort.

»Äh, Mick, ich könnte sie auch bei dir hören, oder?«, möchte ich vorsichtig wissen.

Ich will nicht in mein Haus. Meine eigenen vier Wände jagen mir einen Schauer nach dem anderen durch den Körper. Ich habe Angst vor einer neuen widerwärtigen Überraschung. Ich will keinen Nachbarn sehen, der mich nach dem Bürgermeister und den pikanten Details ausfragt.

Mick sieht nicht gerade begeistert aus, als ich meine Frage vorbringe. Aber er nickt, und wir brechen auf. In seiner Wohnung räumt Mick seine Decke und das Kissen vom Wasserbett und stattet mich mit frischen Laken aus.

»Das kostet dich was«, sagt Mick und richtet sich auf dem durchgelegenen Sofa häuslich ein. Sein Fahrrad steht mit glänzenden Speichen neben ihm.

»Ja, du musst auch für die Kameras eine Rechnung schreiben«, erinnere ich ihn.

Er tippt etwas in sein Handy, bevor er es mir überreicht, und öffnet den Mitschnitt. Kurze Zeit später liege ich in Micks gemütlichem Wasserbett. Konzentriert lausche ich den unterschiedlichen Stimmen, dem Stühlerücken und Gläserklirren der

Weihnachtsmarkt-Gegner in der Versammlung. Sie sitzen im Pfefferkuchenhaus gegenüber der Kirche: Ich höre den Wirt Anton brummen. Rechtsanwalt Jörg Arend eröffnet mit einer öligen Rede den Abend. Carl-Ingo Breisler vom Radio ist mit dabei. Ich staune. Der hat seine Fühler in alle Richtungen ausgestreckt. Hajo Dellrich ergreift das Wort. Er weist auf die Vernissage des A®telier hin.

»Wir können einen Raum in der alten Strumpfhosenfabrik weihnachtlich gestalten und weiter Unterschriften sammeln«, schlägt er vor. »Wir brauchen Geld für unsere Gegenmaßnahmen. Vielleicht sollten wir neben den Listen Sammeldosen aufstellen.«

Hajo denkt kreativ. Der ehemalige Polizist ist wirklich umtriebig. Nicht nur in Sachen Kunst. Widerstand gegen die Obrigkeit scheint ihm zu liegen. Ich muss unbedingt mit ihm sprechen.

»Die Hauptstraße soll jetzt mit der Weihnachtsbeleuchtung geschmückt werden. Wir müssen das mit der Feuerwehr absprechen«, verlangt Ilse Germann. Ihr Mann brummt belustigt.

»Giesbrecht macht mir mein Weihnachtsbaum-Geschäft kaputt, systematisch. Und du, Hans, kannst deine Buden nicht verleihen. Das ist doch Betrug!«, tobt der Jäger Alexander Jürgens.

Ich verziehe den Mund. Der plötzliche und unfreiwillige Tod von Roman Giesbrecht hat alles verändert. Das Geschehen dürfte dem Weihnachtsmarkt-Gremium nicht ungelegen kommen. Bis die Polizisten die Alibis aller Feinde und Gönner des Bürgermeisters geprüft haben, brennen die Kerzen am Adventskranz.

Manuela Balzano sagt, dass ihre Unterschriftenliste gestohlen wurde. Allgemeine Empörung.

Ilse Germann stellt frustriert fest: »Früher hat es das nicht gegeben. Je besser es uns geht, desto unehrlicher geht es zu. Damals haben wir alles unter uns geregelt. Diese neuen Zugereisten mit ihren albernen Ideen! Das bringt nur Unruhe.«

Ich halte krampfhaft die Augen offen. Lenke mich mit Micks Handykontakten ab. Tankstelle, Imbiss, Schwimmbad … Wer ist Melissa? Überwachungs-App?

Die aufgenommenen Gespräche werden lauter. Anscheinend

ist im Pfefferkuchenhaus eine gewisse Menge Alkohol geflossen. Man kommt zunehmend vom Thema ab. Jörg Arend hat sich verabschiedet. Ich höre Alexander Jürgens lärmen.

»Seit der Giesbrecht neben uns wohnt, kann der Frömmste nicht in Frieden leben. Ihm kann man nichts recht machen. Er meckert über die Hecke. Sie ist zu hoch. Er schimpft über Äste, die angeblich auf sein Grundstück ragen. Und ganz besonders hat er es auf mein Hirschgeweih abgesehen.« Verstohlenes Gelächter im Saal. »Nicht, was ihr denkt. Ich habe den Zwölfender geschossen. Mit Eissprosse und Krone. Sein Geweih hängt an meiner Garage neben den anderen, gewöhnlichen. Immer wieder wettert Giesbrecht dagegen und redet über die Bebauungsvorschriften. Ich soll die ›Dinger‹ abnehmen, weil wir nicht in Bayern leben. Aber da hat er sich geschnitten, der saubere Herr Bürgermeister. Die Geweihe sind das Symbol für meine Waidmannskunst. Das kann mir niemand verbieten.«

Er nimmt einen Schluck und macht eine Pause, er hustet vor Aufregung. »Ich hüte das Geweih wie meinen Augapfel.«

»Fast so wie Charlotte?«, witzelt jemand. »Ist deine Tochter mit dem einarmigen John zusammen?« Ein abfälliges Grunzen knackt im Handy.

»Mit Sloty? Der ist doch viel zu alt für den jungen Hüpfer Charlotte«, steuert jemand bei.

»Ein Liebhaber? Das wüsste ich!«, tönt Jürgens. Ganz sicher scheint er nicht zu sein. Dafür zornig. Glas splittert. Hat er es gegen die Wand gepfeffert? Jürgens ist als Choleriker bekannt. Hitzköpfige und schnelle, überschießende Reaktionen liegen ihm eher als friedensstiftende Vermittlungsversuche. Kein Wunder, dass die Nachbarschaft mit ihm nicht rosig ausschaut.

Allmählich werden meine Füße warm. Ich lege Micks Handy zur Seite. Die wenigen Pommes, die ich überhaupt zu mir genommen habe, liegen wie Klötze in meinem Magen. Dementsprechend kantig und sperrig sind meine Träume. Ich wache immer wieder auf, weiß nicht, wo ich bin, döse weg und schrecke hoch. Es fließt eine Menge Blut. Aus der Hand, aus dem Hals, rote Tropfen und reißende Ströme. Weit aufgerissene, glotzende

Augen und eine Fliege, die trudelnd in dem schwarzen Punkt der Pupille landet.

Ich schreie auf. Ein Polizist verhört mich. Es dauert lange, er redet, und ich gebe keine Antwort. Er holt aus, seine Hand fegt durch die Luft auf mich zu. Ich kann nicht ausweichen. Der Hieb trifft mich auf der Wange. Es klingt, als würde Papier reißen. Schmerz hebt mich von den Füßen. Die Schläge hören nicht auf. Der Polizist hat Henrys Gesicht. Das markante Kinn, die bleichen Wangen und den schmalen Mund. Dieser gehetzte, getriebene Ausdruck, die flammenden ockerfarbenen Augen, die mich argwöhnisch bei jedem meiner Schritte verfolgen. Der Blick, der mich einfangen will und der keinen Widerspruch duldet. Der mich lähmt, meinen Widerstand bricht und mich haltlos trudeln lässt wie einen Körper am Seil.

Ich schreie und öffne meine Augen. Mick steht am Bett und rüttelt mich sanft. Plötzlich habe ich nichts dagegen, dass er in sein Bett steigt und meine Dämonen vertreibt.

Neue Dimensionen

Mick und ich sind mit zwei Wagen vorgefahren und frühstücken beim Bäcker am Teich. Vor mir dampft ein Kaffee, und das Brötchen ist bereits belegt. Ich genieße und schweige, weil ich nicht wirklich weiß, was ich sagen soll. Sind Mick und ich in eine neue Dimension eingetreten?

Die Leute, die den Laden betreten, zucken sichtbar zusammen, sobald sie die Regenschirme eingeklappt haben und mich sehen. Selbst in meinem Rücken spüre ich bohrende Blicke. Haben sie alle von meinem Fund gehört oder von der Befragung, dem Verdacht?

Mick starrt an meiner Schulter vorbei. Sein Gesichtsausdruck ist wild entschlossen und unfreundlich. Er scheint das Blickduell zu gewinnen, sein Mund verzieht sich zu einem triumphierenden Feixen, und er nippt an dem Kakao. Entgegen seiner sonstigen Gewohnheit ist er wortkarg, jedoch nicht verkrampft oder verlegen. Er grinst selbstvergessen vor sich hin.

Nach dem Bezahlen verlasse ich die Bäckerei und schlendere zum Rathaus hinüber. In meiner Freizeitkluft und mit der Kapuze auf dem Kopf komme ich mir fast ein bisschen verrucht vor. Der Chef ist tot, da tanzen die Mäuse und machen, was sie wollen.

Vor dem Rathaus steht ein Polizist. Er lässt mich eintreten, nachdem er den Ausweis von Beatrix Lautenschläger, einer Angestellten der Verwaltung, genau studiert hat. Gregor Germann wartet im Flur mit meinen Kollegen. Nacheinander gehen sie ins Bürgerbüro und lassen sich ausfragen.

»Soll ich den Telefondienst übernehmen?«, murmele ich, weil die Anlage bimmelt. Die Bewohner unseres Städtchens wollen sicher wissen, wann ihr Rathaus wieder seine Pforten für all ihre Begehren öffnen wird.

Gregor nickt. »Wimmel sie ab«, sagt er knapp. Er weicht mir aus, sieht mich nicht an. Ich gehe in mein Kabuff, rede und gebe

Auskunft. Irgendwann steht Gregor neben mir. »Wo warst du heute Nacht?«, will er wissen.

Ich ziehe meine Augenbrauen hoch. Ich weiß nicht, ob ihn das etwas angeht.

»Weil ich gestern wegen Mordverdacht vernommen wurde, habe ich nun einen Vierundzwanzig-Stunden-Beobachter?«, frage ich kratzbürstig.

Gregor sieht aus, als würde er gleich platzen. Seine Gelassenheit macht Pause. »Du warst bei ihm, bei diesem Mick!« Den Namen spuckt er abfällig aus wie einen überflüssigen Kirschkern.

»Wir sind Seelenverwandte, verdächtig bis in die Haarspitzen«, stänkere ich munter drauflos. »Du bist leider auf der rechtschaffenen, anderen Seite, Kellerbulle.«

Sofort bereue ich meinen unbedachten Ausspruch. Gibt es zwischen Gregor und mir nun ebenfalls eine neue Dimension, die des kalten Krieges ohne Entspannung? Gregor dreht sich um und geht. Sabine hat anscheinend darauf gewartet und wirft die Kaffeemaschine an.

»Puh!«, sagt sie.

Ihre Augenringe machen einem berühmten Fernsehkommissar Konkurrenz. Irgendwie sieht ihr Gesicht verquollen aus. Hat sie geweint? Geht ihr der Tod des Bürgermeisters, die allgegenwärtige Präsenz der neugierigen Polizei oder etwas anderes an die Nieren? Ich beschließe, ihren Zustand zunächst zu ignorieren, und frage sie, ob sie den Terminkalender von Giesbrecht aktuell gesehen hat. Ich will Sabine ablenken.

»Von gestern? Ermittelst du jetzt selbst? Bea, lass die Finger davon! Hier geht ein Mörder um«, warnt Sabine.

Sie schaut mich nicht an, zeigt mir den Rücken und blickt selbst aus dem Fenster. Der Weihnachtsschmuck verschönert nach wie vor den Vorplatz und erinnert an die ganze Misere.

»Vielleicht hatte der Bürgermeister einen Baum-Unfall. Gefahrfällung«, kichere ich. »Die Kellerbullen samt kluger Verstärkung haben mich gestern übel verdächtigt. Es schadet nichts, meine Nase in diese Sache zu stecken. Ich finde garantiert mehr heraus als diese schlappe Polizistentruppe.«

Sabine stöhnt, aber sie gibt nach. »Die Beamten wundern sich über das kleine grüne Dreieck, das immer wieder im Kalendarium auftaucht. Gestern, um sieben Uhr fünfzehn, bevor es im Rathaus losgeht, war das Symbol wieder verzeichnet«, erklärt Sabine und verdreht vieldeutig die Augen.

Hektisch krame ich die Kopie heraus, die ich aus der Firma Schultheiß mitnehmen konnte. Alle Anbieter in Sachen Weihnachtsmarkt-Event, die für das Wochenende am ersten Advent in Frage kommen, sind darauf verzeichnet, die meisten sogar mit Kontaktdaten.

»Vier-fünf-sechs-sieben«, sage ich, und mir fällt die Ansage vom Todestag des BM ein. »Kunstschnee und Eis, Frieda Frostig.«

Ich werde mich bei allen melden und nachbohren, ob jemand von ihnen dieses Treffen mit Giesbrecht vor Tau und Tag hatte. Oder einer aus dem Wellnesstempel Hotel Jungbrunnen, der den aufgepimpten, verschrobenen, verschobenen Weihnachtsmarkt beherbergen will. Der oder die mit diesem Termin hat als Letzter den Bürgermeister lebendig gesehen oder selbst umgebracht.

»Es muss jemand sein, der nicht direkt auffällt, einer von uns. Von der Reinigungskraft über den Gärtner bis zum Architekten«, vermutet Sabine.

Das reißt mich aus meiner eigenen Denkschleife. »Ich wette, derjenige hat sich über den Seiteneingang eingeschlichen und später verdrückt. Einen Grund hätte jeder der Angestellten, den Bürgermeister zu hassen. Aber bringt man seinen Chef um?«, hinterfrage ich Sabines Behauptung.

»Du solltest alle Möglichkeiten aufschreiben und die Liste der Polizei geben, Bea. Mach nichts Unüberlegtes und schon gar nicht alleine«, verlangt meine Freundin.

»Ist die Tür an der Ostseite morgens offen, oder braucht man einen Schlüssel?«, will ich wissen, ohne auf Sabines Forderung, die sowieso nicht annehmbar ist, einzugehen.

»Der Hausmeister schließt bereits um sieben Uhr alle Schlösser auf, weil er danach sofort ins Schulzentrum muss. Und meistens fängt Annabell aus dem Bürgerbüro zeitig an, und Archie, den

Architekten, habe ich ebenfalls um diese Unzeit hier gesehen«, zählt Sabine auf.

Stimmt, sie muss manchmal ebenfalls mitten in der Nacht antanzen, wenn der Bürgermeister Extrawünsche angemeldet hat. Hatte, verbessere ich mich. Jetzt liegt er auf dem Stahltisch der Rechtsmedizin oder im Kühlfach. Wo Gift und Galle, die der Bürgermeister eifrig versprüht hat, jetzt landen? Werden sie inwendig verarbeitet oder ausgeschieden? Dann müsste Giesbrecht als belasteter Sonderwertstoff behandelt werden. Achtung, Körper kann Reste von explosivem Material beinhalten, Schleudergefahr.

Ich richte meine Aufmerksamkeit wieder auf Sabine. »Was ist los bei dir? Nimmt dich der Tod deines tobsüchtigen Chefs mit, oder brennt es woanders?«

Sabine gibt nur eine ausweichende Antwort.

Langsam ziehe ich mein T-Shirt glatt und überlege, ob ich weiter in sie dringen soll. Draußen im Flur kommt Bewegung in die Masse.

Annabell kreischt hysterisch. »Ich habe nichts damit zu tun! Ich will jetzt nach Hause!«

»Später, okay?«, wispert Sabine mir zu und zieht mit der Kaffeekanne und Tassen durch das Rathaus.

Einige Polizisten nehmen dankbar das fiese Gebräu aus meiner Kabuff-Maschine an. Da schüttelt es mich förmlich. Mein Magen rebelliert bei dem Gedanken an die Mischung. Und das erinnert mich an den fälligen Arztbesuch.

Ich humpele zur gewohnten Zeit zur Poststelle, während im Rathaus die Befragungen weitergehen. Im Dorf stehen kleine Gruppen zusammen. Es gibt viel zu besprechen. Wenn ich vorbeikomme, verstummen die meisten. Das gibt mir kein gutes Gefühl.

Am liebsten würde ich schreien: »He, ich war's nicht!« Sie würden mir nicht glauben. Oder haben sie Mitleid? »Bea ist anders als wir.« Sie senken beschämt den Blick, ich kann ihre Mimik nicht deuten. Sind es nur Berührungsängste? Meine eigene Betroffenheit kocht hoch, und ich schlucke sie hinunter. Mein Rachen brennt, als hätte er sich daran verbrannt.

Lange Schlangen haben sich vor dem Schalter gebildet. Wollen die alle Kondolenzbriefe abschicken? Ich schiebe mich durch zum Postfach und schnappe einiges auf.

»Man weiß nichts. Wo und wann ist denn die Beerdigung? Wir müssen uns verabschieden. Wie schrecklich«, schluchzt jemand in ein Taschentuch.

Der hinter ihm Stehende tätschelt vorsichtig tröstend dessen Schulter. »War doch gar kein so schlechter Politiker, der Giesbrecht. Manchmal etwas forsch, in der Sache hart, aber seine Ideen haben etwas vorangebracht.«

Bevor die Stimmung erinnerungsgeladen kippt, wettert eine besorgte Mutter ein wenig hysterisch: »Der Axtmörder geht um! Ich fahre meine Kinder zur Schule und hole sie ab. Sie laufen nirgendwo alleine hin.«

Sie schaut gehetzt auf die Uhr. Anscheinend kreiselt sie um ihren Nachwuchs wie der Rotor eines Helikopters. Ich zerre die Umschläge hervor und gerate dabei fast durcheinander, ausgehende Post, eingehende Briefe. Die Menge betrachtet mich kritisch.

»Briefe aus dem Rathaus? Ich denke, dort wird nicht gearbeitet?«, fragt jemand ketzerisch. »Wie die Eule vom Empfang aussieht, nicht einmal schwarz angezogen ist sie«, glaube ich aus einem vorwurfsvollen Blick zu lesen.

Ich schaue hastig auf die Umschläge in meiner Hand.

Wahrscheinlich will die Polizei die Schriftstücke sofort sichten. Dennoch mache ich mich zunächst dünne. Im Wartezimmer des Arztes gibt es ebenfalls nur ein Thema. Ich verdrücke mich auf die Toilette und öffne einige verheißungsvoll aussehende Umschläge. Über die Folgen mache ich mir lieber keine Gedanken.

Ich sehe einen langweiligen Vertrag, ausgestellt auf den ersten Advent. Der Schausteller der Firma »Die lebendige Weihnachtspyramide« mit Livemusik aus dem Erzgebirge hat das Schriftstück unleserlich unterzeichnet und bestätigt. Ich erkenne die Adresse wieder. Sie stehen auf der Lohn- und Auftragsliste von Inga und Egon Schultheiß. Und der BM hat diese Kontakte eigenmächtig für sich genutzt. Ich sehe einen weiteren Entwurf für Einladungsplakate, Aufkleber und Flyer, die die Besucher am ersten Adventswochenende zum Markt einladen. Der Bürgermeister einer Nachbargemeinde droht mit rechtlichen Schritten und kündigt bisher gemeinsam gestartete Aktionen.

Der Tiefbauer Guido Krampe hat den Zuschlag für den Weihnachtsmarkt-Umbau bekommen. Wenn ich das richtig verstehe, geht es um mächtig viel Geld für wenig Arbeit. Die Wege müssen verbreitert werden, und der kryptisch-schwammige Titel »Hoch- und Tiefbaumaßnahmen zur ordnungsgemäßen Durchführung des Weihnachtsmarktes« taucht auf.

Was die wohl genau damit meinen? Die Summe ist immens, irgendwie stinkt die Sache nach Kumpelei, Preisabsprache und Vetternwirtschaft. Na, das machen wir alles unter uns aus: Diese Vorgehensweise hatte der zugereiste Bürgermeister wahrscheinlich bereits von den Einheimischen gelernt.

Ich stopfe die Dokumente in die dafür vorgesehene schwarze Ledertasche, die sehr offiziell aussieht. Die geöffnete Post werde ich der persönlichen Bürgermeistersekretärin Sabine unterschieben und einfach in das Plastikkörbchen auf ihrem Schreibtisch legen. Ist sie jetzt eine Ex-Sekretärin, oder bleibt sie im Bestand? Ich habe keine Zeit, über den ungelösten Status nachzudenken, denn mein Hausarzt erwartet mich. Er ist drahtig, weißhaarig und steinalt und kennt mich seit Babyzeiten.

»Wie kann ich dir helfen? Das sind fürchterliche Dinge. Und sie haben wirklich angenommen, du hättest Roman Giesbrecht umgebracht?«

Dr. Knecht streicht mit der Hand durch seinen sorgfältig in Form gestutzten Bart. In seinem Gesicht glaube ich das kurze Aufflackern von Skepsis, Argwohn und Angst zu erahnen. Traut er mir etwa so etwas zu? Leide ich unter Verfolgungswahn? »Ich brauche nur neue Rezepte für die Schmerzmedikamente und die Krankengymnastik«, sage ich.

Der Arzt nickt, ist aber nicht wirklich bei der Sache. Unvermittelt fragt er: »Träumst du noch diese schrecklichen Dinge? Ist es jetzt wieder schlimmer geworden?«

Ich muss mich räuspern. Träume, das Dunkle in mir. Das mich in die Tiefe zieht, mir Angst einjagt und gegen das ich mich jeden Tag neu wappne, denke ich und sage einfach nur, in Erinnerung an die letzte Nacht: »Ja.«

Dr. Knecht hat die Hände ineinander verschränkt. Meine Gegenwart macht ihn nervös, und meine Vergangenheit lässt ihn schaudern. »Wäre es nicht doch Zeit für einen professionellen Therapeuten, Beatrix?« Ein irrsinniger Vorschlag, den er von Zeit zu Zeit vorbringt.

Ein Angebot, das ich nicht annehmen kann, unter keinen Umständen. »Wir machen das im Dorf unter uns aus. Und ich muss es mit mir ausmachen«, sage ich und bin erstaunt, wie leise und unsicher es klingt. »Hat in letzter Zeit jemand nach Henry gefragt?«, schiebe ich nach. Das muss ich loswerden, unbedingt.

Vor mir zuckt Dr. Knecht leicht zusammen. Selbst nach so vielen Jahren lässt ihn das Thema nicht zur Ruhe kommen. Wie auch, mich selbst lässt es nicht aus den Klauen.

Der Arzt denkt nach, gründlich wie immer.

»Nein«, stellt er schließlich fest. »Mir ist nichts aufgefallen. Wer sollte diese unselige Geschichte aufwärmen wollen?«, will er wissen, gewissermaßen um seine eigenen Zweifel fortzuspülen.

Vorsichtig berichte ich von dem ersten Seil im Garten. Geheimniskrämerei bringt nichts mehr. Schockiert steht Dr. Knecht auf, geht um den Schreibtisch und nimmt einen Plastikbecher. Wasser aus dem Hahn plätschert hinein, und der Mann trinkt in hastigen Zügen. Sein Adamsapfel bewegt sich auf und ab, kein Seil schränkt ihn ein.

»Ach, Beatrix«, stöhnt Dr. Knecht.

In seinem weißen Bart glänzen Tropfen. Der Arzt könnte durchaus als Nikolaus durchgehen, der aus dem Schneegestöber kommt. Er legt seine Hand auf meine Schulter, ich lege meine darüber. Irgendwie brauchen wir beide Trost.

Es dauert eine ganze Weile, bis ich mich wieder so weit sortiert habe, dass ich halbwegs funktionieren kann. Ich nehme die Rezepte und gehe langsam nach Hause. Vergesse, dass mein Auto vor dem Rathaus steht, und lasse die offizielle Rathauspost in der Tasche.

Ich schließe die Haustür auf, trete zögernd in den Flur. Wie magnetisch angezogen schweift mein Blick zu den freigelegten Balken. Kein Seil! Kein verzerrtes Gesicht, keine zappelnden Beine, kein gurgelndes Röcheln. Yeti huscht mit vorwurfsvoller Miene hinein. Die Katzenklappe hat Mick verriegelt. Der Kater fühlt sich vernachlässigt und streicht um seine Schüssel. Ich atme auf, Normalität, Ruhe und Abstand.

Schritt für Schritt gehe ich vor, das gibt mir Sicherheit, Konzentration auf das Wesentliche: Katzenfutter einschütten, ein Fenster kippen, der Kühlschrank-Schnellcheck und der Druck auf den Kaffeeautomaten. Mit einem Koffeinbecher lasse ich mich seufzend auf das Sofa sinken. Ich fühle, wie meine Wangen nass werden. Ich weine, ohne es zu merken, zu steuern und zu bedauern.

Yeti springt in meinen Schoß, rollt sich zusammen, die Wärme ist tröstlich, draußen gackert Brunhilde und vermisst den Liebhaber. Ich vermisse Ruhe und Frieden. Den suche ich in einem Buch. Micks Füße haben meinen Krimi leicht zerdrückt, dem Mörder macht das nichts aus. Die Buchstaben führen mich zum Täter, und ich versinke in der Fiktion, die Realität ist momentan kaum auszuhalten.

Nachts sind sie wieder da, die Träume, schwarz und bedrohlich. Die Beklemmung legt ihre Zange um mein Herz, bis die Raserei beginnt. Der Schlag vibriert, versetzt das Trommelfell in Schwingungen. Tack-tack-tack. Die Wolken, die das Licht des Mondes kreuzen, nehmen den Rhythmus auf. Sie jagen an der fahlen Scheibe vorbei, hell-dunkel-hell. Ich blinzele müde und ziehe die Bettdecke über mich. Schlafe. Träume, schrecke auf, friere und schwitze.

»Henry! Seil! Beil! Blut!« Kleine grüne Dreiecke wirbeln

schneesturmähnlich durcheinander. Ich stöhne. Niemand tröstet mich.

Das Telefon klingelt. Verwirrt drücke ich auf den Knöpfen des Handys herum. Langsame Atemzüge schleichen sich in mein Haus, kriechen unter den Türritzen in mein Schlafzimmer, unter die Bettdecke.

»Ich kenne dein Geheimnis«, säuselt eine unnatürlich hohe Stimme. Ich schreie, lasse das Handy entsetzt fallen. Es versinkt im Kopfkissen und gibt keine Töne mehr von sich, lässt keine widerlichen Geräusche zu mir herein. Ich sehe durch meine schweren Lider, wie sich die Nacht langsam auflöst.

Ich habe keine Kraft, mich dem schonungslosen Tagesgeschäft zu stellen. Am liebsten würde ich mich tot stellen, weiterschlafen. Doch ich muss zur Toilette. Mühsam schwinge ich meine Beine aus dem Bett, drücke den protestierenden Rücken durch. Spüre feuchte Haare, salzige Spuren auf meiner Haut und tiefen, rastlosen Schmerz.

Ich muss raus! Schlechte Träume vertreibe ich bevorzugt mit einer Radtour. Gut, es ist das Schummelrad mit Tretunterstützung, und es parkt neben dem momentan abwesenden Kugelporsche an der Elektroleine. Mit meinem Helm auf dem Kopf radele ich los. Es gibt unendlich schöne Waldwege, einsam, verschlungen. An einigen Stellen haben die Gärtner des Bauhofs Schneisen in die üppige bergische Vegetation geschlagen. Von dort hat man jetzt einen fast ungebremsten Blick auf unser Wahrzeichen.

Das gelbe Schloss Homburg ragt zwischen den Bäumen auf, bevor es wieder im Grünkohl verschwindet, während ich weiterstrampele. Ein Hase hoppelt davon, zwei Rehe kreuzen meine Bahn. Abrupt drossele ich meine Geschwindigkeit.

Dieses seltsame Rascheln gehört nicht in die Natur. Ein feines Knistern. Zwischen schillernden Blättern ist es dämmrig. Ich habe plötzlich das Gefühl, nicht allein zu sein. Schleichen dunkle Kreaturen durch den Wald?

»Hallo!«, räuspere ich mich nervös und komme mir mehr

als albern vor, weil ich nach meinem Handy taste. Das Ding ist mir unheimlich. Ich werde mir ein anderes Gerät zulegen und die Nummer geheim halten. Mit einer kurzen Berührung des Touchpads lasse ich das Display hell aufleuchten. Ein silberner, scharfer Lichtstrahl antwortet. Vor Schreck rutscht mir das Ding fast aus der Hand.

Fahr zurück, möglichst schnell! Hier geht ein Mörder um, warnt mich eine innere Stimme. Ich ignoriere sie, weil meine Füße in den klobigen Lederstücken nicht bereit sind, nur einen Zentimeter von der Stelle zu rücken. Der Wind streicht durch die Bäume. Von den grünen Blättern fallen Tropfen in meinen Nacken. Das aufdringliche Knistern lässt eine Gänsehaut über meinen Rücken kriechen. Oder ist der feuchte Kragen meiner Jacke der Auslöser?

Ich lege den Kopf schief. Jetzt entdecke ich eine CD, die an einem Ast hängt und mein Licht reflektiert hat. Ich schließe kurz die Augen und blende die Wirklichkeit aus. Bleibe auf dem Blätterteppich, Bea, befehle ich mir.

Mit einer Hand umklammere ich den Lenker, die andere wickelt sich verkrampft um das Handy. Das Rad rollt vorwärts. Ich kann es nicht halten. Es kippt zur Seite. Metallisch scheppernd kommt es auf der Erde an, die Klingel protestiert schellend. Ich halte den Atem an, drehe mich blitzschnell um meine Achse, rechne mit einem Überfall. Ich habe eindeutig zu viele Krimis gesehen, gelesen und gerade selbst erlebt. Ich bin hier zu Hause, ich bin in Sicherheit, versuche ich mich wider besseres Wissen zu beruhigen. Natürlich misslingt es. Der Bürgermeister ist das beste Beispiel.

Der Mörder und das Beil! Hat der Täter mit der Klinge zunächst Kunststoff-Hände tranchiert, bevor der halb menschliche Giesbrecht-Körper folgte?

Meine Beine haben den Widerstand aufgegeben und gehorchen den Befehlen aus dem Hirn. Die scheinen widersprüchlich zu sein, fast wäre ich gestolpert. Meine Arme rudern und versuchen, das Gleichgewicht zu halten. Ich trete einen Schritt nach vorn. Da sehe ich ihn, den Mord: verstümmelte Leichenteile, in einer Tüte verstaut und doch zur Schau gestellt. Wieder eine Hand. Aus Plastik oder organisch?

Die Folie raschelt und knistert. Ist der Täter noch in der Nähe? Beobachtet er die Wirkung seiner Tat? Hat man bereits ein Profil seiner Persönlichkeit erstellt? Welche Absicht verfolgt der kranke Typ? Woher stammen die Tüten?

Die Finger, die anklagend in meine Richtung weisen, wirken vorn leicht lädiert. Nagelkauen? Psychogramm? Ein erster Hinweis, ein Schlüssel? Panisch wähle ich die Nummer der Polizei. Ich will nicht am Fundort bleiben, sammele hektisch mein Rad ein und trampele wie eine Irre zur Straße. Niemand begegnet mir. Jetzt habe ich schon wieder ein Verbrechen entdeckt: fieser Zerstückelungs-Mord im Beutel.

Natürlich sind die Beamten megamisstrauisch, als sie mich erkennen.

»Beatrix Lautenschläger. Sie haben Roman Giesbrecht in seinem Büro entdeckt.« Das letzte Wort betont der Polizist eigentümlich.

»Und jetzt die Tüte mit den Leichenteilen an diesem Waldweg. Und ich will die nicht noch einmal sehen«, stelle ich unbeeindruckt fest. Oder tue so. In Wirklichkeit kostet es mich ungeahnte Kräfte, so ruhig zu bleiben.

»Geben Sie es zu, Sie haben die Sachen selbst deponiert. Sie sind süchtig nach Aufmerksamkeit«, knurrt einer der Polizisten unfreundlich. Das ist nicht seine Uhrzeit, und nur meinetwegen steht er hier im Matsch und wird hinterher einen Bericht schreiben müssen.

»Natürlich«, stimme ich ihm zu. »Machen Sie bitte ein Foto von mir und dem Fund für die Lokalzeitung.«

Meine Stimme trieft vor Sarkasmus. Schließlich zeige ich den beiden den Tatort und nehme die Einzelheiten wahr. Es handelt sich um eine Plastiktüte aus einem Discounter. Und die Überreste sind garantiert nicht menschlich. Jetzt, wo ich fast danebenstehe, fallen mir weitere Details auf.

»Die Hand gehört garantiert Gerda!«, rutscht es mir unbedacht heraus. Die angefressenen Fingerkuppen zeugen von einer rüden Behandlung mit dekorierten Nägeln oder deren Beseitigung. Lange genug bin ich jeden Tag an der Dame vorbeiflaniert und habe ihre anatomischen Details, die Biegung der schmalen Finger wahrgenommen und gespeichert. Der eine Beamte telefoniert, der andere starrt schwarze Löcher in die Luft. Sie beachten mich nicht weiter. Ich halte krampfhaft mein Fahrrad fest, die Knöchel färben sich vor Anspannung weiß. Ich muss unbedingt heute mit Charlotte sprechen. Und endlich wieder vernünftig schlafen, sonst laufen meine Gedanken in Endlosschleife.

Der zerfetzte Zwölfender

Mein Tag weist gewisse Wiederholungen auf. Hoffentlich wird kein Möbiusband daraus. Saß ich nicht erst neulich in diesem Bullenkeller, und hat man mir nicht ein Vakuum in Bauch und Birne gefragt? Zermürbend. Wenigstens kann ich gefühlte Stunden später den Kugelporsche mitnehmen und das elektrische Fahrrad stattdessen in mein Kabuff stellen. Vielleicht geht es für mich ans Telefon und gibt ratlosen Bürgern Auskunft. Ich mache das heute jedenfalls nicht.

Stattdessen fahre ich nach einem späten Frühstück to go und einem kurzen Talk mit Mick in einen der über neunzig kleinen Vororte: Metropole Nümbrecht. Den Nippes hoch nach Altennümbrecht, Oberelben, Grunewald, Mildsiefen – hier wohnt Charlotte, wie ich im Register auf die Schnelle nachgeschlagen habe. Es lohnt sich, auf die richtigen Quellen zugreifen zu können.

Ein unglaublich spießiges Haus, das gut im blau-weiß rautierten Edelweiß-Gebiet stehen könnte, blockiert den Blick in den Wald. Gedrechseltes Holz, Blumenkästen und Heile-Welt-Ambiente. Die lange Einfahrt endet an der Garage. Über dem hölzernen Tor kleben jede Menge tote Tiere, jedenfalls Stücke davon. Geweihe vom Reh und der berühmte Zwölfender, der gerade etwas seltsam aussieht, irgendwie massakriert. So ein Hirschgeweih hatte ich imposanter in Erinnerung. Stattdessen wirkt es inkomplett und armselig. Mit einem derartig grässlichen Ding auf dem Haupt würde ich mich schämen. Ich trage lieber Helm.

Rücksichtslos parke ich den Kugelporsche mitten auf dem Weg und sehe mir die Zusammenstellung aus nächster Nähe an. Auf den Pflastersteinen liegen Reststücke der morbiden Sammlung, anscheinend achtlos zur Seite gekickt. Das ehemals riesige Hirschgeweih ragt in weißen Bruchstücken lächerlich in die Luft. Von seiner ursprünglichen Majestät ist nichts mehr übrig. Die seltsame Wanddekoration lässt mein Hirn rattern, fast spüre ich, wie die Zahnräder ineinandergreifen. Es fehlt nur eine winzige Drehung, ein Fragment hängt im Leeren, verpasst das nächste Stück.

Ich klingele und erwische Charlotte eiskalt. Sie kann mir schlecht die Tür vor der Nase zuschlagen und wartet ab.

»Ich weiß, wo Gerda ist«, sage ich und mustere Charlotte interessiert, als würde ich sie gleich als Zwischensnack verspeisen wollen.

Charlotte zuckt die Achseln. Im Hintergrund ruft eine tiefe Stimme, die langsam näher kommt. Schlurfende Schritte, klatschende Schlappen auf braunen Fliesen. »Wer ist da an der Tür? Polizei?« Das letzte Wort verklingt zu einem heiseren Flüstern.

Ich spähe hinein, entdecke Alexander Jürgens, den Jäger, im karierten Holzfällerhemd. Er wirkt gehetzt und so, als hätte er genauso schlecht geschlafen wie ich. Dieses kleinlaute Gehabe passt nicht zu dem großspurigen, angeblich weltgewandten Geschäftsmann und Kleinkaliber- und Geweih-Spezialisten.

»Nee, die komische Eule aus dem Rathaus«, gibt Charlotte lässig bekannt. Doch ihre Augenbrauen zucken nervös, sie spielt mir etwas vor.

»Warum hast du Gerda zu Tütensuppe verarbeitet?«, will ich wissen.

»Du weißt gar nichts!«, zischt Charlotte boshaft.

Ich würde aber gern etwas wissen. Entschlossen setze ich meinen orthopädischen Schuh wie einen Türstopper ein und trete näher an Charlotte heran. Das scheint ihr unangenehm zu sein und schüchtert sie etwas ein. Widerwillig gibt sie einen Zentimeter nach.

»Wir mussten ein Zeichen setzen.«

»Kann ich das etwas ausführlicher haben?«, frage ich, weil ich diese Phrase bereits kenne. »Neben dem Zeichen würde mich das ›Wir‹ brennend interessieren.«

»Ich sage gar nichts«, beschließt Charlotte bockig.

»Doch. Sonst gehe ich zur Polizei und zu deiner Chefin Manuela Balzano. Dann bist du deinen lukrativen Job los.«

»Pff, die alte Ziege«, mault Charlotte nicht mehr ganz überzeugt.

Ich lege nach. »Dein Vater lauert im Hintergrund. Vielleicht will er Details zum einarmigen John?«

Charlottes siegessichere Pose verschwindet, und sie schaut sich hektisch um. Bevor ich sie endgültig in die Zange nehmen kann, fährt ein blau-silberner Wagen vor. Eindeutig ein Fall von falschem Timing. Hinter dem Kugelporsche bleibt er stehen. Gregor sitzt am Steuer. Er scheint als Chauffeur für die Kripo-Heinze zu dienen, denn sie bedanken sich.

»Einöde, was für ein bescheuerter Ortsname, hätten wir niemals so schnell gefunden.«

Als die Polizisten mich erblicken, zucken sie alarmiert zusammen. Am liebsten würde ich davonlaufen, aber die humpelnde Eule Bea hat keine Chance gegen die Sportskanonen dort unten.

»Was machen Sie denn bei der Familie Jürgens und in der direkten Nachbarschaft von Roman Giesbrechts Haus?«, will der eine wissen.

»Ich besuche Charlotte«, erkläre ich.

Charlotte grinst triumphierend. Sie wird ihr Wissen erneut vor mir verbergen können, mir entschlüpfen, und nun bin ich von ihrer Gnade abhängig. Sie kann mich reinreißen. Genüsslich lässt sie einige Momente verstreichen.

»Bea Lautenschläger hat eine morbide Phantasie. Sie will den brutalen Mord an unserem Bürgermeister selbst aufklären, weil sie das angeblich besser kann als die Polizei«, stellt sie süffisant fest. »Oder ist es so, weil ihr das Wasser bis zum Hals steht? Sie wollte von mir wissen, wo ich zur Tatzeit war«, empört sich die kleine Ratte.

Raffiniert eingefädelt. Wenn ich jetzt meine selbst gestrickte Theorie zum Besten gebe, wird es die Situation nicht vereinfachen. Die Polizisten werden mir nicht glauben. Charlotte ist mir einen Schritt voraus. Finstere Blicke treffen mich, bevor sich die Beamten näher an Charlotte heranschieben und mich damit zur Seite.

Einer sagt: »Sie warten hier einen Moment, Frau Lautenschläger.« Zunächst verstehe ich nicht, was dort vorn geredet wird. Schließlich bekomme ich mein Ohr doch in eine Position, die das Gespräch leidlich auffangen kann.

»Sie sind Charlotte Jürgens und wohnen hier?«, vergewissert sich der Polizist. Ich habe nicht viel verpasst, scheint mir.

»Ja und manchmal. Ich studiere, aber über die Wochenenden und in den Semesterferien bin ich bei meinem Vater«, gibt Charlotte höflich Auskunft, als könne sie kein Wässerchen trüben.

»Hm, Ihre Nachbarn, die Giesbrechts, bekommen die häufig Besuch?«

»Keine Ahnung, das interessiert mich nicht.«

»Sind in der letzten Zeit vielleicht ungewöhnliche Leute hier aufgetaucht?«, hakt der Beamte unbeeindruckt nach.

»Man kann das Grundstück da sowieso nicht gut sehen. Die Hecken sind hoch.«

»Hatten Sie deswegen Streit mit Herrn Giesbrecht?«

»Eher er mit uns. Der kam ständig an und meckerte«, gibt Charlotte zu.

»Ahhrgh«, tönt es plötzlich im Flur hinter Charlotte, ein Schlag und ein Krachen.

Die Beamten stürmen in den Hausflur. Ich trete näher heran und spähe neugierig hinein. Alexander Jürgens ist zusammengebrochen. Sein stämmiger Körper ist gegen eine Bodenvase geschrammt, die in tausend Scherben zerplatzt ist. Das Wasser bildet eine trübe Pfütze auf den braunen Fliesen. Ein scharfes Röcheln lässt die bläulich angelaufenen Lippen des Mannes vibrieren.

»Wir brauchen einen Notarzt!« Der Polizist knöpft das Hemd des Jägers auf, verhilft ihm zu Luft und der Kehle zu einer gewissen Freiheit. Mir wird schlagartig übel. Ich muss mich an die Hauswand lehnen. Eine finstere Erinnerung verschafft sich Raum und lähmt mich.

»Einatmen, ganz ruhig, Herr Jürgens«, höre ich, und seltsamerweise finden diese Worte einen Weg in mein Bewusstsein.

Das ist nicht Henry!, bläue ich mir als Mantra ein. Jetzt wäre eine gute Gelegenheit, unauffällig zu verschwinden. Leider ist mein Auto vom blau-silbernen Gefährt zugeparkt. Und außerdem lungert Gregor dort herum. Er hat anscheinend die dramatische Lage nicht gepeilt. Ich hinke mit wackeligen Beinen in seine Richtung. Nachdem ich ihn informiert habe, flitzt Gregor ins Haus und kickt im Sprint ein Geweihstück zur Seite. Ich werfe einen hoffentlich unauffälligen Blick zum Jägerhaus hinüber. Alles spielt sich im Innenraum ab. Neben mir wuchert die Hecke zwei Meter hoch. Ein vergessener Spaten, an dem braune Erdkrumen hängen, liegt im Gras. Ich konzentriere mich aufs Luftholen, und mein Hirn bedankt sich für die Sauerstoffgabe.

Ob an irgendeiner Stelle des Gewächses eine kleine Lücke ist, durch die ich mich zwängen kann? Prüfend gehe ich an der Grundstücksgrenze entlang. Eine lange Holzleiter liegt im Gebüsch. Kommt der einarmige John zum Fensterln? Zwei herumliegende weiße Splitter bringen mich auf andere Gedanken. Könnte diese Leiter etwas mit der massakrierten Geweih-Dekoration zu tun haben, die dem Jäger so lieb und teuer ist? Hat Alexander Jürgens dieses Sakrileg heute bemerkt, und schlägt sein Herz deshalb aus dem Takt?

Die Holzsprossen drücken die Äste galant zur Seite. Ich schaue mich einmal kurz um, entdecke niemanden und breche durch. Auch das Haus des Bürgermeisters thront inmitten eines gigantischen Grundstückes. Der Garten ist akribisch gepflegt, erinnert fast an einen Park. Ich bleibe stocksteif stehen, ein wenig überrascht und überfordert von meiner spontanen Entscheidung. Hoffentlich sieht mich keiner. Welche Entschuldigung für den unerlaubten Besuch würde man mir abnehmen? Mir fällt nichts Plausibles ein.

Ich atme instinktiv flach, damit mich kein tiefes Luftholen, keine überflüssige Bewegung verrät. Dort am Haus wird etwas verändert: Aus einer tiefen Baugrube mit lehmiger Erde, an der ein kleiner Bagger steht, könnte ein Luxus-Schwimmbad werden.

»Ziemlich großes Projekt. Das wird nicht billig«, murmele ich beeindruckt und versuche krampfhaft, mein Unbehagen in Schach zu halten. »Du sollst nicht hier sein«, mahnt eine innere

Stimme, die ich notdürftig zum Schweigen bringe. »Bauunternehmen Guido Krampe«, steht auf dem Schild an der Tür des Kettenfahrzeugs.

Leise macht etwas in meinem Kopf klick. Krampe, ein Verfasser der Briefe zu den Weihnachtsmarkt-Verhandlungen. Hat der Unternehmer den Job bekommen, weil er dem Bürgermeister nun günstig das Grundstück umpflügt, um einen Wellnessbereich zu gestalten? Ich habe keinen Beweis, finde diesen Gedanken aber naheliegend. Das T-Shirt klebt an meinem Rücken. Ich schwitze, und die Brille rutscht auf dem Nasenrücken nervös hin und her.

Langsam gehe ich weiter und versuche mir einen Eindruck zu verschaffen. Ich bleibe am Rand, versuche hinter Büschen fast unsichtbar voranzukommen. Vor mir wachsen mehrere Stauden, von denen eine über einen Meter hoch gewuchert ist. Die sattgrünen Blätter mit der achtlappigen Form kommen mir bekannt vor. Meine botanischen Kenntnisse sind ein wenig eingestaubt, doch das könnte ein Wunderbaum sein, der zur Gattung der Wolfsmilchgewächse gehört. Das Ding heißt auch Christuspalme oder Castorölpflanze. Aus dem Samen gewinnt man Öl, das sich als Schmierstoff eignet und als Grundstoff für Kosmetik verwendet wird. Auch in der Medizin wird das Zeug benutzt.

Ich schaue zu dem großen Haus hinüber. Hat sich eine Gardine am Fenster bewegt? Ich versuche, mein ungutes Gefühl zu verdrängen. Vielleicht habe ich zu viel Wunderbaum-Duft eingeatmet. Ich schaue mich um. Die Polizei lauert nebenan, noch mit anderen Dingen beschäftigt. Es ist ziemlich dreist von mir, so dicht vor den Ordnungshütern auf eigene Faust herumzuschnüffeln.

Diese Aktion macht mich verdächtig, das ist mir klar. Aber ich kann nicht aufhören. Ich muss wissen, wer in unserer beschaulichen Gemeinde finstere Absichten verfolgt. Einige Jalousien am Haus des Ehepaars Giesbrecht sind heruntergelassen. Ich bleibe im Schatten, versuche unauffällig zu agieren.

Die Doppelgarage steht offen, ein Mittelklassewagen parkt

dort, und ein Aufsitzmäher wartet auf einen Einsatz. Besitzt Giesbrecht keinen Traktor? Allmählich schrecke ich vor nichts mehr zurück. Ein wenig tollkühn, weil meine Kleinkunst-Spionage bisher nicht bemerkt wurde, öffne ich nacheinander die Mülltonnen. Der Deckel quietscht widerspenstig, und ich spähe hinein. Fein säuberlich ist der Abfall sortiert worden: Zeitungen und Journale in die grüne Tonne, Wertstoffe in die gelbe. Der in Plastikbeutel gezwängte Restmüll hat sich in eine braune Masse verwandelt, aus der ich nichts mehr herauslesen kann. Ich höre das alarmierende Martinshorn in der Ferne. Das muss der Klino für den Jäger sein.

»Zu spät, zu spät«, tönt die Quarte des Signals. Hastig suche ich weiter. Die persönliche Einladung zur Vernissage des A®telier finde ich und lege sie beiseite. Ein Karton, der ein bekanntes Logo aufweist, sticht mir ins Auge. Das ist das Firmensymbol des Fleischgroßhändlers Markus-Steve Müller, Ehegatte meiner besten Freundin Sabine. Seit wann beliefert er Privathaushalte?

Ich zerre die zusammengelegte Kiste hervor und klappe sie auseinander. Der weiße Lieferschein segelt mir vor die Füße. Erstaunt reiße ich die Augen hinter meinen Brillengläsern auf: Markus hat sich nicht lumpen lassen, feinste Fleisch- und Wurstwaren, eine extra angefertigte Spezialität für den Weihnachtsmarkt mit exotischen Gewürzen, und alles anscheinend ohne Berechnung. Es steht nirgendwo eine höhere Zahl als die Null auf den beigelegten Zetteln. Das ist nicht gerade Markus' Art. Er ist Geschäftsmann durch und durch. Ich entdecke eine handschriftliche Zeile neben einem grob skizzierten Lageplan. Markus hat einen Wunsch für den Standort des Verkaufswagens für den Weihnachtsmarkt.

»Es ist mir Wurst, wann der adventliche Handel stattfindet«, steht dort in Markus' schief hingeworfenen Buchstaben. »Hauptsache, meine Firma allein kann an einer günstigen Stelle die Fleischspezialitäten anbieten«, hat der Chef persönlich geschrieben.

Da scheint eine riesengroße Kungelei im Gange zu sein. Dort unten liegen Reste weiterer Kartons. Hat sich der bestechliche

Bürgermeister vielleicht nicht an Absprachen mit seinen korrupten Mitverschwörern gehalten und musste deshalb sterben?

»Halt! Stehen bleiben! Ich hole die Polizei!«, keift plötzlich eine schnarrende Stimme.

Vorsichtig drehe ich mich um, bekomme als Resultat die gelben strohigen Borsten eines Besens auf die Schulter gedroschen. Staub und Dreck fliegen mir um die Ohren, ich muss niesen, und ein »Autsch« rutscht mir heraus.

»Das ist Hausfriedensbruch! Sie sind bestimmt von der Presse, die wollen sogar den Müll durchwühlen, um das Andenken meines Mannes in den Schmutz zu ziehen. Verschwinden Sie von meinem Grundstück, Sie neugieriges Luder!«, zetert die Frau aufgebracht.

Ich schaue sie gar nicht an und humpele, so rasch ich kann, davon. Der Besen verfolgt mich, trifft meinen Rücken, verwüstet meine Haare und fegt mir fast die Brille herunter. Wo ist diese verflixte Lücke in der Hecke?

»Kein Respekt vor Trauernden!«, keift es hinter mir. Frau Giesbrecht hat leider recht. Ich fliehe, die Frau des Bürgermeisters folgt mir ohne Mühe. Meine Beine sind nicht flink und rasant genug.

Ich muss zum Tor.

Es ist schwarz, besteht aus schmiedeeisernen Stäben mit lilienförmigen Spitzen, die auch eine Festung bewachen könnten, und ist verschlossen. Ich hämmere auf die Klinke, nichts passiert. Der rettende Ausgang ist verriegelt. Der Besen trifft erneut. Die Klingel ertönt. Vor dem schmiedeeisernen Tor steht ein Polizist.

»Bea«, rutscht es ihm heraus. »Was machst du hier?«

»Aua!«, brülle ich.

»Miese Schlampe!«, geifert die Besenbesitzerin und schlägt zu.

»Schluss jetzt!«, will sich Gregor Germann Respekt verschaffen. »Öffnen Sie die Tür und stellen Sie den Besen in die Ecke.«

Nebenan schießt der Klino die Einfahrt hinauf. Die Sirene dröhnt in meinen Ohren und versetzt das Trommelfell in Panik. Das blaue Licht zuckt anklagend. Gregor nimmt Anlauf, hangelt sich am Tor hinauf und klettert über das Gitter. Er quittiert die übermäßige Belastung seiner empfindlichen Körpermitte mit einem »Uff« und bleibt nach dem Absprung einen Moment gekrümmt stehen. Die eisernen Lilien sind spitz. Der Besen ist hart und kratzt über meine Haut. Die Schläge prasseln immer schneller. Mit den Armen versuche ich meinen Kopf zu schützen. Es nützt nicht viel.

Gregor richtet sich mühsam auf, entreißt Frau Giesbrecht mit wenigen Handgriffen den Stiel und lässt ihn fallen. Klappernd fällt das Holz nach unten und rollt über die Pflastersteine. Sicherheitshalber stelle ich meine dicken Schuhe darauf ab. Gregor redet mit Engelszungen auf Frau Giesbrecht ein.

»Kommen Sie mit ins Haus, Frau Giesbrecht, bitte.«

Die Dame macht keine Anstalten, Gregors Wunsch Folge zu leisten. Sie knurrt bedrohlich in meine Richtung. Ich drücke mich mit dem Rücken gegen das Tor und versuche mich, so gut es geht, unsichtbar zu machen.

»Die Polizei braucht einen Ordner mit Formularen. Der fehlt im Rathaus. Er muss bei Ihnen zu Hause sein«, sagt Gregor immer noch freundlich.

Frau Giesbrecht erinnert mich an einen kleinen, bissigen Kläffer, der die Leute anbellt, bis die Hundeleine ihn fast erdrosselt. Ich warte auf geifernde Spucke, die aus ihrem Mund tropft.

»Ich will endlich meine Ruhe!«, zetert sie und macht eine rasche Bewegung in meine Richtung.

Gregor legt seine Hand beruhigend ab, murmelt Worte wie zu einem liebeskranken Huhn. Ich gehe langsam in die Knie und schnappe den Besenstiel. Der Polizist redet und redet, vorsichtig schiebe ich mich ein paar Schritte zur Seite. Ich höre das Rascheln der Zweige, als ich die Hecke streife.

»Ich verstehe, dass Sie traurig sind, Frau Giesbrecht«, brummt Gregor.

Frau Giesbrecht fängt plötzlich an zu schluchzen. Sie fällt in sich zusammen und wirkt nunmehr halb so furchteinflößend.

Hat der Rettungswagen Kapazitäten frei?, frage ich mich,

als die Frau des Bürgermeisters anfängt schrill zu schreien. Ich dränge mich dichter in die Hecke.

Gregor Germann schafft es, die Dame zu drehen und langsam Richtung Haus zu führen. Ich rieche ihren Schweiß. Entschieden nutze ich meine Chance. Mit einem entschlossenen Ruck hämmere ich den Besen ins Gebüsch und drücke die Äste zur Seite. Die entstehende Lücke ist groß genug für mich. Ich winde meinen Körper hindurch. Meine Füße sinken tief ein. Bevor ich mich darüber wundern kann, stehe ich auf Jürgens' Grundstück. Der wird gerade auf einer Trage in den Rettungswagen bugsiert. Seine Gesichtsfarbe sieht bleich, gestresst und ungesund aus.

Hastig schiebe ich mich zurück in die Umgrenzungshecke. Die Schuhe versinken in weicher Erde. Hat hier jemand vor nicht allzu langer Zeit gegraben? Die Notärztin, die auch im Rathaus war, öffnet die Seitentür des Klinos. Ich habe keine Lust, sie wiederzutreffen, so zerschunden meine Haut auch sein mag. Die Abfahrt des Rettungsdienstes kann ich kaum abwarten, meine Beine wackeln kraftlos.

Im Jägerhaus schnüffeln die Polizisten. Der Wagen parkt in der Einfahrt, kein Mensch ist hier draußen zu sehen. Mit lahmen Gliedern wanke ich zu meinem Auto. Mit etwas Mühe werde ich es ausparken können, jedenfalls wenn ich die Beete und den englischen Rasen mit einbeziehe und deren fatale Verwüstung in Kauf nehme.

Im Rückspiegel sehe ich wilde Kratzer in meinem Gesicht, mein Shirt ist zerrissen, und überall kleben Blätter, Dreck und die langen Borsten des Strohbesens. Nervös drehe ich das Lenkrad, ich brauche gefühlte fünf Stunden, um zu wenden. Bloß nicht den Streifenwagen rammen, schärfe ich mir ein. Der Schweiß rinnt in Strömen meinen Rücken herunter. Meine Nase zuckt empfindlich zurück.

Ausgerechnet jetzt taucht ein Polizist auf. Er winkt herrisch, und ich beschließe spontan, seine Gesten nicht zu bemerken. Entschieden drückt mein Fuß das Gaspedal herunter, Erde und Grasbüschel wirbeln unter den Reifen hoch und spritzen durch die Luft. Sie landen klatschend am blau-silbernen Blech der

Beamtenkarosse. Wahrscheinlich hat Gregor den dazugehörigen Schlüssel, sie werden sich keine Verfolgungsjagd mit mir liefern. Das hoffe ich jedenfalls und lenke beherzt um die nächste Kurve. Herumspringende Rehe hätten heute keine Überlebenschance. Ich bremse nicht. Ein Nachspiel werden meine eigenmächtigen Ermittlungen und meine Flucht wahrscheinlich haben. Die Eule aus dem Rathaus macht sich durch ihr schizophrenes Verhalten verdächtig. Ich glaube die Anschuldigungen bereits im Vorfeld zu hören.

»Dieses Luder Charlotte. Und nebenan wohnt eine weitere Kneifzange!« Die Wut kocht in mir hoch. Die beiden kommen mir nicht davon, ohne Federn zu lassen.

Daunen hat auch Brunhilde in der Scheune verloren. Rauft sie sich ihr Gefieder, wenn ich ihren geliebten Kugelporsche entführe? Was findet sie an ihm, ist die ovale Form Hühner-erotisch? Zunächst muss ich meine Wunden säubern und verarzten. Frau Giesbrecht hat ordentlich zugelangt. Verflixt, diese tiefen Kratzer werden mich eine Weile begleiten, bis sie verheilt sind. Das wird einige neugierige Fragen provozieren, besonders von meinen wohlmeinenden Nachbarn.

Was Mick von meinem Aussehen halten wird? Er hat mir eine kurze SMS von seiner Baustelle geschickt. Er muss ein paar Stunden Arbeitszeit nachholen. Später wird er mir ein anderes Handy vorbeibringen. Den wahren Grund habe ich ihm verschwiegen, angeblich ist das alte Gerät kaputt.

Nachhilfe für den Kellerbullen

Es dauert nicht lange, da kreuzt Gregor auf, kreuzunglücklich und mit hängenden Schultern.

»Hat der Chef den Dorf-Hiwi-Chauffeur gefeuert?«, will ich wissen. Das Mitleid halte ich aus meiner Stimme heraus, Gregor würde an Heuchelei denken.

»Nein«, sagt Gregor kurz angebunden. »Hast du ein Bier für mich?«

»Nein«, stelle ich ebenso unfreundlich fest. »Ich könnte dir, wenn ich dir wohlgesinnt wäre, ein Glas Wein anbieten.«

Gregor kneift seine Augen zu schmalen, verärgerten hellblauen Schlitzen zusammen.

»Du siehst zum Kotzen aus, Bea«, kann sich Gregor nicht bremsen zu bemerken. Auf seine zweifelhaften Komplimente oder die Pseudo-Sorge kann ich verzichten, hochkant.

»Bei allem Respekt, ich würde dich nicht frei herumlaufen lassen. Du bist eine tickende Zeitbombe, warum steckst du deine ramponierte Nase in Dinge, die dich nichts angehen?«, hetzt Gregor vorwurfsvoll und vergreift sich im Vorbeigehen am Triptychon.

»Hier laufen momentan eine Menge ominöser Dinge und die ziemlich schief. Und du bist nicht gerade am Puls der Zeit, Kellerbulle«, präsentiere ich ein gnadenloses Fazit.

Mein Gegenüber zieht eine verächtliche Grimasse und ringt sichtbar um Geduld. Eine bissige Antwort schluckt er hinunter, der Adamsapfel gerät bei der Aktion ins Trudeln.

Ich setze wie gewohnt einen drauf: »Ihr macht es euch einfach. Wer die Leiche findet, ist schuldig. Ich war es nicht.«

»Ich weiß, die Blutspuren passen nicht«, gibt Gregor zu. »Weder im Bürgermeisterbüro noch auf deiner Bluse. Aber das heißt nicht, dass du unschuldig bist. Du hängst da mit drin … Oder du schützt jemanden.«

»Pfff!«, schnaube ich und werfe ihm vor: »Du hast dich im

Rathaus ziemlich dämlich benommen. Und jetzt darfst du ein zweites Mal sagen: Ich weiß!«

Gregor sagt lieber nichts. Er zieht den Kopf zwischen die Schultern. Wir schweigen uns an. Es ist ungemütlich. Das übliche ehrliche, schonungslose Geplänkel hat einen Stillstand erreicht.

Schließlich räuspert sich Gregor. »Wir treten auf der Stelle. Es gibt keine Zeugenaussagen darüber, dass Personen um die fragliche Tatzeit beobachtet worden sind. Niemand will etwas gesehen haben, die Aussagen sind dürftig. Es riecht mehr als faul. Als du den gefällten Bürgermeister gefunden hast, waren die Lichter bei ihm drei Stunden vorher ausgeknipst worden. Man kann das anhand der Körpertemperatur bestimmen. Eine Leiche kühlt um ein bis zwei Grad pro Stunde ab, jedenfalls in geschlossenen Räumen. Im Büro war es recht warm, na ja.«

Gregor schaut mich an. Ich rechne blitzschnell nach. Während der Tatzeit war ich mit einem weiteren Verdächtigen, nämlich Mick, zusammen, kein besonders gutes Alibi und eines, das besonders Gregor nicht gefällt. Ich beschließe, das Thema nicht weiter zu vertiefen.

Gregor redet weiter. »Der BM hat keine Ordnung in seinen Dokumenten, es fehlen Aufzeichnungen und Verträge. Außerdem ganze Ordner mit Papierkram. Vieles ist angeblich nur mündlich festgelegt worden. Die Liste von Leuten, die Roman Giesbrecht nicht mögen, verabscheuen, hassen, ist endlos. Er hat auf Unternehmen, Ladenbesitzer und jeden, der nicht schnell genug auf den Bäumen war, Druck ausgeübt. Der Tiefbauer Guido Krampe hat sogar eine Ohrfeige von Giesbrecht kassiert.«

»Wie ist denn die Hand des kleinen BM so hoch gekommen?«, frage ich mich und vermute, dass Krampe übertreibt, weil er selbst nicht lupenrein agiert hat. »Er hat geschachert wie ein Weib auf dem Fischmarkt: ›Hilfst du mir, den Aussichtsturm zu sanieren, dann bekommst du die nächsten Aufträge ohne Ausschreibung.‹ Dazu ein Erholungswochenende im Jungbrunnen«, plaudert Gregor Details aus. »Reicht das für ein Mordmotiv? Wir haben seltsame Briefe mit merkwürdig verschlüsselten Vereinbarungen gefunden. Giesbrecht hat Dreck am Stecken gesammelt wie andere Leute Briefmarken«, sinniert der Sahneschnitten-Polizist. Das Private lässt er wohlweislich ruhen, flüchtet sich auf vermeintlich sicheres Terrain. »Wir müssen unzählige Befragungen starten. Im Mist herumwühlen, verdächtigen und forschen«, klagt Gregor und schaut mich mitleidheischend an. Ich weiß nicht, ob ich es ihm einfach machen will. »Die Spuren werden kalt«, mimt er den Fernsehkommissar.

Sorgfältig entkorke ich eine Flasche Wein. Die Gläser klirren leise und melodisch gegeneinander. Der erste schöne Klang des Tages versetzt mich in versöhnliche Stimmung. Gregor hat mich vor der Giesbrecht-Furie gerettet, ich bin ihm etwas schuldig.

»Pass auf, du vernagelter Kellerbulle. Bei diesem Klima da unten kann man nur komisch werden.« Ich bringe Gregor auf den Ermittlungsstand, den Mick und ich zusammengetragen haben. Mein Gegenüber schwankt zwischen ohnmächtigem Zorn, Eifersucht und aufrichtiger Bewunderung. Entschlossen kippt er die zweite Portion Rotwein in seinen Rachen. Mit dieser Belastung wird der Kehlkopf leichter fertig, er hüpft beschwingt auf und ab. Ein wenig beschwipst erlaube ich Gregor, die Schrammen auf meinem Rücken mit Salbe zu versorgen.

»Der Bürgermeister hat sich um seinen eigenen Vorteil gekümmert. Er ging korrupt zu Werke. Wer etwas von ihm wollte, musste seinerseits Zugeständnisse machen. Verbündete von Giesbrecht wurden ganz schnell über den Tisch gezogen oder als Feind behandelt, je nachdem, was dem Bürgermeister gerade besser passte. Der verschobene Weihnachtsmarkt scheint ein Dreh- und Angelpunkt zu sein«, erklärt Gregor.

Da stimme ich ihm zu, lächele glückselig vor mich hin. Der Wein, mein Unschuldsbeweis und eine taumelige Mattigkeit zeigen Wirkung. Beduselt am helllichten Tag, welch dekadente Vorstellung.

»Scharfes Beil, finde ich geil!«, singt Gregor schief und guckt ein wenig überkreuz.

»Habt ihr das Ding Manuela Balzano gezeigt?« Ich bemühe mich, korrekte Sätze zu bilden, die zudem logisch sind und uns weiterbringen in der Rekonstruktion der Kriminalfälle.

»Häh? Wiescho? Scharfe Nägel?«, stammelt Gregor.

»Schaufenster, Einbruch, Nikolaus, Liste und Beil«, versuche ich, seinem Hirn Schwung zu geben, damit es sich bewegt wie eine Schaukel.

»Die Dinger sehen alle gleich aus«, widerspricht er. »Rote Mütze, Beil, Massenware.«

»Vielleicht hat Manuela das Ding gekennzeichnet oder versehentlich mit Nagellack besprüht oder Glitzer oder was weiß ich denn?«, murre ich ein wenig beleidigt.

Ich finde, dass Gregor nicht in der Position ist, meine genialen Gedankengänge schnöde abzuwiegeln.

»Hm, vom Nagelstudio zum Rathaus?« Gregor zieht mit dem Finger in der Luft eine geschlängelte Linie, die eigentlich gerade sein müsste.

»Über den Bauhof und den einarmigen John!«, vervollständige ich.

»Der John hat ein Alibi, er hat den Knallkopf Giesbrecht nicht fällen können. Aber ich traue ihm nicht. Ihm nicht und überhaupt keinem«, teilt mir Gregor mit und schlägt anschließend beschämt seine Hand vor den Mund. »Verplappert, Mist!«

»Du konntest Giesbrecht also auch nie leiden! Wissen das deine Chefs? Und dein Alibi?« Mein Denkapparat schlägt blaue alkoholische Blasen.

»Mir egal, total egal«, summt Gregor und hält sein leeres Glas hoch.

Ich reagiere nicht, und Gregor pflückt sich im Alleingang die Flasche, um die letzten Tropfen herauszupressen. Es nützt nichts, der Wein ist geleert. Gregor macht sich auf die Suche nach weiteren mehrprozentigen Flüssigkeiten. Wir landen bei Sherry, und Gregors Mund verzieht sich zu einer verdrießlichen Grimasse.

»Äh, süß und klebrig«, kommentiert er. »Ich bin nicht betrunken genug, um diesen Sirup gut zu finden.«

Da er keine Lust hat, selbst zu seinen Eltern zu laufen und eine Flasche Bier zu leihen, oder zwei, ruft er leicht lallend bei Ilse und Günther an. Seine Mutter bringt tatsächlich das Gewünschte über die Terrasse und dazu frische Waffeln; alles schön verpackt in dem Korb, den sie zum Eiersammeln nutzt. Ein paar kleinere Daunenfedern segeln umher und kleben an ihrer Schürze. Sie sagt etwas, doch weder Gregor noch ich sind in der Lage, ihre Worte aufzunehmen, geschweige denn zu beantworten.

»Du kommst mit!«, befiehlt Ilse. »Du kannst nicht mehr gerade gehen.«

Gregor hält die beiden Flaschenhälse ungeschickt aneinander, um die Kronkorken abzuflippen. Gleich gibt es eine Überschwemmung. Mir ist das angenehm gleichgültig, Ilse scheint sich von ihrem erwachsenen Sohn nicht genügend abgenabelt zu haben. Sie zerrt ihn aus dem Sessel und ignoriert die Proteste.

»Du hast genug getrunken, Gregor.«

Sie hätte wohl kaum Erfolg mit dieser Maßnahme gehabt, wenn nicht Sabine in diesem Augenblick um die Hausecke gekommen wäre. Bepackt wie für eine Weltreise und mit den Kindern und dem Hund im Schlepptau. Gregor sucht sein Heil sofort in der Flucht. Ilse bleibt ein wenig, um Lasse und Mia über die Haare zu streicheln.

»Wollt ihr mit auf den Bauernhof gehen? Wir haben kleine Küken«, lockt sie.

Die beiden wollen sofort, holen den schwankenden Gregor ein und sind verschwunden. Ilse bedenkt mich mit einem vorwurfsvollen Blick, zieht ihre Schürze glatt, packt den Korb und läuft eilig hinterher.

Der Hund Rasputin jagt durch den Garten. Markus ruft ihn meistens »Putin«. Weil er so klein ist und übertrieben und aufgeblasen kläfft, als gehöre ihm ganz Russland. Sabine geht zur Kaffeemaschine und zapft wortlos zwei Tassen. Eine drückt sie mir in die Hand.

»Du siehst aus, als könntest du Koffein vertragen«, sagt meine Freundin trocken.

»Du auch«, bemerke ich und mustere das übermüdete Gesicht.

»Markus ist auf Geschäftsreise. Kann ich mit den Kindern ein paar Tage bei dir bleiben?«

Würde Sabine nicht so verflixt fertig aussehen, hätte ich darin eine Mitleidstour gesehen. Nach dem Motto: Die arme Bea können wir nach den Aktionen der letzten Tage nicht allein in ihrem Haus wohnen lassen. Doch Sabine scheint extrem mit sich selbst und anderen Problemen beschäftigt zu sein.

»Ich bin gar nicht auf Kinder eingestellt. Und auf euren größenwahnsinnigen Köter erst recht nicht«, druckse ich herum. »Wenn Lasse an den Balken klettert oder Mia in die Steckdosen greift ...« Oder sind das nur lächerliche Ausreden, weil ich mich überfahren fühle.

»Bea. Bitte!«, sagt Sabine.

Ich antworte nicht sofort. Meine Freundin ist immer für mich da. Ich kann ihr den Wunsch kaum abschlagen, auch wenn er überfallartig über mich hereinbricht. Einerseits ist es verlockend, Gesellschaft zu haben. Doch gerade jetzt könnte der Vogelscheuchentyp Lasse und Mia erschrecken. Ich wäge das Für und Wider ab. Die zweite und dritte Tasse Kaffee helfen mir beim Ausnüchtern.

»Habt ihr Stress, Markus und du?«, folgere ich mit einiger Verspätung.

Jetzt füllen sich die Augen meiner Freundin mit Tränen. »Weiß nicht«, schnieft Sabine.

Schließlich bekomme ich heraus, dass Markus nie Zeit hat, selten zu Hause ist, und wenn, dann schlecht gelaunt.

»Wie es mir geht, ist ihm total egal«, schluchzt meine Freundin.

»Ach, das glaube ich nicht. Markus würde alles für dich tun. Er ist wahrscheinlich einfach extrem beschäftigt«, wage ich einen Beschwichtigungsversuch.

Rasputin hat Brunhilde, die fast so groß ist wie er selbst, entdeckt und knurrt verrückt.

»Er hat bestimmt eine andere«, heult Sabine jetzt.

»Markus?« Ich muss lachen. »Niemals! Das glaube ich nur, wenn es stichhaltige Beweise gibt. Er ist ein gewiefter Geschäftsmann, aber privat würde er es nicht schaffen, eine Affäre zu starten.«

Sabine prustet verächtlich. »Sie liebt es deftig. Er hat in letzter Zeit immer wieder Geschenkkartons gepackt. Nie hat er mir verraten, für wen die Sachen waren. Nur vom Allerfeinsten und alles ohne Berechnung. Er war sonntags im Lager, wenn niemand da war. Und es gab ominöse Termine, heimliche Telefonate am Handy mit verdeckter Kennung.«

Mir schwant Übles. »Wir sollten die Daten mit dem Kalender des Bürgermeisters abgleichen. Es könnte sein, dass sie zu dem grünen Symbol passen.«

Bevor ich weiter ausholen kann, fragt Sabine: »Was ist mit deinem Gesicht passiert? Du brauchst ohnehin professionelle Pflege. Können wir bitte bleiben?«, fragt sie und wirkt dabei so kläglich, dass ich nicke und kurz von der peinlichen Besenattacke berichte.

Sabine muss kichern.

»Wenn Markus anruft, lüge ich ihn nicht an. Ich sage ihm, wo du bist«, gebe ich meine Bedingungen bekannt.

Sabine nickt widerstrebend.

Er ruft an, auf dem Festnetz. Zwar drei Tage später, aber immerhin: Ich habe mich gerade an den stinkenden Kläffer, die vielen benutzten Gläser, das Spielzeug und die Lautstärke im Haus gewöhnt. Die Kratzer sind halbwegs verheilt. Die Kinder räumen ihre Schuhe zur Seite, damit ich nicht darüber falle, und alles läuft in geordneten Bahnen.

»Bea, ich kann Sabine nicht erreichen. Sie muss dringend etwas für mich erledigen.« In der Leitung knackt und rauscht es, Markus' Stimme ist schlecht zu verstehen.

Ich frage nach, notiere alles gewissenhaft und könnte mir spontan vorstellen, den Zettel zu verlieren.

»Bea, wie geht es dir?«, höre ich aus dem Dröhnen heraus.

Warum fragen mich alle Leute das und sind so verflixt mitfühlend? Ich habe nur eine Leiche und ein paar Plastikteile gefunden. Und seitdem ständig Gespräche mit Polizisten, die kluge Fragen stellen und trotzdem weder den Tütenkasper noch den Einbrecher oder den Mörder gefunden haben. Oder ist es doch eine Person?

»Danke, gut«, sage ich eher förmlich, weil das eine höfliche Routine und nicht als Notlüge zu verbuchen ist. Ich hole Luft, um Markus zu sagen, dass er seine Sabine nach dem Befinden fragen soll, doch Markus wirkt abgelenkt.

Das Pfeifen in der Leitung nimmt zu, und er sagt hastig: »Ich habe gleich die nächste Verabredung zum Vertragsabschluss. Das ist total stressig hier, diese Geschäftsreisen machen mich fertig. Mach's gut, Bea, Küsschen, Kopf hoch, wenn auch der Hals dreckig ist!«

Na, wenigstens ist mein Kopf noch auf dem Hals. Andere Leute hatten da weniger Glück. Markus wollte nicht wissen, wo Sabine ist, und ich weiß nicht, ob ich meiner Freundin diese Tatsache schonend überbringen kann und soll. Ihr Nervenkostüm ist gerade nicht sonderlich stabil. Sie versucht, so gelassen und fröhlich wie immer zu sein, doch ich merke, dass ihr die ungeklärte Situation, der Stress mit Markus, sehr nahegeht. Oder weiß sie über den Mord am Bürgermeister mehr, als sie bisher zugegeben hat? Angeblich war sie nicht im Büro, aber was, wenn doch? Und wo war sie am frühen Morgen des Tages X. Ein heißes Eisen, irgendwann, vielleicht nach der zweiten Flasche Wein, werde ich es anfassen.

Sabine verwaltet das Rathaus. Die geraubte Post habe ich stillschweigend ins BM-Fach gelegt. Erst habe ich darüber nachgedacht, mich krankschreiben zu lassen. Schließlich habe ich mich dagegen entschieden. Es ist schwierig, meinen Kolleginnen und Kollegen gegenüberzutreten. Das Lager ist gespalten. Die eine Hälfte glaubt, dass ich Giesbrecht auf dem Gewissen habe. Und durch diese Gruppe geht ein weiterer Riss: Einige wenige verachten mich dafür, geben mir die Schuld und sind sauer, dass unser klar denkender Bürgermeister nun keine Probleme mehr hat. (Außer einem ungesühnten Mord, aber selbst das dürfte ihn nicht großartig belasten. Die Erde, die sich demnächst auf seinen sterblichen Überresten stapelt, wird mehr wiegen.) Die anderen sind froh, dass Giesbrecht fort ist. Sie können die Tat aber aus moralisch-ethischen Grundsätzen natürlich nicht gutheißen und verurteilen den Täter, wahrscheinlich mich.

Das mir zugeneigte Lager besteht aus Normalos, Mitleid- und Hilfe-Anbietern, Schweigern, Endlich-ist-er-weg-und-es-ist-mir-total-egal-wie-Leuten und einigen Geschockten, die das alles nicht fassen können. Der Mord geht an keinem spurlos vorüber.

Angst, Misstrauen und Stimmungen, die ich nicht ganz zuordnen kann, begegnen mir. Der Rest der Verwaltungsleute will gar nichts zugeben, sondern nur ein bisschen blödes Zeug reden: Ich war ihnen ohnehin schon immer suspekt.

Der Teppich vor dem Büro des Bürgermeisters wird nun einseitig abgelaufen, weil alle einen großzügigen Schlenker um die Tür machen. Sie wollen möglichst viel Abstand zum Tatort einhalten.

Ich rede nicht viel, höre zu (auch durch gespannte Telefondrähte) und versuche herauszufinden, wer an dem besagten Tag früh mit dem Büroschlaf angefangen hat. Annabell war im Haus. Sie erklärt, dass sie im Kopierraum weilte und nichts mitbekommen hat. Das besagte Zimmer liegt am anderen Ende des Rathauses, es hat kein Fenster, und man fühlt sich dort wie in einer Zelle. Deshalb ist das Kopieraufkommen gesunken, jeder will so schnell wie möglich fertig werden. Ich kann nicht glauben, dass Annabell dort stundenlang beschäftigt war. Mir hatte sie erzählt, dass Giesbrecht an diesem Morgen herumgewütet habe. Ein merkwürdiger Widerspruch.

Eine Reinigungskraft hat den Ratssaal sauber gemacht. Der Staubsauger lief, und der Mann ist gehörmäßig schräg drauf. Der Architekt aus dem Bauamt betrat wie üblich als einer der Ersten das Rathaus. Er war überall und nirgends, sagt er. Ihm sei nichts aufgefallen, sagt er auch. Irgendwo muss ein Fehler im System stecken. Die Polizisten haben gefragt, wer wann im Büro war, mit wem und warum. Eine richtige Fleißarbeit. Sabine ist mir bei der Recherche eine große Hilfe. Sie hat ihre Augen und Ohren überall, und abends, wenn die Kinder im Bett sind, drehen und wenden wir den Fall Bürgermeistermord in alle Richtungen. Sabines anfängliche Bedenken vergehen auf dem gemütlichen Sofa und mit steigendem Alkoholpegel.

Am nächsten Tag, während ich im Kabuff meine Zeit absitze, fällt mir eine weitere Möglichkeit ein, um an Informationen zu kommen. Ich nehme mein Handy und spreche mit dem Hausmeister, der die Türen aufschließt.

»Wie viele Fahrzeuge standen an dem Tag X auf dem Parkplatz?«, will ich von ihm wissen.

Er ist ein wahrer Autoliebhaber und verzeiht mir nicht, dass ich einen Automatikwagen nutze. Der Hausmeister kann mir Auskunft geben, seine Leidenschaft hat er immer im Blick.

»Ein Geländewagen, das kleine Cabrio, ein Benz, ein Transporter, die Dienstfahrzeuge, Giesbrechts Karre (auch ein Ding ohne Schaltgetriebe), das Motorrad von Bier-Bernd, der die Kneipe im Rathaus betreibt, und ein uralter Kombi mit so einem »Atomkraft? Nein danke«-Aufkleber«, kann sich der Hausmeister erinnern und nennt weitere Details, PS, Ausstattung, Verbrauch. Das ist sein Element.

Plötzlich stutzt er. »Warum willst du das wissen, Bea?«

»Sag es nicht weiter, aber je eher der Mörder aufgeflogen ist, desto besser kann ich wieder schlafen. Diese Verbrechen in letzter Zeit bereiten mir üble Träume«, erkläre ich.

»Ja, unglaublich. So viel ist sonst in zehn Jahren nicht passiert. Aber sei vorsichtig, Bea. Ich will nicht auf deine Beerdigung gehen müssen. Wobei der Leichenwagen eine Schaltung hat, das wäre mal ein richtiges Auto für dich.«

Ich grinse schief und sehe den Hausmeister vor mir: allzeit in ein wenig zu weiten Klamotten unterwegs, bedächtig und die Übersicht in Person. Sein Auto ist sauber, top gepflegt und unglaublich schnell. Es wurde schon häufiger ein Opfer der Polizei-Paparazzi, die Radarfallen legen.

Ich habe mir Notizen gemacht. Annabell fährt ein Cabrio, der Benz gehört Archie, garantiert. Bleibt der Transporter, der könnte der Reinigungsfirma zugewiesen werden. Das muss ich in Erfahrung bringen. Den uralten dunkelblauen Kombi und den grünen Geländewagen kann ich nicht einordnen. Die linke Seite und das Dach wiesen Kratzer auf, hat der Hausmeister festgestellt. Er ruft mich zurück.

»Ach, Bea, ich habe an diesem Tag die Türen gar nicht aufgeschlossen, die Seitentür war schon offen. Da muss jemand vor mir da gewesen sein, der den Schlüssel hat.«

Deshalb wollten die Polizisten wissen, ob ich ein Exemplar für das Rathaus besitze. Klar, ich war am frühen Morgen dort und habe den Bürgermeister im Büro angetroffen und gefällt. Warum? Aus Rache, er hat mich terrorisiert und vor allen blamiert. Danach bin ich zu Mick gefahren, habe meine Kleidung gewechselt und später die Leiche gefunden. Ob die Polizisten mir diese Überlegung irgendwann präsentieren? Sie klingt nicht einmal weit hergeholt. Das Telefon holt mich zurück in die seltsame Wirklichkeit des Rathauses. Sie hat so viele Verwicklungen wie die verdrehten Kabel der maroden Anlage. Ob ich die unterschiedlichen Enden jemals sortiert bekomme?

Im Hörer meldet sich niemand. Leises Schnaufen, ein lang gezogenes Ächzen, als bekäme der Sprecher keine Luft mehr. Pause. Die Stille beißt sich in meinem Ohr fest. Sie wird von einem missbilligenden Schnauben abgelöst.

»Das Seil. Das Beil. Die Gehilfin des Todes ist zurück.« Dann wird aufgelegt. Ich gehe schwankend ans Fenster und rüttele am Griff. Ich brauche frische Luft. Wilder Schwindel hat mich erfasst. Hastig lehne ich mich an die Wand und schaue ängstlich hinaus. Ich fühle mich beobachtet, das panische Gefühl lässt sich auch von der leeren Straße nicht vertreiben.

Überfall

»Einen fröhlichen Nachmittagsgruß in unsere Heimat, Bergisch Schneckenhausen! Carl-Ingo Breisler informiert Sie dicht am Puls der Zeit über das Tagesgeschehen.«

Das Internetradio läuft, und ich drücke müde auf den Knopf des Heißwasserkochers. Das Gerät fängt genüsslich an zu brummen, und ich verpasse eine Ansage. Erst nach einer Minute bin ich wieder hörbereit und halte eine dampfende Tasse mit einem darin schwimmenden Teebeutel in der Hand.

»Die Kriminalpolizei hat den Verdächtigen Theo M. auf freien Fuß gesetzt. Er wurde im Zusammenhang mit den Ermittlungen um den Plastiktüten-Mörder befragt. In den Wäldern unseres Sendegebietes fanden aufmerksame Passanten immer wieder Kunststoffbeutel, die unter anderem einzelne Körperteile aus dem gleichen Material enthielten. Die Polizei nimmt die Taten sehr ernst. Sie vermutet, dass die aufgehängten Verpackungen eine Warnung bedeuten. Ein psychopathischer Täter könnte Hinweise verteilen. Eine weitere Möglichkeit wären militante Umweltschützer. Einige Bürger vermuten einen dummen Streich gelangweilter Jugendlicher. – ›So kann man seinen Müll günstig entsorgen. Bei den horrenden Abfallgebühren werden wir gewiss noch häufiger auf diese Unart stoßen!‹, sagte Herr Feldmann in unserer Umfrage. ›Recycling hat versagt‹, erklärte Frau Schmidt am Telefon. ›Die ganzen Firmen sind korrupt und verschachern die giftigen Stoffe in Schwellenländer.‹ Oder haben diese Plastiktüten, die zumeist aus Discountern stammen, vielleicht etwas mit dem Mord an dem Bürgermeister Roman Giesbrecht zu tun? Abgeschnittene Füße, Extremitäten und Hände, aber kein Kopf befand sich nach Angaben der Polizei in den Beuteln. Der Politiker wurde mit abgetrenntem Schädel aufgefunden. Allerdings ohne Plastiktüte. War der Täter noch nicht fertig mit seinem Arrangement? Sieht er sich als Künstler? Was sagt uns die Mordwaffe, ein Beil, dessen Klinge den streitbaren

Bürgermeister mundtot machte. Gewagte Thesen sind gefragt. Sie können jetzt anrufen und uns Ihre Meinung mitteilen«, fordert der Radiosprecher Carl-Ingo Breisler seine Zuhörer auf. »Ihre Ideen nach den nächsten Hits.« Die Musik läuft an.

Ich regele rasch die Lautstärke nach unten. Disco im Eingangsbereich des Rathauses ist nicht angesagt. Anscheinend hat der Reporter diesen Beitrag aufgezeichnet. Denn gerade brettert das Auto des Lokalradios auf den Parkplatz vor dem Rathaus.

Ehe ich fliehen kann, habe ich bereits ein Mikro vor der Nase.

»Sie haben eine Tüte im Wald entdeckt! Wie sah sie aus?«

Ich schaue Carl-Ingo Breisler wütend an. Der hat seine Hausaufgaben gemacht. Wer hat meinen Namen ausgeplaudert? »Seltsam, Sie sind eine Mitarbeiterin des ermordeten Herrn Giesbrecht. Gibt es einen Zusammenhang mit dem Fund der ominösen Mülltüte?«

Ich verweigere die Antwort.

»Hat die Polizei Sie bereits vernommen?«

Der Radioreporter hat das Gestrüpp in seinem Gesicht beseitigt und rast nun mit einem Drei-Tage-Bart durch die Gegend. Hastig verlasse ich das Kabuff im Eingangsbereich. Carl-Ingo Breisler stapft hinter mir her. Seine Assistentin im kurzen Rock folgt. Eindeutig zu schön für den Hörfunk. Ich humpele durch das Foyer. Es ist so leer wie mein Kopf.

Wo soll ich hin? Ins Bürgerbüro? Dort wird telefoniert. Und Christoph Löffelsterz, der Kellerbulle, ist aus den niedrigen Gefilden aufgestiegen und lehnt lässig an einem Regal. Schließlich wähle ich die Damentoilette. Breisler hat den Anstand, stehen zu bleiben.

Seine schöne Assistentin übernimmt das Mikro und folgt mir. Jedenfalls bis vor die Tür des stillen Örtchens. Ich habe mich hinter eine der orangefarbenen Toilettenwände geflüchtet und abgeschlossen. Die Sicherheit kommt mir so fragil wie die Abtrennung vor. Jetzt höre ich eindeutige Geräusche. Stöhnen, die dünne Wand wackelt, ein helles Klimpern, das von einer Gürtelschnalle stammen könnte. Bin ich mit einem Liebespärchen allein?

Stocksteif stehe ich vor der Porzellanschüssel, möchte mir am liebsten die Ohren zuhalten. Schließlich setze ich einen Fuß auf den Deckel, stütze mich krampfhaft an den Rohren ab und lasse das zweite Bein mühsam folgen. Ich steige auf die Toilette und fühle mich wie ein verhinderter Alpinist. Ich schwanke, als würde ein Sturm mit hoher Windstärke an mir zerren, dabei ist es nur die Schwerkraft. Meine Knie knacken, während ich mich schaukelnd aufrichte. Einen Fuß muss ich auf dem Spülkasten platzieren. Vorsichtig schaue ich durch den schmalen Spalt zwischen Decke und Trennwand.

Die zwei sind schwer beschäftigt. Archies Hose liegt halb auf dem Boden, der Gürtel klingelt bei jedem Stoß seines hochroten angestrengten Besitzers. Annabell trägt einen Rock, der Slip hängt an der Türklinke, schwarz mit Spitze. Und ich dachte, Quickies gäbe es nur im Film oder an spannenderen Arbeitsplätzen.

Langsam ziehe ich den Kopf ein und versuche den Abstieg zu bewältigen. Nicht einfach mit orthopädischen Schuhen und geflickten Knochen. Soweit ich weiß, lebt Archie mit seiner Familie in einem netten Bungalow. Und hat Annabell mir nicht erst vor sieben Tagen ihren neuen Freund vorgestellt? Die beiden sind echt heiß. Hat Giesbrecht sie bei einem Rendezvous erwischt und mit Konsequenzen gedroht? Musste er deshalb sterben? Weil Archie und Annabell nicht die Finger voneinander lassen können?

Ich habe mich auf die Toilette gesetzt und denke nach. Oder versuche es. Die losen Enden und Verwicklungen bekomme ich nicht zu logischen Ketten verknüpft. Motiv? Muster? Und müsste ich der Polizei nicht von den Henkersschlaufen berichten? Vielleicht ist das der Psychopath, den sie jagen. Ich ziehe mein Handy aus der Tasche und gehe in Gedanken ein paar Schritte zurück. Ich gebe den Begriff »Psychopath« ein und lese auf Wikipedia die Erklärung.

Psychopathie bezeichnet eine schwere Persönlichkeitsstörung, *die bei den Betroffenen mit dem weitgehenden oder völligen Fehlen von Einfühlungsvermögen, sozialer Verantwortung und* Gewissen *einhergeht. Psychopathen sind auf den ersten Blick zum Teil charmant, sie verstehen es, oberflächliche Beziehungen herzustellen. Dabei sind sie mitunter sehr manipulativ, um ihre Ziele zu erreichen. Oft mangelt es Psychopathen an langfristigen Zielen, sie sind impulsiv und verantwortungslos. Psychopathie geht mit antisozialen Verhaltensweisen einher, sodass oft die Diagnose einer dissozialen Persönlichkeitsstörung gestellt werden kann.*

Sind diese Leute wirklich so gefährlich? Nicht alle, aber manche. Henry fällt mir ein. Aber der ist tot. Oder nicht? Ist er zurückgekehrt und verbreitet Angst und Schrecken? Oder ein Freund, ein Verwandter, der ihn rächen will?

Nebenan rauscht die Spülung. Unsinn!, ermahne ich mich. Annabell stöckelt vorbei. Sie bleibt am Waschbecken stehen und dreht den Hahn auf. Ein letztes Schmatzen, und sie ist fort. Neben mir wartet Archie. Er kann noch einmal. Sex mit sich allein fordert nicht so viele unbequeme Verrenkungen und ist komplikationsloser. Ich warte auf ihn und verlasse erst nach seinem Höhepunkt die Toilette. Jetzt habe ich tatsächlich unfreiwillig Überstunden gemacht.

Auf dem Platz vor dem Rathaus parkt einsam mein Kugelporsche. Seine Scheinwerfer betrachten eher verblüfft das weihnachtliche Ambiente. Statt Schnee nieseln feuchte Schauer auf die Sterne und Bäumchen. Ilse Germann sammelt ein paar Glaskugeln ein und legt sie in den Korb, der sonst die Hühnereier beherbergt. Eine kleine, flaumige Feder segelt durch die Luft und landet auf dem Asphalt. Sie wirkt dort völlig deplatziert in ihrer zerbrechlichen Unschuld. Ich gehe nach meinem langen Arbeitstag langsam zum Wagen.

»Meine Güte, dieser Kerl vom Radio ist penetrant. Aber dem habe ich meine Meinung gegeigt. Das wird morgen gesendet, Bea. Stell dir vor, die alte Ilse im Radio. Kannst du mich mitnehmen?«

»Ich kann dich eben hoch nach Oedinghausen fahren. Danach hole ich Mia aus der Kita ab!«, sage ich, und wir steigen ein.

Ilse sortiert sich auf dem Beifahrersitz. »Sag mal, Bea, so von

Nachbarin zu Nachbarin: Meinst du, unser Gregor findet den Mörder?«

Ich setze den Blinker und den Scheibenwischer. Ich könnte sagen, dass Gregor gar nicht viel mit den Ermittlungen zu tun hat, aber ich warte lieber ab. Ilse plaudert völlig locker, so als würde sie das Verbrechen nicht sonderlich schlimm oder angsteinflößend finden. Ihr Vertrauen möchte ich haben, meine Nerven liegen blank. Bei mir herrschen durch die Sache mit dem Seil vielleicht verschärfte Bedingungen. Oder weiß Ilse etwas, das sie mir verschweigt? Sie stellt den Korb in den Fußraum und schnippt eine Feder durch die Luft.

Abrupt wechselt sie jetzt das Thema. »Ich finde, wir sollten Frau Giesbrecht Hilfe anbieten, also eine Abordnung unserer Kirchengemeinde. Der Pfarrer, das Frauenkränzchen vom Basarkreis oder der Besuchsdienst. Ich bin da überall mit dabei. Du könntest uns begleiten. Weil, das, also das mit der Trauer, du hast das doch selbst mitgemacht.«

Ich latsche auf die Bremse, wir sind schon angekommen.

Nein, keine gute Idee, denke ich und erinnere mich an die Giesbrecht'schen Borsten am Stiel und meine dunkle Vergangenheit. »Ilse, ich fürchte, das kann ich nicht«, sage ich und senke meinen Blick. Ich muss Ilse etwas vorspielen.

»Es geht dir zu nahe, nicht wahr?«, will meine Nachbarin besorgt wissen. Anscheinend bin ich überzeugend genug. »Es tut mir leid, ich wollte dich nicht bedrängen.« Schließlich flüstert sie mit verschwörerischer Miene: »Wahrscheinlich hat sie ihn umgebracht!«

Ich schnappe nach Luft, sehe das zänkische Weibsbild vor mir, möchte der Vermutung Glauben schenken und bin doch entsetzt, dass ausgerechnet die brave Ilse diese Beschuldigung ausspricht.

Ungerührt legt sie nach. »Das berühmte BM-Paar hatte häufig Streit. Sie ist ein Besen, meckert an ihm herum. Zu Hause hat sie die Hosen an. Frau Giesbrecht war schlecht gelaunt, weil ihr der Schwimmbad-Entwurf nicht gefiel. Und den Weihnachtsmarkt fand sie zu klein und spießig. Provinziell«, stößt Ilse empört hervor. Ich staune weiter. »Deshalb habe ich gefragt, weil du klug bist. Du könntest Gregor helfen. Und wenn ihr sie überführt habt, sagen wir ihr, dass die Giesbrecht von hier verschwinden soll, die Zugereiste.«

Hier tun sich völlig neue Perspektiven und Mordmotive auf. Ilse Germann schaut mich nicht an.

»Das bleibt natürlich unter uns. Sag bloß Günther nichts davon. Der will von der ganzen Sache nichts wissen. Wohnen Sabine und die Kinder jetzt länger bei dir?«

Um den Dorftratsch nicht unnötig anzuheizen, vertage ich die Erklärung.

»Komm doch heute Abend mal in meine Küche, Ilse. Ich muss jetzt Mia abholen, es wird sonst zu spät.«

Meine Nachbarin nickt und krabbelt ein wenig mühsam aus dem Wagen. Zurück bleibt eine kleine weiße Feder auf meiner Fußmatte. Im Spiegel sehe ich die Glucke Brunhilde heranflattern. Liebe macht blind. Der Kugelporsche entschwindet, und die Falle schnappt zu. Ilse packt das Huhn und setzt es zu den schimmernden Kugeln in den Korb. Ich würde mich nicht wundern, wenn Brunhilde demnächst bunte, runde Eier hervorbringen würde. Oder in Herzform? Ilse entführt das Huhn in den heimischen Stall. Brunhildes gackernder Protest schallt bestimmt bis zum Tierheim.

Ich lenke meinen Wagen in eine schmale Nebenstraße und drehe. Über die kleinen Schleichwege will ich zur Kita. Vor mir zuckelt die Müllabfuhr und verstopft den Durchgang. Ein wenig nervös schaue ich auf die Uhr. Eine halbe Stunde hat Mias Kita noch geöffnet. Ich hatte dem Mädchen versprochen, etwas früher dort zu sein, um mir alles genau anzugucken. Also fahre ich rückwärts, wende erneut und brause über die Hauptstraße zurück. Das hässliche Rathaus lasse ich hinter mir und winke dem Dorfsheriff Gregor zu, der einen Autofahrer kontrolliert.

Nach fünfhundert Metern trete ich abrupt aufs Bremspedal. Mein Hintermann bekommt am Lenkrad einen cholerischen Anfall, als ich rasant links auf den Parkplatz biege. Wild hupend braust ein schwarzer SUV an mir vorbei. Ich bin vor der alten

Strumpfhosenfabrik stehen geblieben. Hinter dem Altkleidercontainer leuchtet ein gelber Aufkleber mit der Aufschrift »Atomkraft? Nein danke« hervor. Er pappt auf einer dunkelblauen Rostlaube.

Habe ich nicht Hajo damit durch die Gegend gurken sehen? Spontan beschließe ich, den Ausstellungsräumen des A®rtelier einen kurzen Besuch abzustatten. Meine anderen Verpflichtungen schiebe ich in die Warteschleife. Es sollte nicht meine allerbeste Idee sein.

Ich stemme meine Beine aus dem Auto. Die dicken Sohlen der orthopädischen Schuhe knirschen im Kies. Langsam gehe ich zum Portal. Es ist verriegelt. Ich werde ein bisschen Verwirrung stiften. Eine Visitenkarte von Carl-Ingo Breisler vom Lokalradio schiebe ich unauffällig durch die breite Ritze in die alte Fabrik. Mal sehen, was das A®telier damit macht. Ich wische mit dem Ärmel die Tropfen von den großen Sprossenfenstern und schaue ins Foyer.

Leider kann ich nichts erkennen. Anscheinend hängen riesige Folien vor den Scheiben, die allzu neugierige Betrachter abschrecken sollen. Unauffällig bummele ich weiter, betrachte das alte Fahrzeug, einen Kombi. Auf dem Vordersitz stapelt sich Müll: Glasflaschen, leere Kartons, Kaugummipackungen, ein Regenschirm, Blechdosen und schmutzige Kleidung. Hinten liegen Holzstücke, seltsam geformte Steine und Werkzeuge. Am sumpfigen Teich wartet das Ruderboot auf bessere Zeiten. Steht dort ein Motorrad zwischen den Bäumen?

Die Pforte an der Seite der ehemaligen Fabrik ist nur angelehnt. Ich drücke die Tür auf und zögere kurz, bevor ich die ausgetretenen Steinstufen nach oben klettere. Die Halle spare ich mir dieses Mal, sie liegt im Dunkeln. Von oben höre ich leise Stimmen und langsames Hämmern. Die Gänge sind schmal und hoch. Durch die Glasfenster im Innenraum blicke ich in die Ateliers der unterschiedlichen Künstler. Dort experimentiert jemand mit gemusterten Stoffen, Wolle und Watte. Weiter hinten leuchten Leinwände in schreienden Farben oder warten verhüllte Plastiken auf ihre Vollendung.

Ich komme an einer Nische mit einer alten, fast schon historischen Maschine vorbei. Ich kann es nicht lassen: Meine Finger streichen über die Walzen und Rollen. Sofort riecht es nach Rost. Rote Krümel haben sich von der Maschine gelöst und auf den alten Holzbohlen breitgemacht. Schade, man müsste diese Dinge bewahren und restaurieren. Henry und seine fragwürdige Traktor-Leidenschaft fällt mir ein, und ich widerrufe diesen Gedanken. Die Wände sind mit glänzend grüner Ölfarbe gestrichen, die stellenweise abblättert. Das Klopfgeräusch verstummt. Ich versuche, möglichst lautlos vorwärtszukommen.

Hinter mir knackt es plötzlich. Ich drehe mich um. Nichts, der Flur ist leer. Vorne teilt er sich. Ein ungutes Gefühl bahnt sich seinen Weg durch meinen Körper. Es fängt im Kopf an, rieselt tiefer, wandert als Gänsehaut den Rücken hinunter. In meinen Beinen macht es sich als wackeliges Mus breit.

Bea!, ermahne ich mich. Es ist helllichter Nachmittag. Du bist in deinem Heimatort unterwegs. Du hast nichts zu verbergen und zu befürchten.

Wirklich? Ich zweifele daran. Meine Geheimnisse könnten Schatztruhen bis an den Rand füllen. Und einige Menschen würden viel dafür geben, sie mir zu entreißen. Ich schleiche weiter, schaue mich wieder und wieder um. Die Tür war schließlich offen! Mit dieser Entschuldigung bringe ich mein schlechtes Gewissen, das etwas von Hausfriedensbruch murmelt, zum Schweigen.

Aber da ist etwas anderes. Ich kann es nicht greifen, eine Gefahr, die ich nicht orten kann, sie lauert und ist bereit, mich anzuspringen. Kehre um!, sagt etwas in mir. Du musst zu Mia! Warum widersetze ich mich? Jede Faser meines Körpers will die Strumpfhosenfabrik verlassen. Ausschließlich diese seltsame Frage nach dem Fahrer des fast schrottreifen Autos lässt mich weitergehen.

Vor einer Holztür endet mein Weg. Langsam lege ich meine Hand auf die Klinke. Ich drücke, und ein lautes Quietschen lässt mich ruckartig innehalten. Wieder ein Blick nach hinten. Erneuter Angriff, die Tür ist verschlossen. Okay, Bea, du hast es versucht! Nur noch den anderen Gang!

Plötzlich werde ich gepackt: ein heftiger Stoß. Meine Stirn rammt die Wand. Ein elastischer Stoff wird über meinen Kopf gezogen. Bevor ich schreien kann, hat etwas meinen Mund erreicht. Ich sehe nur schemenhaft und werde zurückgezogen. Mühsam stolpere ich mit. Tausend Gedanken schießen durch mein Hirn. Keiner davon ist hilfreich oder macht mir Mut.

Weiß jemand, dass du hier bist? Warum bist du alleine in dieses dunkle Haus gegangen? Du hast dich schon den ganzen Tag beobachtet gefühlt. Der Horrorfilm-Klassiker.

Leider ist das hier Realität. Ich habe Mühe, das Gleichgewicht zu halten, fühle harten Stahl in meinem Rücken. Meine Hände werden hinter meinem Körper zusammengebunden. Ich spüre das Ziehen des elastischen Stoffes in meinen Gelenken und versuche mich zu wehren. Mit einem schnellen Ruck zerre ich an den Fesseln. Kurz kann ich mich vornüberbeugen, dann werde ich ohne ein Wort irgendwo festgebunden. Ich spüre einen Druck am Hals.

Sofort erlahmt meine Verteidigung. Die Schlaufe. Der Scharfrichter ist da. Henry rächt seinen Tod. Ich stöhne. Die Henkersschlaufe zieht sich an meiner Kehle zusammen. Ein langsames Röcheln dringt heraus. Es muss von mir kommen. Von meinem Peiniger höre ich nichts. Oder sind es zwei?

Panisch winde ich mich, habe sofort das Gefühl, nicht mehr genug Luft durch den Hals ziehen zu können. Die Lunge protestiert augenblicklich. Vor meinen Augen schweben irgendwelche Spinnweben, im Hirn tanzt der Schwindel. Du musst stehen bleiben, sonst erstickst du! War das meine Idee oder hat mir das jemand befohlen?

Ich kann nicht mehr klar überlegen, die Denkleitung ist abgeklemmt, verschollen im Universum der Furcht. Auf dem Weg in die Ewigkeit, Bea Lautenschläger. Der Stoff vor meinem Gesicht wird feucht. Anscheinend heule ich. Die Nase schwillt an. Ich pruste, bekomme Luft, öffne die Augen weit, reibe die Hände aneinander. Dabei stoßen die Finger gegen bröselndes Metall. Die alte Maschine! Hier hat man mich festgebunden. Ich versuche, einen stabilen Stand zu finden, lausche, blinzele. Ich erkenne wenig, meine Brille hängt schief an den Bügeln. Die unerträgliche Hilflosigkeit macht mich rasend. Ich muss etwas erkennen. Ich muss fort von hier.

Schatten, leise Schritte, Papier raschelt unter meiner Sohle. Bin ich allein? Hilfe!, will ich rufen und bringe gedämpfte Laute hervor. Sofort wird der Sauerstoff knapp. Die seltsame Maske scheuert auf meinen Lippen, die Haut beginnt zu schwitzen.

Ich reibe die Hände aneinander, versuche die Knoten des Bandes zu lockern. Das Zeug sitzt nicht fest, ich schiebe und zerre, konzentriere mich, bis ich anfange, übel zu transpirieren. Mein Rücken wird feucht, Angst und Schweiß bilden einen unangenehmen Duftcocktail. Man kann mich meilenweit riechen. Die Schlinge um meinen Hals verstärkt meine Panik. Rechte Hand drehen, die linke zieht.

Konzentriere dich, Bea! Einatmen. Still stehen, rechte Hand, linke Hand, verflixter Knoten. Meine Augen habe ich geschlossen. Die Geräusche in der alten Strumpfhosenfabrik klingen bedrohlich laut in meinen nervösen Ohren. Das Hämmern hat wieder eingesetzt. Klappert eine Tür? Mein Kopf beginnt zu dröhnen. Ich stehe gefühlt bereits drei Stunden hilflos im Dunkeln.

Vergeht die Zeit überhaupt? Ich bereue meinen spontanen Entschluss. Was passiert jetzt mit mir? Warum hat man mich festgesetzt? Mia! Sie wartet in der Kita auf mich.

Wild entschlossen reibe ich meine Gelenke gegeneinander, ignoriere die schmerzenden Schultern. Ich muss raus. Ängstlich lausche ich auf näher kommende Schritte. Wird mein Gegner zurückkehren? Und dann? Plötzlich ist es still. Ich weiche zurück, presse mich an den ausgemusterten Stahl.

Ein tiefes Räuspern, Sohlen berühren mit einem flappenden Geräusch den Boden. Ich beginne zu wimmern. Ist er zurückgekehrt, mein Henker? Ich presse meinen Körper gegen die Maschine, als könne sie mich verstecken und schützen.

»Was?«, brummt plötzlich eine tiefe Stimme.

Es wird hell. Durch die Maske kann ich schemenhaft eine nackte Glühbirne erkennen. Ein großer Schatten kommt heran.

In diesem Moment löst sich die Fessel von meinen Händen. Ich stürze nach vorn, gehe auf den Schatten los. Ein hohes Kreischen zerschneidet die Luft der alten Strumpfhosenfabrik. Es schmerzt in den Ohren und dann in meiner Kehle. Kommt dieser Laut von mir, oder hat sich die Schlaufe um meinen Hals zugezogen? Ich würge, huste.

»Bea!«, ruft jemand.

Sabine? Der Druck lässt nach. Das Ding aus Stoff verschwindet von meinen Augen. Eine schwarze Schlange, die meinen Kehlkopf eingeengt hat, ringelt sich davon. Ich hole tief Luft, der Schwindel vergeht. Die Strumpfhosen bleiben, sie sind überall. Ich blinzele in das kalte, staubige Licht. Sabine steht mit Mia fassungslos am Ende des Ganges. Hajo Dellrich hält mehrere dunkle Wollstrumpfhosen fest. Deren Beine baumeln lose, die Füße filigran und leer. An der Wand gegenüber liegen weitere Exemplare.

Dick und blickdicht, analysiere ich. So würde ich sie für meine Zwecke bevorzugen. Wütend entreiße ich Hajo die Strumpfhosen. Ich erhole mich rasch von der Schlappe.

»Was sollte das? Willst du mich einschüchtern? Dein Auto stand vor dem Rathaus, als der Bürgermeister gefällt wurde. Was hattest du dort verloren?« Ich gehe sofort zum Angriff über.

Hajo ist völlig perplex. Zunächst gibt er keine Antwort, er guckt böse. Zweifel überkommen mich. Habe ich überzogen?

Ich blicke hilfesuchend in Richtung Sabine.

Hajo reißt sich zusammen. »Bea, ich kann dir alles erklären.« Er macht eine kurze Pause. »Ich hatte an diesem Morgen einen Termin im Rathaus. Ganz früh. Doch ich bin nicht hineingegangen. Ich konnte mich nicht überwinden, mit dem Kerl gemeinsame Sache zu machen. Das A®telier auf dem Weihnachtsmarkt? Ich umrundete das Rathaus, wieder und wieder. Es wundert mich sowieso, dass mich bisher keiner gesehen und verpfiffen hat. Jetzt ist es raus.« Hajo hat die herumliegenden Strumpfhosen glatt gezogen.

Ich denke darüber nach, ob ich ihm seine Version der Dinge glaube.

»Archie hat den Seiteneingang genutzt. Kurz darauf hat Annabell das Rathaus erreicht. Giesbrecht muss da schon in seinem Büro gewesen sein. Ich habe die Lampe gesehen. Und später Annabell im Bauamt. Sie hat die Gardine zugezogen.«

Ihr Kopierraum-Alibi zählt also nicht, ziehe ich sofort ein Fazit.

»Bea, was liegt dort auf dem Boden? Du bist schon halb daraufgetreten.« Sabine kommt näher.

Ein vergilbtes Stück Papier, ehemals DIN A4, jetzt mit zerfetzten Ecken und Rissen, hat zusätzlich unter meinen dicken orthopädischen Schuhen gelitten. »Neugier und Mord können tödlich sein!«, steht in hastig hingeworfenen Buchstaben auf dem Zettel.

»Das ist eine Drohung!«, sagt Hajo. »Hast du gemerkt, dass oder wie jemand das Papier deponiert hat? Oder hat es vorher hier herumgemodert? Wer ist jetzt in der Fabrik? Das finde ich heraus.«

Mir hat es die Sprache verschlagen. Langsam schüttele ich den Kopf. Die Schlaufe um meinen Hals hatte keine sonderlich förderliche Wirkung auf meine Wahrnehmung. Dennoch bin ich sicher, dass der Schriftzug mir gilt. Der Zettel ist kein Zufall. Davon erzähle ich nichts. Ich bin damit beschäftigt, mein verräterisches Zittern zu verbergen.

Ein ohrenbetäubender Knall dröhnt durch die Halle und lässt den Boden unter unseren Füßen erbeben. Das Kreischen eines Kindes schließt sich an.

»Mia!«, schreit Sabine und ist bereits auf halbem Weg zur Treppe.

Ich humpele hinterher, sehe, dass Hajo den Wisch nachdenklich einsteckt.

Sabine rennt, ruft weiter: »Mia!«

Das Mädchen antwortet nicht. Wann ist es davongeschlichen? Eben stand es doch in unserer Nähe. Wieder verfluche ich meine lahmen Beine. Hajo überholt mich, nimmt fünf Stufen auf einmal und rast in den Saal. Als ich endlich ankomme, hat Sabine ihre Tochter im Arm. Neben ihnen liegt der Sandkasten, der vor wenigen Augenblicken noch als Anschauungsobjekt von der Decke hing.

»Ich wollte nur mit der Schaufel spielen!«, heult Mia. Sie sieht verweint, aber komplett aus.

Hajo mustert grimmig die Ketten und die leeren Deckenhaken. »Daran darf man nicht schaukeln!«, schimpft er halbherzig.

Wir sind alle froh, dass Mia nichts passiert ist. Die vernichtete Kunst kann man gewiss ersetzen, das nächste Mal besser kindersicher.

»Die Kita hat angerufen, weil Mia nicht abgeholt worden war. Auf dem Weg entdeckte ich deinen Wagen vor der alten Strumpfhosenfabrik. Deshalb haben wir angehalten.« Sabine presst Mia an sich und murmelt Trost in ihre blonden Haare.

»Es tut mir wirklich leid, Sabine. Mir ist quasi etwas dazwischengekommen.«

Sabine knurrt unfreundlich, während wir zu den Autos gehen. Auf dem Rückweg halten wir an der Eisdiele, und ich kaufe großzügig ein, um den Schreck abzukühlen. Wir setzen uns auf meine Veranda, und ich kurbele die Markise heraus, damit wir im Trockenen sind.

»Bea war gefesselt, von einem Räuber«, klärt Mia ihren Bruder auf. Der ist total beeindruckt.

»Nicht nachmachen«, sage ich knapp und ziemlich schlapp. Gerade bereue ich zutiefst, dass Sabine und die Kinder bei mir einquartiert sind.

Der Hund heult empört, weil Sabine ihn kurzerhand am Verandatisch festgebunden hat. Ich komme nicht wirklich zur Ruhe. Meine Gedanken schießen kreuz und quer. Eine blasse, nachdenkliche Sabine kümmert sich um Mia und Lasse.

»Ich muss zum Friedhof.« Mir fällt nur eine halbwegs plausible Ausrede ein.

Sabine widerspricht mir nicht. In meinem eigenen Haus bin ich plötzlich überflüssig.

Ich ziehe mich um, hole das Schneckenkorn aus der Scheune und scheuche Brunhilde herzlos auf. Am Horizont steigt der gelbe Heißluftballon höher. Der Kugelporsche rollt mit mir Richtung katholische Kirche. Eine ganze Weile bleibe ich im Wagen sitzen. Ich traue mich nicht hinaus. Stattdessen beobachte ich im Rückspiegel die Passanten, den Verkehr im Regen und achte auf viele Dinge.

Die Arbeiter des Bauhofs fahren mit dem schmalen Fahrzeug einen Weg entlang. Müssen sie ein frisches Grab ausheben? Wird der Bürgermeister hier beerdigt? Ich habe seit Tagen keine OVZ gelesen und den Buschfunk ignoriert.

Wer hat mich überfallen und gefesselt? Warum? Sind der Axtmörder und der Schlaufenleger ein und dieselbe Person? Und der Tüten-Dekorateur? Was will der Täter? Mich einschüchtern? Weil ich ihm dicht auf der Spur bin? Oder weil meine Vergangenheit nicht lupenrein ist? Habe ich vielleicht einen Erpresserbrief mit Forderungen übersehen? Wer käme als Täter in Frage? Hajo? Frau Giesbrecht? Charlotte oder John? Jemand von den Weihnachtsmarkt-Gegnern? Der rätselhafte Unbekannte?

Möglichkeiten über Möglichkeiten. Ich stemme die Tür auf, das Schneckenkorn in der Pappschachtel rasselt bei jedem Schritt über den Friedhof wie ein Kindermusikinstrument. Den Schirm nutze ich nicht, jetzt brauche ich den Regen auf meinem Kopf, der den Schmutz irgendwie abwäscht. Ich muss zum Familiengrab der Lautenschläger-Sippe. Es liegt unter den alten Bäumen, nahe der hohen Mauer.

»Bea!«, höre ich jemanden rufen und zucke zusammen. Auch das noch!

Meine Schwiegermutter holt mich ein. Schweigend suchen wir das Grab auf, verharren.

»Ach, mein Heinrich«, seufzt seine Mutter. »Was haben wir nur falsch gemacht?«

Ich könnte da eine Menge aufzählen, von einem viel zu strengen Vater und Erwartungen, die ein kleiner Junge unmöglich erfüllen konnte. Und einer Mutter, die ihn im Stich gelassen hat, die nur einen starken Sohn haben wollte, ohne Fehl und Tadel, ohne Zweifel und Traurigkeit.

Henry ist daran zerbrochen. Die eine Seite von ihm demonstrierte Macht, die andere bedauerte sich selbst. Er war immer auf der Flucht – vor den Anforderungen des Hier und Jetzt, vor anderen und vor sich selbst. Seine Persönlichkeit war gespalten wie ein Baumstamm vom Blitz. Eine tiefe Kluft trennte die beiden Hälften, sie kannten sich nicht, die Verbindung zwischen ihnen war zu schwach, genau wie die Wurzeln, die ihn im Leben verankern sollten. Die Ängste schüttelten den morschen Baum, bis der Zorn überhandnahm. Er unterdrückte andere mit subtilen oder drastischen Mitteln. Seine Bedürfnisse standen an erster Stelle, sie zurückzuschrauben überforderte ihn. Die schwarze Traurigkeit zog ihn manchmal in ein Loch, ebenso tief wie ein Grab.

Ich habe mir eingeredet, dass ich ihn liebe und das Beste für ihn will. Liebe kann nicht funktionieren, wenn sie einseitig ist. Henry liebte ausschließlich Henry, für anderes war kein Platz. Er verwechselte Liebe mit Krieg. Er blendete die Leute, die den charmanten, gut aussehenden jungen Mann sahen. Er tat so, als hörte er ihnen zu. Im Grunde dachte er ausschließlich darüber nach, wie das Erzählte ihm nützlich sein konnte.

Das habe ich erst spät begriffen. Da war es bereits zu spät. Er hat mich eingewickelt wie eine Spinne ihre Opfer. Die Fäden verklebten mich und meine Gedanken. Ich gab mir die Schuld an dem Scheitern unserer Ehe und wollte nicht wahrhaben, wie sehr Henry mich manipulierte und selbst ein Spielball seiner Erkrankung war. Ich hätte Hilfe suchen müssen, anstatt den Deckmantel der Vertuschung über seine Attacken zu legen. Der Wikipedia-Eintrag zum Begriff »Psychopath« kommt mir in den Sinn.

Meine Schwiegermutter redet weiter. Ich weiß, sie erwartet keine Antwort. Eine gute Seite an ihr. Denn ich bin nicht dazu in der Lage und froh, dass ein paar Kubikmeter Erde über dem Sarg liegen. Die Tatsache, dass ich dort ebenfalls beerdigt werde, macht mir Angst. Neben Heinrich Lautenschläger, der seinen Vornamen hasste. Aus Heinrich wurde Henry, seine Eltern ignorieren es bis heute.

Meine Schwiegermutter fragt nicht, wie es mir geht. Sie schwingt die Hacke, lockert die Erde um die roten Begonien und den Lebensbaum auf.

»Heinrich und mein Arthur bauen gewiss zusammen im Himmel ein Haus. Wenn ich zu ihnen komme, ist alles fertig und behaglich, Bea! Dann kann ich mich ausruhen und dort einziehen.«

Diese Frau hat nichts kapiert. Den ständigen Streit der Generationen redet sie klein: Für Selbstbetrug und die dazugehörende beste schauspielerische Leistung in der Nebenrolle gewinnt sie garantiert einen Oscar. Ich sage nichts. Ich starre auf die Namen auf dem Grabstein: Heinrich Lautenschläger, geliebter Sohn; Arthur Lautenschläger, Vitali und Olga Lautenschläger. Zwischen den Buchstaben des Paares liegt eine Acht oder verschlungene Ringe.

Die Struktur der verblassenden Bronze wirkt wie ein Seil. Ich schnappe nach Luft, gehe in die Hocke, um meinen Kreislauf in den Griff zu bekommen. Ein Tau, die Henkersschlaufe. Langsam atmen. Die Schwäche vergeht. Zur Tarnung schütte ich Schneckenkorn zwischen die hässlichen Begonien.

Plötzlich halte ich inne. Hinter dem Baum bewegt sich etwas, eine Gestalt in Menschengröße. Im Film würde ich aufspringen und dort hinübersprinten. In der Realität sind meine Füße nach wie vor für Aktionen wie diese wenig geeignet. Das blaue Schneckenkorn rasselt leiser. Unauffällig drehe ich meinen Kopf. Nichts ist mehr zu sehen. Habe ich Halluzinationen? Was bilde ich mir ein? Dass ein Täter mich ständig beobachtet und darauf lauert, mir erneut die Hölle heißzumachen?

Ich schaue sicherheitshalber nach oben in die Äste der mächtigen Buche. Dort baumelt nichts. Meine Schwiegermutter faselt monoton. Ich habe keine Ahnung, wovon. Die Hacke drischt in die Erde, schwingt in einem gewagten Bogen. Ich reiße den Arm hoch. Die Zinken zerschneiden die Luft. Die Attacke gilt nicht mir. Erdkrumen fliegen, bleiben auf meiner Hose liegen.

Meine Schwiegermutter bewegt sich wie ein einziger Vorwurf. Ich ziehe instinktiv meinen Kopf ein, in dem ganz eigene Gedanken wüten: Du bist schuldig. Du hast ihn hängen lassen! Henry flehte und bettelte um Hilfe. Du hast sie ihm verweigert! Er war krank, Bea, und du hast dich nicht ausreichend um ihn gekümmert! Eine andere innere Stimme versucht eine Verteidigung: Er hat mich mit Haut und Haar verschlungen. Er hat nichts von mir übrig gelassen. Ich war ein Klumpen Dreck. In seinen Augen, in meinem Augen.

Die Argumente werden rasant beiseitegewischt, quasi untergehackt: Er hat dich geliebt, Bea. Du hast ihn verraten. Du hast ihm nicht geholfen. Damit hast du ihn umgebracht. Du hast ihn mehr als einmal getötet! Feige hast du ihn verleugnet. Seine Bedürfnisse unterschlagen. Wo hast du seinen Abschiedsbrief verborgen? Den wirklichen? Den originalen. Du hast alle getäuscht. Du täuschst deine Mitmenschen. Dein Leben ist eine einzige Lüge, du machst allen etwas vor. In Wirklichkeit bist du eine eiskalte Mörderin, die bald wieder zuschlagen wird. Vor dir und deinen Intrigen ist niemand sicher. In mir regt sich Widerspruch: Das ist nicht wahr!

Ich breche ab. Mich selbst brauche ich nicht zu belügen. Ich weiß es längst. Ich bin schuldig, ich bin Henrys wahre Mörderin.

Vor mir taucht eine fiese Grimasse auf. Der Mund verzieht sich zu einem gemeinen Strich. Oder ist es ein Lächeln? Ich weiche zurück, verliere fast das Gleichgewicht. Im nächsten Augenblick packt meine Schwiegermutter das Gartenwerkzeug fester.

»Du siehst unmöglich aus, Bea! Dieser Kurzhaarschnitt steht dir nicht. Henry mochte lange Haare. Frauen müssen lange Haare tragen. Das hast du nicht verstanden. Du musst sie lang wachsen lassen, schon aus Respekt vor dem Wunsch des Verstorbenen«, sagt sie vorwurfsvoll und geht.

Ich brauche einen Moment, bis ich meine Beine langsam ausklappe und in die aufrechte Position komme. Der Schatten des Baumstamms verändert sich. Ich wünsche mir, ich hätte die Schwiegermutter-Hacke als Waffe. Meine Ohren beginnen zu klingeln. Wie paralysiert starre ich über den Friedhof hinweg. Erst als meine Schwiegermutter das schmiedeeiserne Tor passiert hat, schiebt sich eine dunkel gekleidete Person auf den Weg.

Ein hysterisches Kichern löst sich aus meiner Kehle. Pfarrer Reinhardt Kraus hat hinter dem Baum gewartet, bis Arthur Lautenschlägers Frau verschwunden ist. Mein Blick wandert zum Grab. Blaue Körner färben die braune Erde. Das Ende aller schleimigen Vertreter der Gattung Gastropoda scheint nah. Die Schachtel des Schneckengifts in meiner Hand ist leer. Sie bleibt es, egal, wie lange ich sie schüttele.

Schade, dass es auf dem Friedhof keine Bank gibt. Ich spanne den Schirm über uns auf, und wir lehnen uns an eine Mauer und blicken über die parkähnliche Anlage.

Reinhardt Kraus seufzt ein wenig. »Ich bin heute nicht in der Verfassung, deiner Schwiegermutter zu begegnen.«

Das kann ich gut verstehen, ich bin es auch selten. Und selbst wenn ich mich stark und geduldig genug fühle, schafft sie es, mich in schlechte Laune zu stürzen.

»Wie fühlst du dich, Bea? Das sind besorgniserregende Geschichten, die sich in unserem Dorf zutragen.«

Mit Small Talk halte ich mich nicht auf. Nicht bei Reinhardt Kraus.

»Hat in letzter Zeit jemand nach Henry gefragt?«, will ich von ihm wissen.

Der Pfarrer stutzt. »Seine Mutter tut es ständig. Und dieser Radio-Kerl, Breisler oder wie der heißt, wollte etwas über ihn wissen.«

Ich halte die Luft an. »Carl-Ingo Breisler spioniert hinter mir und meinem Ex her? Will der Moderator einen Beitrag über meine dunkle Vergangenheit bringen?«

»Natürlich habe ich ihm nichts erzählt. Du siehst nicht gut aus, Bea. Soll ich dich nach Hause fahren?«

Ich lehne sein Angebot ab. »Unten an der katholischen Kirche parkt der Kugelporsche. Brunhilde wäre untröstlich und würde gewiss die Eierproduktion boykottieren, wenn ihr Geliebter die Nacht in der Ferne verbringen müsste«, sage ich, und Reinhardt Kraus schaut mich sehr merkwürdig an.

»Wirklich alles klar bei dir?«, vergewissert er sich.

Ich schaffe ein Lächeln, das ein wenig kläglich ausfällt. »Ja, ja, war ein Scherz«, flüchte ich mich in eine Ausrede.

Wir schweigen und beobachten die Menschen zwischen den Gräbern. Der Friedhof liegt am Hang, unterhalb der Discounter. Er verbindet ein Wohngebiet mit den Einkaufsmöglichkeiten. Einige Fußgänger tragen Tüten nach Hause, nicht jeder, der über die steilen Wege läuft, trauert. Ich zucke fast ein wenig zusammen, als Reinhardt Kraus wieder zu reden beginnt.

»Ich bereue es immer noch, dass ich dieses Symbol damals für eure Trauung ausgewählt habe. Und es euch anschließend zur Erinnerung überreicht habe. Blau, mit roten Sprenkeln, es kam aus dem guten Sportgeschäft an der Hauptstraße. Leider hat es zugemacht. Und Henry hat beschlossen, es in eurem Haus zur Erinnerung aufzuhängen.«

Im Schlafzimmer, ergänze ich in Gedanken. Er hat es um das riesengroße Hochzeitsbild drapiert.

Nicht alles, einen Meter des Seils hat er damals abgeschnitten. Krank. Und sich später am Tau erhängt. Tot. Obwohl er das wahrscheinlich nicht so geplant hatte. Ich habe ihn hängen lassen.

Bis heute frage ich mich, ob ich unter Schock stand, wie Dr. Knecht gesagt hat, und meine Reaktion damit zu entschuldigen ist. Er hat statt der Polizei den Pfarrer geholt. Henry war tot, amtlich bestätigt.

Der Pfarrer will mir Getuschel ersparen und benachrichtigt den Bestatter. Der nimmt das Seil und Henrys Leiche mit. Die drei Männer schweigen. Das machen wir unter uns aus. Niemand erfährt die wahre Todesursache. Suizid durch Erhängen. Wie fürchterlich. Von mir hört keiner, dass ich Henry lebend vorgefunden habe.

Es kann lange dauern, bis jemand erstickt. Am Galgen bricht der sauber geknüpfte Knoten das Genick, und der Tod tritt ein. Klappt das nicht, scheint die Zeit stillzustehen. Die Sekunden kriechen, werden zu Minuten. Der letzte Todeskampf, Zuckungen, bis die Muskeln erschlaffen. Diese Bilder bleiben schaurig, sie verfolgen mich und sprechen von Schuld, Versagen und Verrat. Damit muss ich leben. Das mache ich mit mir aus, und es gelingt an manchen Tagen besser, an manchen gar nicht.

»Es war ein Unfall. Heinrich war ein psychisch kranker Mensch. Niemand konnte damit rechnen, dass er in einem Schub steckte, Bea. Keiner. Wir halten die Erinnerung an ihn unbeschädigt.«

Der Pfarrer hat seine Hand auf meinen Arm gelegt. Er redet seit einer Weile auf mich ein, und ich habe nicht zugehört.

Liebe Bea, das Leben und du, ihr habt mich enttäuscht und betrogen. Nichts hat mehr einen Sinn. Das Seil, das uns verbinden sollte, trägt nicht. Du hast unser Symbol entweiht. Du hast es losgelassen. Ich bin der, der vorangeht. Du folgst mir, egal, wohin ich gehe. Du wolltest frei sein. Du hast dich widersetzt. Immer wieder hast du versagt, und ich musste es tun. Die Schatten sind da, sie umschlingen meinen Körper, nehmen mir die Luft zum Atmen. Sie überwältigen mich. Zieh mich heraus, Bea! Henry

Seinen Abschiedsbrief hatte er mit einem Messer an einem Bild befestigt. In unserem großen Hochzeitsfoto im Schlafzimmer steckte die scharfe Klinge in meiner Brust. Henry hatte die Spitze in mein Herz gerammt. Das schmerzt bis heute. Die Zeilen habe ich vernichtet. Für die Version des Unfalls, den Treppensturz beim Renovieren, waren sie überflüssig. Ich schiebe Henrys Anklagen beiseite. Es fällt mir schwer. Hier auf dem Friedhof ist seine Präsenz greifbar, genau wie an dem Balken in meinem Haus. Und auf der Treppe, die der verstorbene Henry, als er abgenommen wurde, hinuntergefallen ist. Das habe ich nicht gesehen, nur das Poltern gehört. Der Unfall kam verspätet.

»Bea, ich muss los, zur Bibelstunde«, sagt der Pfarrer und reicht mir die Hand. »Willst du mitkommen?«

Ich schüttele den Kopf. Die leere Schachtel Schneckenkorn wird mitgerüttelt, es scheint eine direkte Verbindung zwischen Hirn und Hand zu geben.

»Mein Besuch«, stammele ich. »Sabine!«

Es dauert eine Weile, bis ich mich klar genug fühle, um nach Hause zu fahren.

Mia und Lasse toben in bunten Gummistiefeln durch den Garten. Sie laufen Brunhilde hinterher, die Federn lässt. Ich bremse und fahre im Schneckentempo in die Scheune, um niemanden unter die Räder zu bekommen.

»Bea, guck mal! Wir haben dir etwas gemalt«, tönt Mia.

Sie angelt meine Hand, zieht mich durch den Garten und ins Haus. Im Flur vor dem niedrigen Schrank mit dem Triptychon bleibt sie stehen. Die Fotos sind verschwunden, stattdessen schwebt ein buntes Männchen neben einem Haus, ein Auto wartet an der Ampel, und ein dicker Schmetterling erdrückt die kleine rote Blume.

Ich weiß nicht, was ich sagen soll. Wo sind die Bilder? Wo lacht Henry? Ich schlucke und nehme den dreigeteilten Rahmen in die Hand. Sie haben ihre Gemälde vor die Fotos geschoben. Ich bin erleichtert. Nun kann ich die künstlerischen Qualitäten gebührend bewundern.

»Eure schönen Bilder hängen doch sonst am Kühlschrank? Wieso habt ihr sie jetzt hier befestigt?«, frage ich und bemühe mich um einen freundlichen Tonfall.

»Der Mann sah böse aus!« Verblüfft schaue ich Lasse an, der uns hinterhergelaufen ist. »Seine Augen. Die haben mir immer nachgeguckt.«

»Es ist ein Foto«, erinnere ich ihn.

»Trotzdem!«, sagt Mia. »Jetzt ist er weg.«

Stimmt genau. Sabine sagt nichts dazu. Sie muss den Kindern dabei geholfen haben. Allein hätten sie ihre Arbeit nicht so ordentlich erledigen können.

»Freust du dich nicht?« Mia hat den Kopf schief gelegt. In ihren blauen Augen glitzert die Sorge.

»Doch. Ich staune nur, wie schnell das Auto fahren kann. Man sieht richtig den Staub unter den Reifen«, erkläre ich ausweichend.

Lasse nickt stolz. Lasse und Mia haben rasch bemerkt, dass mit Henry etwas nicht stimmt. Ich habe länger dafür gebraucht. Bis heute verstehe ich viele seiner Taten nicht. Und am wenigsten, warum ich ihn immer vor allen in Schutz nehme. Und die Heimlichtuerei, um bloß nichts Verkehrtes zu sagen und keine unangenehmen Fragen zu riskieren, zerrt und nagt mehr an mir, als ich mir eingestehen will.

Zwei Stunden später sitzen Sabine und ich auf dem Sofa und haben die Füße hochgelegt. Krimilesen hat momentan ausgedient. Ich stecke gerade selbst in einem Kriminalfall. Wir fachsimpeln, angestachelt durch die zweite Flasche Hugo, und fühlen uns ein bisschen wie in einer Studentinnen-Wohngemeinschaft. Rasputin schnarcht auf einer alten Decke. Ich bin kurz davor, meiner Freundin die Umstände von Henrys Tod anzuvertrauen. Als ich den perligen Schaumwein hinunterschlucke, steht Mia mit ihrem Kuschelhasen in der Tür.

»Ich kann nicht schlafen. Ich habe Angst, dass uns jemand fesselt.« Anklagend hält das Mädchen das Stofftier in die Höhe.

»Unsinn, Schatz, das macht …« Das »niemand« bleibt nach Sabines zögerlichem Blick in meine Richtung ungesagt.

Stattdessen krabbelt Mia auf Sabines Beine. Kurze Zeit später folgt Lasse. Er gähnt. Nach einer Tasse warmer Milch schlummern beide Kinder auf dem Sofa ein. Mia schmatzt und nimmt den Daumen in den Mund.

»Hoffentlich gibt das kein Trauma. Was wird Markus dazu sagen?«, murmelt Sabine besorgt.

»Er sollte sich mit Vorwürfen bedeckt halten. Schließlich ist er nie da«, sage ich unbarmherzig, um mein schlechtes Gewissen zum Schweigen zu bringen.

Ich bin schuld daran, dass Mia den Schreck ihres Lebens in der alten Strumpfhosenfabrik bekommen hat. Sie wird sich gewiss im Dunkeln fürchten und nie wieder Strumpfhosen im Sandkasten tragen wollen. Wird Sabine mir das verzeihen? Gerade streicht sie Lasse eine widerspenstige Haarsträhne aus der Stirn.

»Ich war in der Firma und habe ihm hinterhergeschnüffelt«,

sagt meine Freundin leise. Sie schaut mich nicht an. »Er war ständig unterwegs, hat sich nicht um die Kinder gekümmert. Alles blieb an mir hängen. Markus hat häufig die Tür hinter sich zugemacht, wenn er telefonierte, sogar wenn die Kinder im Bett waren. Er saß stundenlang am Schreibtisch. Ich dachte, er würde arbeiten. Ich habe keine Aufzeichnungen gefunden, die er in dieser Zeit gemacht hat. Irgendwann habe ich ihn auf seine Heimlichtuerei angesprochen. Ich war wütend, aufgebracht. Wahrscheinlich habe ich herumgebrüllt. Markus hat wortlos die Autoschlüssel genommen und ist einfach fortgefahren. Er ist spät in der Nacht zurückgekommen, jedoch nicht ins Schlafzimmer. Und morgens war er schon wieder weg. Sein Handy, die Kontakte im Computer, die Post, seine Jackentaschen, ich habe alles gefilzt. Nichts habe ich gefunden. Ich dachte, dass seine neue Liebschaft sehr diskret vorgeht. Oder ist es ein Mann? Diese Ungewissheit macht mich rasend.« Sabine trinkt einen großen Schluck, ich schütte nach. »Wenn wir uns gesehen haben, flogen die Fetzen. Ich wollte wissen, was oder wer dahintersteckt. Markus war ganz anders. Er wirkte angespannt, besorgt und wie innerlich zerrissen. Als würde er einen Kampf mit sich selbst ausfechten, den er nur verlieren kann, egal, was er tut oder wie geschickt er sich anstellt. An dem Morgen, ganz früh, als der BM gefällt wurde, bin ich mit dem Schlüssel unseres Kompagnons unter einem Vorwand in die Firma und in Markus' Büro gegangen. Markus war unterwegs, wo auch immer. Ich habe quasi unter jeden Blumentopf geguckt, in alle Daten und auf die Konten. Sogar die Klamotten, die Markus dort für Notfälle deponiert hat, habe ich auf links gedreht.«

»Du hast nichts gefunden außer diesen Lieferungen an den BM Giesbrecht und vielleicht an andere wichtige Leute. Nirgendwo waren diese Dinge verbucht oder eingetragen«, setze ich ihre Überlegungen fort. »Denk an deinen Spruch: Sie liebt es deftig.«

Sabine überlegt, schließlich fällt ihr die Sache wieder ein.

»Markus hat Präsentpakete verschickt, mindestens an Giesbrecht, vielleicht an andere Leute. Er hat sie damit bestochen, um als einziger Anbieter an einem besonderen Platz auf dem

Weihnachtsmarkt Geschäfte mit Fleisch- und Wurstwaren zu machen. Er hat extra eine Weihnachtswurst kreiert.«

Ich habe den Lieferschein und Markus' hingeworfene Notiz samt Zeichnung vor Augen. Sie lagen in der Mülltonne von Frau Giesbrecht.

Sabine wird blass. »Warum macht Markus so etwas? Der Firma geht es gut. Sie haben derartig miese Maßnahmen nicht nötig.«

»Vielleicht hat Markus neue und schlechte Bilanzen in roten Zahlen? Oder der Bürgermeister hat deinen Mann mit irgendetwas erpresst.«

Mir kommt eine Baugenehmigung für die neue Halle in den Sinn. Mein Handy klingelt, und ich nehme ab, damit die Töne die Sofaschläfer Lasse und Mia nicht wecken.

»Hi, Bea!«, ruft Mick fröhlich in den Hörer. »Ich komme jetzt auf einen Kakao mit Sahne, aber ohne Kalorien vorbei«, verkündet der Elektriker meines Vertrauens.

»Äh, Sabine ist da, und wir haben schon was getrunken und ...«, protestiere ich halbherzig.

»Bis gleich«, sagt Mick unbeeindruckt, und wenig später winkt seine Hand vor der Terrassentür hin und her.

Ich öffne ihm und kümmere mich um sein Getränk.

»Hast du so lange gearbeitet?«, will ich wissen, denn Mick läuft in der geflickten blauen Latzhose umher.

»Jawohl. Mit dem Herrn Hultscheiß. Der ist wirklich amüsant!«

Sabine schaut wie ein großes Fragezeichen durch die Gegend. Mick berichtet von unserem Besuch in der Firma Schultheiß. Er kickt den riesigen Sitzball für krankengymnastische Übungen, den Lasse und Mia in meiner Folterkammer entdeckt haben, gegen die Wand. Das Ding prallt ab, und Mick setzt sich breitbeinig darauf.

»Wir haben Eindruck hinterlassen, Bea. Der Typ hat mich angerufen, um mich für einen Job zu buchen. Das ist ein ganz Großer. Gerade hat er ein dickes Ding im Jungbrunnen laufen. Das Hotel will anbauen, den Wellnessbereich sanieren und besonders im Bereich Wintersport einen Fuß in die Tür bekommen. Es wird demnächst eine Loipe geben, und die Langlaufski kann man im Jungbrunnen ausleihen. Da war mein Auftrag in der Küche Pillepalle. Die Buchstaben kann man auch nicht tauschen.« Mick wippt heftig auf und ab, seine Haare machen die Bewegungen mit. »Der verlegte Ort des Weihnachtsmarktes kommt den Hoteliers entgegen. Oder sie haben es selbst mit in die Wege geleitet. Werbung und Geschäft in einem, eine super Gelegenheit. Ich plane mit dem interessanten Egon Hultscheiß die Elektrik des Hotels, die neue Sauna, die Beleuchtung. Und heute sind wir den Weg für die beabsichtigte Langlaufspur abgegangen. Herr Hultscheiß träumt von solarbetriebener Beschilderung und ebensolchen Lampen, damit auch im Dunkeln eine Nutzung möglich ist. Ein kleiner Grillplatz oder Glühweinkiosk für eine Pause im Schnee. Und dabei haben wir etwas gefunden.«

Mick springt auf, der Ball rollt davon und hätte fast die Hugo-Flaschen umgekegelt. Er zerrt seinen Rucksack hervor und zieht eine Plastiktüte heraus. Ein Ellbogen bohrt sich aus der Grifföffnung.

Sabine schreit.

»Ist nur Stunstkoff«, beruhigt sie Mick und schwenkt den Beutel.

Meine Freundin verstummt, holt japsend Luft und verschluckt sich. »Kunststoff! Du hast mich echt geschockt!«

Ich bin fassungslos.

»Du hast die Tüte gefunden und einfach mitgenommen? Das ist eine Sache für die Polizei, Mick!«

»Ach, völliger Blödsinn. Ich hatte keinen Bock auf die, die habe ich neulich erst getroffen. Den Müll entsorge ich ordnungsgemäß und basta! Erspart eine Menge Scherereien«, sagt Mick.

Der Beutel stammt wieder von einem Discounter. An einer Stelle klafft ein tiefer Riss und gibt den Blick auf Tetrapaks, Folien und leere Becher frei.

»Mach keine Sauerei«, warnt Sabine, und ich weiß nicht, ob sie eine wirkliche Verschmutzung des Wohnzimmers oder Micks Meisterleistung in Sachen Polizeiverzicht meint.

»Keine dreckige Duselei?«, witzelt Mick und vertauscht die

Buchstaben des Wortes Sudelei, um ein neues zu kreieren. Normalerweise hätte ich diese Leistung gewürdigt, aber die Tüte in meinem Wohnzimmer gefällt mir gar nicht.

»Das sind Beweismittel. Wenn die jemand hier findet …« Nervös nehme ich meine Brille ab, poliere sie und schaue genauer hin.

»Ach, Bea. Wenn man schlauer sein will als die anderen, muss man Risiken eingehen und Opfer bringen.«

Mick stellt die Tüte auf den Kopf. Der Inhalt purzelt heraus, fast komplett an einem Stück. Jemand hat den Müll und die Körperteile aus Plastik miteinander verklebt und verdrahtet, sodass eine Art Kunstwerk entstanden ist.

»Ein Transformer«, sagt Mick. »Ich suche den passenden Knopf, und das Ding verwandelt sich in ein Auto.«

»Oder in einen Weuerfehrwagen!«, murmele ich geistesabwesend.

Ich trete einen Schritt nach vorn, umrunde das Ding und betrachte es von allen Seiten.

»Würde sich ein psychopathischer Serienkiller so viel Mühe mit seinen Warnungen geben? Was könnte er uns überhaupt damit sagen? Oder gibt es ein ganz anderes Motiv? Etwas, das wir bisher völlig übersehen haben?«

Sabine stöhnt. »Ich will damit nichts zu tun haben. Das macht mir Angst.«

»Wir stecken leider mittendrin. Schade, dass der Bastler das Ding nicht beleuchtet hat. Dann könnte man es sogar in der Nacht sehen.« Probeweise kratzt Mick mit seinem schmutzigen Fingernagel über einen Joghurtbecher. »Kann man nicht mehr essen, war schon lange über das Derfallsvatum.«

So klingt es fast ein bisschen nach Latein und viel edler, finde ich.

»Wo genau hast du die Tüte entdeckt? Hing sie wieder an einem Ast?«

Mick schlürft geräuschvoll seinen Kakao. An der Oberlippe bleibt ein weißer Bart aus Sahne zurück. Mir kommt ein Gedanke. Ich gehe in den Flur zum Triptychon. Das fröhliche

Männchen grinst mich an, und der Schmetterling ist nicht fortgeflogen. Der Anblick ist wirklich freundlicher als die vorigen Bilder. Ich öffne eine Schublade des Schränkchens. Hier bewahre ich mehrere Umgebungskarten auf. Die gab es als Wahlwerbung, und ich verschenke sie, wenn sich wieder einmal ein Zugereister oder Fremder in unseren kleinen Straßen verfahren hat. Das hilft den Reisenden, den Weg zur Autobahn oder zu einer gebuchten Pension zu finden.

Das Wellnesshotel Jungbrunnen ist groß eingezeichnet. Das sehe ich, als ich den Plan auseinanderfalte.

»Da ist der Golfplatz, dort sind diese Ascheplätze zum Tennisspielen. Die Loipe soll hier gespurt werden, wenn Schnee liegt. Und die Plastiktüte hatte der Unbekannte an dieser Stelle deponiert.« Mick holt einen Edding aus seiner Latzhosentasche und malt ein dickes blaues Kreuz auf die Karte.

Ich denke kurz nach und füge drei weitere Markierungen hinzu.

»Ölsbachtal und die Nummer 1. Später stand die Polizei ungefähr dort unterhalb des Nippes mit einem Großaufgebot. Genau haben sie in der Oberbergischen Volkszeitung nicht berichtet, wo der nächste Beutel hing. Und ich wette, die Hand gehört zu Gerda, genau wie dieser Ellbogen! Und meine Fahrradtour führte diese Strecke entlang.«

Ich stecke die Kappe auf den Edding und stopfe ihn zurück in Micks Tasche. Wir sind Sabine wieder eine Erklärung schuldig. Die schüttelt danach nur den Kopf.

»Schaufensterpuppen mit Namen, die zerstückelt und wieder zusammengeklebt werden, das ist mir zu skurril«, wehrt meine Freundin ab und schiebt Lasse zur Seite, damit sie aufstehen kann.

Der kleine Junge brummt etwas und rollt sich zusammen.

»Nett, wenn sie schlafen«, kommentiert Mick.

Er nimmt probeweise Mias kleine Hand, hebt sie hoch und lässt sie los. Wie bei einer leblosen Gummipuppe fällt die Hand zurück auf das Sofa. Glücklicherweise ohne Tüte.

Bahnzürste, Donkome und Zolipisten

Sabine kehrt von der Toilette zurück. Offenbar hatte sie dort einen Geistesblitz. Sie schaut auf die Karte, auf der insgesamt vier Kreuze aufgemalt sind. Blitzschnell angelt sie den Stift erneut aus Micks Hose und verbindet die vier Markierungen zu einem noch nicht ganz geschlossenen Kreis.

»Schaut mal, der verlagerte Ortskern liegt in der Mitte: das Rathaus, die alte Strumpfhosenfabrik und jetzigen Räume des A®telier, der Friedhof, das Jugendzentrum, dieser seltsame Autoladen und die Versicherung. Und sogar der Jungbrunnen passt in dieses Feld. Jedenfalls, wenn man sich am Waldstück unterhalb der Villa Friede oder in der Nähe eine weitere Markierung denkt.«

Sabine hat recht.

»Wir fahren hin und schauen nach, ob wir einen Beutel finden«, schlägt Mick vor.

Ich hatte für heute genug Aufregung und suche krampfhaft nach einer Ausrede.

»Die Taschen wurden in einem bestimmten zeitlichen Abstand befestigt. Vielleicht erscheint erst in einigen Tagen eine Tüte mit Gerdas Leichenteilen.« Ein sehr gutes Argument, wie ich finde.

»Außerdem ist es dunkel und das Gelände weitläufig«, stellt Sabine scharfsinnig fest.

»Dann morgen! Das sind wir Gerda schuldig«, sagt Mick. »Wir können uns auf die Lauer legen und eine Falle stellen. Somit überführen wir den Täter quasi auf frischer Tat! Und die fälligen Abfallgebühren ziehen wir sofort ein. Ich wette, diese Tütenwirtschaft hat etwas mit dem Weihnachtsmarkt zu tun.«

»Stundenlang im Wald herumsitzen, super Aussicht«, sage ich höhnisch und zeige Mick einen Vogel.

»Wir nutzen die Technik, Bea, Kameras und so. Ich bin Elektriker«, entgegnet Mick. Wie konnte ich ihn dermaßen unterschätzen? »Hast du eine neue Bahnzürste?«, will er wissen.

Sabine muss kichern. Sie schaltet sofort. »Frag lieber nach Kondomen, äh, Donkomen. Hilfst du mir eben, die Kinder nach oben zu tragen, Mick? Wir schlafen dort.«

Die beiden schleppen Lasse, den Stoffhasen und Mia die Stufen hoch. Danach verschwindet Mick in der Dusche. Ein wenig ratlos räume ich die Gläser und die benutzte Tasse in die Küche. Wie geht es weiter? Wird Mick auf dem Sofa übernachten? Oder will er eine Fortsetzung unseres seltsamen Verhältnisses? Er besteht auf Letzterem, indem er eiskalt mein Schlafzimmer ansteuert.

Ich könnte mich auf der Couch einrichten, überlege ich. Sei nicht schwachsinnig, Bea. Es ist dein Haus, dein Bett, und mit Mick bist du nicht allein. Du bist schließlich weder ein alberner Teenie noch eine verschämte Nonne. Vielleicht nur ein wenig außer Übung.

»Lemmungshos!«, kommentiert Mick wenig später.

Ich fühle sein Lächeln im Gesicht und bin glücklich.

Sind Vergleiche legitim? Männer? Männer beim Sex? Mit Mick macht es eindeutig mehr Spaß, und den hat man am Frühstückstisch beim Brötchenschmieren ebenfalls. Mick unterhält Lasse und Mia mit Witzen, während Sabine hektisch ihre Garderobe in Ordnung bringt.

Der stellvertretende Bürgermeister hat die Geschäfte übernommen und arbeitet sich ins Tagesgeschehen ein. Dabei braucht er die Hilfe von Sabine. Yeti stolziert mit hoch aufgestelltem Schwanz in der Küche herum. Die Menge an Leuten scheint ihm nicht sonderlich zu behagen. Er verschmäht das Futter und Streicheleinheiten, schleicht stattdessen zur Terrassentür und maunzt beleidigt. Mia springt vom Stuhl und will den Kater hinauslassen. Sie nutzt die Gelegenheit, dem Tier rasch über den Rücken zu fahren.

»Bea, warum hast du den Nikolaus aufgehängt? Ist jetzt doch bald Weihnachten? Bekomme ich dieses Jahr einen Barbie-Adventskalender, Mama?«, will das Mädchen wissen.

Sein Bruder verzieht angeekelt das Gesicht. »Barbie? Du spinnst!«

Bevor der geschwisterliche Streit eskalieren kann, geht Sabine dazwischen.

»Wir haben Sommer. Mia, setz dich hin und iss dein Brötchen!«

Mia knallt die Tür zu und kommt schmollend zurück.

Mick will die Situation retten. »Lebt sich echt schön mit euch. Der Kühlschrank ist gut bestückt, alle sind gut gelaunt. Ich glaube, ich strühfücke jetzt häufiger hier. Als Gastgeschenk bringe ich dir statt Blumen einen neuen Pürierstab mit, Bea. Dieses Ding ist die reinste Waffe!«

Er hebt das Gerät, dem ein großes Plastikteil am Fuß fehlt, sodass die Klinge freiliegt, am Stecker in die Höhe und lässt es hin und her baumeln.

»Das ist aus Versehen und fast von selbst heruntergepurzelt«, sagt Mia und lächelt Mick mit einem Verschwörer-Gesicht an.

Sabines Gesicht ist eher süßsauer. Sie schneidet einen Apfel klein und verteilt die Stücke in zwei Dosen. Die stopft sie eilig in die kleine Kindergartentasche für Mia und in Lasses Schulranzen. Weil Yeti fort ist, traut sich Rasputin in die Küche. Wir wissen nicht, was vorgefallen ist, dass der größenwahnsinnige Kläffer einen Bogen um den Kater macht.

»Jacken und Schuhe anziehen, wir müssen los«, drängelt Sabine.

Sie lassen ein Chaos zurück. Ich starre auf die benutzten Tassen, den See aus Kakao, die Krümel auf dem Boden. Mick zieht mich an sich. Er trägt die Wäsche von gestern und riecht nicht sonderlich frisch.

»Der Dreck läuft nicht weg, Bea.«

Er drückt mir einen stacheligen Kuss auf die Lippen. Doch wir kommen nicht weit.

»Da ist jemand!«, stelle ich alarmiert fest.

Mick winkt ab, bis ein lautes Klopfen durch den Flur hämmert. Mick geht seufzend zur Tür. Davor stehen zwei Polizisten, einer hat den Daumen auf der Klingel. Mick begrüßt die frühen Störenfriede.

»Oh, ist das Ding wieder fedekt? Da hat der Elektriker aber

schlechte Arbeit abgeliefert«, witzelt er und lässt sich nicht in Verlegenheit bringen. »Womit kann ich Ihnen dienen, meine Herren?«

»Wir möchten zu Frau Lautenschläger«, sagt der eine.

Mick bleibt stumpf im Weg stehen. Er rührt sich keinen Zentimeter zur Seite. Rasputin wedelt freundlich mit dem Schwanz. Ich bin gerade zur Salzsäule erstarrt. Schon wieder Polizisten! Ich habe das Gefühl, die Gesetzeshüter täglich zu treffen. Die bohrenden Fragen und die versteckten Anschuldigungen gehen mir auf die Nerven und nicht mehr aus dem Sinn. Und draußen warten keine sympathischen Kellerbullen.

Gedankenverloren wandert mein Blick aus dem Küchenfenster in den Garten. Am alten Apfelbaum entdecke ich Mias Nikolaus. Man hat ihn dort aufgehängt. Das Seil ist viel zu dick für seinen kaum vorhandenen Hals. Die Sterne an der weiten, unpassenden Mütze blinken rot und grün im Wechsel. In meinen Ohren beginnt ein Rauschen. Ein fieser Schwindel dreht seine Runden in meinem Kopf.

Hört das nie auf? Ächzend lasse ich mich auf einen Stuhl fallen. Die Beine schrammen über den Boden. Mein Ellbogen fegt Geschirr vom Tisch, und das zerspringt in tausend Scherben.

Die zwei Polizisten und Mick stürmen alarmiert herein.

»Du brauchst frische Luft«, bestimmt Mick und öffnet die Glastür zur Veranda. »Oha! Es weihnachtet schwer.«

Einer der Polizisten fühlt meinen Puls, der andere schaut sich um.

»Brauchen Sie einen Arzt? Möchten Sie sich hinlegen?«

Fragen prasseln auf mich ein. Ich muss meine Gedanken sortieren, schaffe es höchstens ansatzweise. Ich fürchte, der Weihnachtsmann saß in der guten alten Zeit, als nur der verlegte Adventsmarkt die Gemüter erhitzte, kurzzeitig im Schaufenster des Nagelstudios von Manuela Balzano. Wer hat ihn zum Galgenbaum geschleppt?

Die Morgenluft tut gut. Allmählich kehre ich in die Welt der normal funktionierenden Menschen zurück.

»Sie wollen deine Schuhe«, wispert mir Mick ins Ohr.

»Was? Die brauche ich!«, protestiere ich halbherzig.

Im Grunde habe ich bereits aufgegeben und überlege, wo ich die orthopädischen Winterschuhe hingestellt habe und welche Hose ich anziehe, um die braunen Ersatzexemplare darunter zu verbergen. Mein Kampfgeist macht Pause, und so kommt es, dass der eine Beamte mir unschöne Wahrheiten präsentiert.

»Wir haben auf dem Grundstück von Frau Giesbrecht und Herrn Jürgens Fußabdrücke gefunden. Wir vermuten, dass sie zu Ihren Sohlen passen.«

»Die Reifenspuren im Rasen von dieser gewagten Auspark-Aktion haben wir sowieso«, brummt der andere vorwurfsvoll.

Ich gebe keine Antwort, und mein Gegenüber setzt noch einen drauf.

»Die Fußabdrücke stammen von einem Grab in der Hecke.«

»Was?« Jetzt bin ich völlig verwirrt.

»Die Begräbnisstätte war allerdings leer. Was auch immer dort verbuddelt war, hat jemand zum Vorschein geholt. Können Sie uns etwas darüber erzählen?«

»Nein, tut mir leid, kann ich nicht. Wie geht es Herrn Jürgens denn?«, frage ich wenig einfallsreich.

Plötzlich wird mir heiß. Im Wohnzimmer liegt garantiert der Plastikbeutel, den Mick gestern angeschleppt hat. Und Gerdas Überreste samt Müll-Kunst stapeln sich auf dem Wohnzimmertisch. Scheiße!

Natürlich finden die Polizisten die Sachen. Die Zimmertüren stehen offen, Kinder machen sie nie zu. Leugnen hat keinen Zweck, die Staatsdiener sind schließlich nicht blöd. Mick versucht ein paar Witze, dann ist sein Arbeitsplan auf Eis gelegt. Sein Termin mit der Polizei hat eindeutig Vorrang, erste Bürgerpflicht. Unsere Einträge auf der Umgebungskarte kommen nicht gut an, und es ist klar, dass mindestens Mick verdächtigt wird.

»Wann wollten Sie diese Plastiktüte aufhängen? Unternehmen Sie diese Aktionen gemeinsam mit Frau Lautenschläger? Warum?«

Mick gibt keine Antwort. Ich kann ihm ansehen, wie sehr er

sich ärgert. Weitere Polizisten rücken an. Gregor und Christoph wären sicher froh, wenn sie nur eines dieser blau-silbernen Fahrzeuge für den täglichen Gebrauch hätten. Sie gehen gewiss auf Schusters Rappen durch das Dorf. Und hier bilden die gefakten, nur mit blauen Aufklebern versehenen Wagen einen eigenen Stau.

Ich hocke noch immer in der unordentlichen Küche. Seltsamerweise ist mir dieses Chaos am peinlichsten, dabei habe ich wirklich andere Probleme. Der Polizist hat die starken Schmerzmittel gefunden, die ich mit dem Rezept aus der Apotheke geholt und auf dem Fensterbrett vergessen habe. Ziemlich fahrlässig, gerade weil Mia und Lasse sie in die Finger bekommen könnten. Ein weiterer Polizist weist auf die geleerten Wein- und Hugoflaschen in einem Stoffbeutel im Flur, die dort auf den Transport zum Altglascontainer warten. Es sieht so aus, als wäre ich eine Frau mit einem Alkoholproblem und einer Neigung zum Medikamentenmissbrauch.

»Sie stecken bis zum Hals in dieser Sache«, glaube ich zu verstehen.

Bei dem Wort »Hals« wird mir schlagartig übel. Ich springe auf, zertrete die Scherben zu Mus und kotze ins Spülbecken.

»Nein, ich habe keine Ahnung, wie der Nikolaus in den Baum gekommen ist. Ich habe nichts gesehen. Nein, ich kann keinen Henkersknoten wickeln, und ich habe ihn im Garten nicht geübt. Fragen Sie bei den militanten Weihnachtsmarkt-Gegnern nach.«

Von den bisherigen Galgenvögeln berichte ich nichts, und ich hoffe, dass auch Mick die Klappe hält. Die Polizisten dürfen nicht tiefer in meiner Vergangenheit forschen.

Sie schauen sich gründlich im Garten um und betrachten den alten Traktor in der Scheune. Die Hühner flüchten. Der rote Stoff des Weihnachtsmannes sieht fleckig aus. Unter dem Apfelbaum entdecken die Beamten vier Löcher, die die Beine des Stuhles hinterlassen haben.

»Suizid?«, fragt der eine.

Ilse Germann steht auf meiner Terrasse. Sie trägt ihren Korb und packt köstliche Dinge auf den Tisch. Sie scheint eine bergische Kaffeetafel aufbauen zu wollen: Vollkornbrot und Hefeplatz mit Rosinen, Waffeln, Marmelade, Schinken, Milchreis mit Zimt. Statt einer Dröppelminna sorgt eine Thermoskanne für den Kaffee.

Brunhilde läuft völlig verstört durch den Garten, verfolgt von einem aufdringlichen Yeti. Ilses Kinn weist in Richtung des Weihnachtsmannes. Die Batterien für die blinkenden Sterne scheinen mittlerweile leer zu sein.

»Wer treibt sich nachts auf deinem Grundstück herum?«, fragt sie. »So geht das nicht weiter!«

Die gute Ilse. Wenn sie wüsste, was die Beamten hier wirklich machen. Aber wahrscheinlich würde sie einen Besen schnappen und die Männer und Frauen wegscheuchen. Die Anklage würde sie ungeheuerlich finden.

»Bea macht so etwas nicht«, würde sie sagen.

»Ich kann gerne noch mehr Kaffee kochen.« Ilse bleibt stehen. »Ziemlich viele Leute. Unser Jäger, der Alexander Jürgens, ist wieder zu Hause«, plaudert sie munter weiter. »Es geht ihm nicht gut. Ich habe ihm gestern frische Eier vorbeigebracht, er sieht grau und blass aus. Aber er steigert sich gerne in seine unterschiedlichen Gebrechen hinein.«

Ilses kontrollierender Blick rauscht in alle Winkel. Sie hätte eine gute Polizistin werden können. Wahrscheinlich hat sie das Gen an ihren Gregor vererbt.

»Warum hat das Hochzeitsbild ein Loch? Hat man das mit einem Messer hineingestochen?«, will jemand in Uniform argwöhnisch wissen.

Psychologen würden gewiss eine Menge dazu zu sagen haben. Ilse geht wie ein Schachtelteufel auf den Mann los.

»Lasst die arme Bea in Ruhe. Sie hat wirklich genug durchgemacht. Ihr Ehemann, der geliebte Henry, kam bei einem tragischen Unfall ums Leben. Sie müssen keine traumatischen Ereignisse aufwühlen!«, verlangt sie.

Der bedauernswerte Polizist ist überrumpelt, und Ilse windet ihm den Rahmen aus der Hand. Sie wischt mit einer zärtlichen Geste den Staub ab. Dabei seufzt sie leise.

»Ein harter Schicksalsschlag«, flüstert sie verschwörerisch.

Wenn Ilse leise redet, hört man es durch das ganze Dorf. Sie muss gehen. Sie wird wiederkommen, das sehe ich ihrem entschlossenen Gesicht an. Wahrscheinlich wird sie Gregor anrufen, den Pfarrer, den Kneipp-Verein, den Basarkreis und das Frauenkränzchen, das auch eine Polizei-Spezialtruppe in die Flucht schlagen könnte.

Radio Totschlag

Leider bleibt die Polizei noch ein Weilchen, bevor sie Mick für weitere Gespräche mit in die Kreisstadt, ins zwanzig Kilometer entfernte Gummersbach, nimmt. Dieses Mal lassen sie ihn nicht, wie nach dem Mord am BM, laufen und scheinen eine gewisse Genugtuung dabei zu empfinden.

Die Beamten haben dafür gesorgt, dass mein Hausarzt vorbeikommt. Die Worte »Einweisung, Suizidverdacht« stehen im Raum.

Dr. Knecht sitzt kopfschüttelnd auf meinem Sofa, Ilse Germann räumt meine Küche auf, und ich bin ziemlich fassungslos. Dieser Tag läuft richtig schief. Die Discountertüte samt Müll, der Nikolaus am Seil, die markierte Straßenkarte, meine Schuhe und angebliche andere Beweismittel sind in den Besitz der Staatsdiener übergegangen.

Ein Auto kurvt in den Hof, und kurz darauf röhrt die Klingel. Ich schaue aus dem Fenster, der weiße Kastenwagen von Mick versperrt die Sicht. Von dem Besucher an der Tür sehe ich ausschließlich den Rücken. In mir keimt ein fürchterlicher Verdacht mit der Geschwindigkeit einer im Zeitraffer wachsenden Bohnenranke auf.

»Wir machen nicht auf«, bestimme ich, und Dr. Knecht nickt.

Aus der Küche hören wir einen markerschütternden Schrei. Porzellan fällt klirrend auf den Boden.

»Haben Sie mich erschreckt! Sind Sie wahnsinnig? Gebrechliche alte Frauen können mir nichts, dir nichts umfallen und sterben!«, schreit Ilse Germann Richtung Schiebetür.

Dort klopft jemand an die Scheibe und brüllt: »Wir kommen vom Lokalradio. Es ist doch jemand im Haus.«

»Ja, aber nicht für Sie zu sprechen«, murmele ich leise.

Reporter stürzen sich offenbar wie die Geier auf meine Geschichte. Ich will sie bewahren, es ist meine. Die Klingel schnarrt weiter. Ilse Germann hantiert mit dem Kehrblech.

»Ist es wahr, dass eine weitere Hinterlassenschaft des Müll-Serienkillers gefunden wurde? Können Sie uns mehr dazu verraten? Warum war die Polizei bei Ihnen? Sie hat Sachen abtransportiert! Kommen Sie schon, Sie müssen uns die Wahrheit sagen. Unsere Hörer haben ein Recht auf Information!«, brüllt jemand durch den aufgestellten Briefschlitz der Haustür.

Mittlerweile hämmert Carl-Ingo Breisler gegen die Schiebetür. »Sie waren die Verdächtige, sind vielleicht rehabilitiert. Jetzt sind Sie in der alten Strumpfhosenfabrik überfallen worden. Was denken Sie über die Fähigkeiten der Polizei? Bekommen Sie Personenschutz?«, spricht er gegen die Scheibe.

Scheiße, wie kommt dieser Breisler an die Informationen? Seine Beziehungen zur Kreisstadt? Oder hat Hajo Dellrich aus dem Nähkästchen geplaudert? Mir fallen Sabines Überlegungen ein, dass es einen fünften Beutel geben könnte. Mick hatte eine Falle stellen wollen.

Mick, der Arme! Ich muss ihm helfen, aber wie? Oder ist er vielleicht doch nicht ganz unschuldig? Es passt nicht zu dem blitzgescheiten Elektriker, dass er eine Tüte mitnimmt. Führt er etwas im Schilde? Ist er der Täter?

Mein Misstrauen ist geweckt. Ein kleiner Stachel beginnt sich in meinem Kopf festzusetzen und kämpft beharrlich um Beachtung. Warum sollte Mick Müllbeutel in Bäume stecken? Will er mit diesem Kriminalfall meine Aufmerksamkeit für ihn wecken? Das hat er nicht nötig. Oder doch?

Mir wird bewusst, dass wir uns seit dieser Tüten- und Seilgeschichten häufiger sehen. Das bedaure ich auf keinen Fall. Aber hat Mick das vielleicht eingefädelt? Er konnte nicht ahnen, welche Kreise so eine harmlose Idee ziehen würde. Bisher hingen die Plastiktüten an Stellen, an denen ich trotz meiner lahmen Beine häufig vorbeigehe.

Stopp, sage ich mir resolut. Wie sollte Mick an Gerda kommen? Angeblich hatte er diesen Auftrag im Jungbrunnen, der quasi um die Ecke liegt. Oder ist es eine stinknormale andere Schaufensterpuppe, die er zufällig irgendwo entdeckt hat und die ihn auf die abstruse Detektiv-Idee gebracht hat? Ich lege die Füße hoch und ignoriere das irre Geklopfe an Türen und Fenstern, so gut es geht.

Dr. Knecht bringt mir einen Kaffee und verabschiedet sich. »Mach keine dummen Sachen, Bea. Du weißt, du kannst mich jederzeit anrufen.«

Er macht sich zu viele Sorgen, der gute Doktor. Ich bin nicht depressiv und selbstmordgefährdet. Mein Hirn ist zwar durcheinander, aber das ist bei den ganzen Verwicklungen nicht anders zu erwarten. Ich muss Ordnung in den Kabelsalat bringen, und bei Micks Dienstfahrzeug fange ich an. Carl-Ingo Breisler stolziert mit seinem Mikro vor dem Fünf-Tage Bart durch die Nachbarschaft.

Unauffällig husche ich zu Micks Wagen. Den Schlüssel habe ich in der Hand. Ich lasse die Tür fast geräuschlos aufgleiten und klettere hinein. Es ist dunkel zwischen den angebrachten Regalen und Fächern, die Innenbeleuchtung funktioniert nicht. Klar, das Auto gehört einem Elektriker. Ich suche die Taschenlampenfunktion meines Handys. Das Licht strahlt auf, und ich sehe Micks Werkzeugkasten. Eine graue Rolle Kabel liegt auf der Erde, auf einen zusammengefalteten, fleckigen Pizzakarton hat Mick mit Kuli einige Notizen geschrieben. Ich spähe in Schubladen, klappe den Kasten auf. Ich suche nach weiteren Leichenteilen aus Kunststoff oder einem Müll-Vorratslager.

Ich finde nichts davon, keine Seilreste, sondern nur Kabelbinder in allen Farben und Längen. Weiße Erpresserkarten sind Fehlanzeige, Klebstoff gibt es nur in Form von Isolierband. Wenn Mick etwas mit diesem Fall zu tun haben sollte, hat er das Material dafür jedenfalls nicht im Kastenwagen. Weder hinten noch vorn. Ich bin erleichtert und hoffe, dass die Polizisten in Micks Wohnung nicht fündig werden. An einem Haken hängt ein schwarzes T-Shirt von Mick. Es riecht nach ihm. Spontan nehme ich es an mich und eile zurück ins Haus. Damit bringe ich mein schlechtes Gewissen zum Schweigen. Es wirft mir Verrat vor. Ich will nur auf Nummer sicher gehen, rede ich mich heraus. Und übersehen darf ich auch nichts. Es steht zu viel auf dem Spiel.

Spiel, Spielerei, mir fällt die von Mick eingebaute Überwachungskamera ein. Ich schnappe mir den Laptop. Die Beschäftigung tut mir gut. Der Nikolaus muss im Laufe des vergangenen Tages oder in der Nacht am Baum befestigt worden sein. Gründlich sehe ich mir die Aufnahmen an. Der Abend verläuft bis auf die Hühnerdisco mit DJ Yeti ereignislos. Morgens um fünf Uhr fünfzehn erkenne ich etwas.

Eine Person läuft durch den Beobachtungskreis der Kamera. Ich schaue genauer hin, versuchte Details zu erhaschen. Ungefähr einen Meter achtzig groß, schlank. Auf dem Kopf eine tief ins Gesicht gezogene Kappe. Der Garten ist wieder leer, plötzlich wird es dunkel. Ich aktiviere meine PC-Kenntnisse für die speziellen Details, wiederholen, Einzelbild. 3,51 Minuten filmt die Kamera ausschließlich Grau.

Nein, da am Rand ist etwas Weißes zu erkennen. Ich zoome das Ding heran. Es wird unscharf, aber vielleicht mit ein paar Tricks …? Und mit einiger Phantasie könnte das ein Kleidungsetikett mit den Waschsymbolen sein. Eine Hand taucht in ein Becken aus drei Strichen. Hundert Prozent Baumwolle. Ich ändere den Ausschnitt: dunkelblaue Zeichen, schief und verblasst. Sollte sich ein nachträglich eingefügter Schriftzug über dieses Etikett ziehen? Vielleicht ein Name? Dieses Stück gehört …?

So viel Glück wäre fast schon unverschämt. Ich nehme die Brille von der Nase, reibe meine Augen, und danach schaue ich mir die Sequenzen erneut an. Ich bin fast sicher. Der Eindringling im Garten sieht die Kamera. Oder er erinnert sich an die Überwachung, die er bereits bei seinem ersten Besuch lahmgelegt hat. Dieses Mal hat er kein passendes Werkzeug dabei. Er legt seine Kappe über die Linse und verteilt Schwärze. An das verräterische Schild im Inneren hat er nicht gedacht. Ich erhöhe den Kontrast.

»Ein S und dann ein L«, murmele ich, und der Jagdinstinkt lässt mich nicht mehr los. »Das nächste Ding ist zu verwischt, sieht aus wie ein runder Klecks, danach ein T oder ein P. Zum Schluss ein Y.«

Ich bemühe mein Handy samt App, aber ich finde kein Wort und keinen Namen, selbst wenn ich einen Vokal kaufe.

Ich ändere meine Denkrichtung, weil meine Überlegungen festgefahren sind. Wer könnte ein Interesse daran haben, auf einen Selbstmord durch Erhängen oder Mord oder andere üble Dinge hinzuweisen? Freunde von Henry? Aber er hatte kaum welche. Verwandte? Seine Mutter? Die müsste einen Detektiv anheuern, selbst bekäme sie etwas Derartiges nicht hin. Geschwister hatte Henry nicht.

Jemand, der etwas erben wollte und nichts bekam? Dafür ist die Tat zu lange her. Derjenige hat nicht jahrelang auf Entschädigung gewartet. Höchstens ein Gefängnisinsasse, der nun in Freiheit ist. Doch so etwas passt allenfalls in einen TV-Krimi.

Will jemand von eigenen Schandtaten ablenken und bringt mich dazu in Misskredit? Den Doc und den Pfarrer schließe ich aus. Der Bestatter von damals lebt nach einem tragischen Verkehrsunfall nicht mehr. Er kann nichts verraten, ohne einen Mund voll Erde zu nehmen. Oder hat er ein Urnengrab in der Mauer? Wenn ich das nächste Mal auf dem Friedhof bin und Henry besuche, schaue ich nach, nehme ich mir vor. Der Reihe nach gehe ich Menschen durch und klopfe sie auf ein mögliches Motiv ab. Irgendetwas übersehe ich. Wo ist das verbindende Moment der unterschiedlichen Straftaten in der letzten Zeit?

Ich schreibe eine Liste, notiere Fakten und streiche alles wieder durch, als ich bei Ilse und Günther Germann angekommen bin. Jetzt werde ich wirklich paranoid. Die beiden sind die gutmütigsten Nachbarn, die es gibt. Klar, sie sind neugierig, aber sie meinen es gut. Wo Ilse zu mitteilsam ist, schweigt Günther salomonisch und lächelt stattdessen unter seinem Silberblick. Gregor? Will er Näheres über meine und Henrys Vergangenheit wissen und versucht es über die harte Tour? Er ist Polizist, aber …

Der nächste dicke Strich macht die Buchstaben unkenntlich. Ob Hajo Dellrich etwas bewegen könnte? Carl-Ingo Breisler? Jörg Arend, der Rechtsanwalt? Ich habe nur noch unausgegorene Ideen. Und keine, mit der ich Mick heraushauen könnte.

Fingernägel kratzen vorsichtig an der Scheibe der Terrassentür. Mia, Lasse und Sabine sind zurück.

»Du bist das Tagesgespräch im Dorf«, flüstert mir meine Freundin bedauernd ins Ohr. »Und Mick. Dessen Wohnung in Bielstein und sein Lager in Elsenroth wurden durchsucht, hat mir Christoph Löffelsterz dezent zu verstehen gegeben.«

»Und?«, frage ich.

Ich merke, dass meine Stimme heiser klingt. Traue ich Mick wirklich Schweinereien zu?

»Durfte Christoph nicht sagen. Aber ich schätze, da war nichts. Sonst hätte ich es aus anderer Quelle erfahren. Die BM-Mordwaffe stammt aus dem Nagelstudio ›Besser Balzano‹. Manuela ist am Boden zerstört. Sie hatte einen Heulkrampf. Dr. Knecht hat sich um sie gekümmert.«

Großeinsatz für ihn. Besitzt er eine Ausbildung in Notfall-Seelsorge?

»Woher weiß man das mit dem Beil?«

»Manuela hat es für die Schaufenster-Ausstaffierung etwas aufgepimpt, Glitzer und Dekoschnee aufgetragen und einen Kleber, um das Beil in der richtigen Position zu halten. Die Rückstände auf der Tatwaffe stammten aus der Design-Feil-Schmiede.«

»Und jetzt sind die Polizisten unterwegs zum Bauhof, um dort alles auseinanderzunehmen. Christoph und Gregor hatten die Einbrecher fast überführt«, gebe ich zu bedenken.

»Von dem Beil wissen die Arbeiter angeblich nichts«, erzählt Sabine. »John und seine Kumpane waren etwas blau an dem Tag. Entweder sie haben vergessen, was sie mitgenommen haben, oder sie lügen dreist. Solange die das Gleiche behaupten, kann kaum etwas passieren«, ergänzt Sabine, die Gefallen am Detektivspiel gefunden hat.

»Irgendeiner kippt um, garantiert. Es könnte auch ein Täter, der ebenfalls gesehen hat, dass die Tür der Nagelbude offen war, die günstige Gelegenheit genutzt haben. Der große dritte Unbekannte, den wir bisher nicht auf dem Schirm haben«, schlage ich vor.

Sabine hat nebenbei den Tisch gedeckt. Sie reißt die Papierverpackung ihres mitgebrachten Paketes auf. Teilchen und Kuchen stapeln sich auf der rechteckigen Pappe. Plötzlich steht Rasputin da und schleckt an den Krümeln.

»Jubiläum! Wir wohnen eine Woche bei dir, Bea, vielen Dank«, sagt Sabine.

»Ist schön mit euch, immer etwas los«, entgegne ich.

»Für die meiste Aufregung sind wir gar nicht verantwortlich«, merkt Sabine gedehnt an und holt Milch aus dem Kühlschrank.

Strumpfhosenfabrik! Mitgebrachte Beutel. Mein schlechtes Gewissen rührt sich.

»Hat Mia schlimm geträumt oder etwas erzählt?«, will ich beschämt wissen.

»Hm, in der Kita. Erst musste ich die Erzieherin dort besänftigen und später Lasses Lehrerin«, stöhnt Sabine. Sie schneidet das Puddingteilchen in zwei gleich große Stücke, weil Mia und Lasse ausgerechnet beide dieses Exemplar essen wollen. »Entschuldigung, ich habe dich heute Morgen mit dem Chaos in der Küche sitzen lassen«, sagt Sabine bedauernd. Sie leckt den Zuckerguss von den klebrigen Fingerspitzen.

Das Inferno ist erst nach eurem Abgang volle Kanne über Mick und mich hereingebrochen, denke ich und sage laut: »Wenn du mir jetzt einen Cappuccino bringst, verzeihe ich dir großmütig.«

Mia kichert. »Manchmal redet Bea wie eine Königin im Märchen.« Lasse angelt einen Amerikaner.

»Iss langsam!«, mahnt Sabine mechanisch, und Mia heult.

»Den will ich haben!«

»Du hättest besser nur eine Sorte Gebäck geholt, da wäre die Sache einfacher zu lösen«, seufze ich und schalte das Radio ein. Eine klagende Ballade dudelt passend zum Genöle der Kinder.

Lasse beißt ein riesiges Stück von seinem Teilchen ab und schlingt es herunter. Er will Mia nichts abgeben. Ich erhöhe sicherheitshalber die Lautstärke des Radios, um Lasse und Mia zu übertönen. Das Lied endet, und C. I. Breislers Moderatorenstimme wird übertragen.

»Ungeklärte Kriminalfälle findet man nicht erst seit Neuestem in unserer schönen Gegend mit den grünen Hügeln. Wenn Sie mehr über Mord und Totschlag, Leichen und finstere Schurken wissen wollen, bleiben Sie dran. Nicht jeder Suizid ist auch einer!«

Sabine und ich finden, dass die Kinder von diesem Beitrag nichts zu wissen brauchen. Mich hingegen interessiert die Sache brennend. Was hat der Radioheini herausgefunden? Wird es wieder Bürgerproteste vor Rathäusern und Polizeiwachen geben? Die Bewohner sind gerade gut in Übung und betätigen sich ausgiebig als Krawallschachteln. Der laufende Song wird für eine Werbung unterbrochen. Sie berichtet von der Vernissage des A®telier.

»Sui… was?«, plappert Mia.

Meine Freundin schaut mich hilfesuchend an und fingert nervös auf der Suche nach dem Lautstärkeregler am Radio herum.

»Passt auf: Ihr beide dürft draußen im Garten essen, ausnahmsweise. Dann spielt ihr dort friedlich, ohne ans Wasser zu gehen oder meine Pflanzen auszugraben.«

»Wir haben Unkraut gezogen!«, protestiert Lasse und schluckt den letzten Bissen des Amerikaners etwas gequält hinunter.

»Nein, es waren meine Bärlauchgewächse. Und wenn das klappt mit euch, machen wir gleich eine Schatzsuche. Es dauert ein bisschen.«

»Ehrlich, mit einem richtigen Schatz?«, vergewissert sich Mia.

»Unbedingt«, sage ich überzeugter, als mir zumute ist.

Was habe ich versprochen? Und Mick hockt noch immer in der Kreisstadt. Die Polizisten lassen ihn nicht vom Wickel. Lasse will erst wissen, was der Schatz genau ist, bevor er zustimmt und nach draußen geht. Sabine dreht die Stimme des Radiomoderators lauter. Wir haben bereits ein paar Sätze verpasst.

»Vor fünfzehn Jahren, sieben Monaten und vier Tagen hatte die Polizei unserer Region einen Blitzerfolg. Passanten meldeten in der Kreisstadt einen auffälligen Wagen: einen Golf GTI, das amtliche Kennzeichen und eine Leiche im Kofferraum. Die Beamten ermittelten den Fahrzeughalter und statteten ihm einen Kontrollbesuch ab. In der Tiefgarage unter dem Mehrfamilienhaus parkte der besagte Wagen. Der hintere Teil des Autos interessierte die Polizisten besonders. Vier gelblich verfärbte Finger ragten aus der Kofferraumklappe heraus. Bei genauerem Hinschauen entpuppte sich das Körperteil als Scherzartikel und der Fahrzeughalter als Witzbold, der seine Bierkästen statt einer entführten oder ermordeten Person spazieren fuhr. Ganz ehrlich, vom Alkohol hat man auch mehr. Dahingegen war die Leiche eines jungen Mannes an der Aggertalsperre leider echt. Sie wurde am frühen Morgen vor acht Jahren, sechs Monaten und fünf Tagen am Fuße der Staumauer gefunden. Die Ermittlungen ergaben, dass Boris P. nach einer Feier des Segelclubs verschwand. Er ist zuletzt mit einem anderen Mann gesehen worden, der trotz aller Versuche nicht identifiziert werden konnte. Man vermutet einen Streit, der oben auf der Mauer stattfand. In dessen Verlauf wurde Boris P. über die Kante in die Tiefe gestoßen. Der Täter hatte ihm ein Messer mit auf den Weg nach unten gegeben. Die Klinge steckte zehn Zentimeter tief in der Brust und untermauerte die Mordabsichten. Ein tragischer Unfall wird daher ausgeschlossen. Vom Täter fehlt jede Spur. Bevor es blutig und lebensfeindlich weitergeht, erst der neue Song von Never Die. In der zweiten Woche von der Zehn auf die Fünf. Tippen Sie auch heute mit, ein Anruf oder eine SMS direkt ins Studio.«

Trommelstakkato, verzerrte Gitarre, lautes Jaulen aus den Boxen. Dann doch lieber sterben. Ich reduziere die Lautstärke. Sabine starrt ins Leere und denkt über das Gehörte nach. »Ich bekomme ein bisschen Angst. Etwas mehr als ohnehin schon«, murmelt sie.

Hastig springt sie vom Stuhl auf und schaut in den Garten. Lasse und Mia kauen friedlich auf den Gebäckstücken und beobachten den schleimigen Weg einer Schnecke. Es wird nicht lange dauern, bis fleißige Ameisen sich um die restlichen Krümel, die die Kinder hinterlassen haben, kümmern.

Ich versuche sachlich an diese Geschichten mit eher schlechtem Ausgang heranzugehen. Den unangenehmen Gedanken, dass meine Körperteile zerschmettert am Fuße einer Staumauer herumliegen könnten, verdränge ich in den hintersten Bogen meiner Gehirnwindungen.

Acht Jahre, sechs Monate, da hat Henry noch gelebt. Manchmal ist meine Zeitrechnung komisch.

Carl-Ingo Breisler. Der Typ ist überall, wo es um Totschlag und lebloses Material geht. Und zwar ziemlich schnell. Warum hat er einen morbiden Schwerpunkt? Angriff ist die beste Verteidigung.

»Ich rufe ihn an. Direkt im Studio. Jetzt werde ich mit ihm reden. Und ich bestimme die Regeln. Ich lasse mich von dem Typ nicht jagen. Die Visitenkarte!«, murmele ich und greife zum Handy. Ziffer für Ziffer tippe ich die Zahlenkolonne ein. Mein Plan steht fest.

Bist du wahnsinnig?, fragt mich eine innere Stimme. Der wird dich vor laufendem Mikro zerfleischen. Er hat Übung in so etwas. Deine Idee ist viel zu optimistisch. Noch heute Morgen hast du dich vor dem Typ versteckt.

Bevor ich darauf reagieren kann, vernehme ich ein Tuten, schnell aufeinanderfolgend. Besetzt!

Abrupt wendet sich Sabine in meine Richtung. »Was hast du vor? Du willst dich freiwillig an C. I. ausliefern? Du musst lebensmüde sein. Den Typ darf man nicht unterschätzen. Der war in der Schule schon verschrien, weil er die Leute zusammenfaltete, bis sie nicht mehr wussten, ob sie eine Milchtüte oder ein Schülerlein waren. Lass die Finger von Carl-Ingo Breisler. Der ist eine Nummer zu groß.«

»Und warum hat er es dann nur bis ins Lokalradio geschafft? Ziemlich armselige Leistung, wenn du mich fragst.«

Der Song wird ausgeblendet, die markante Stimme von Breisler meldet sich wieder zu Wort.

»So richtig blutig ging es vor acht Jahren und zwei Monaten zu. Es war ein heißer Sommer. Eine Badenixe verschwand. Zuletzt wurde sie am Silbersee in der Nähe von Brüchermühle beobachtet. Kein Bikini, später ein zitronengelbes luftiges Kleid. Sie lief über den Pfad durch den Wald und kam nie zu Hause in Sotterbach an. Wollte sie dorthin trampen und begegnete ihrem Mörder? War es ein Suizid? Ein Unfall? Nur drei Tage später wurde die nächste junge Frau vermisst. Und wieder zweiundsiebzig Stunden danach war der nächste Zwischenfall. Zunächst fand man keine brauchbaren Hinweise, stellte nur fest, dass alle Opfer lange Haare hatten. Doch dann geriet die Autobahn, die Querverbindung, in die Schlagzeilen. In den Abfallbehältern der Parkplätze explodierten plötzlich die Maden, kleine weiße Viecher vermehrten sich, der Geruch war ausgesprochen eklig. Fliegen bildeten grünlich schwarze Schwärme. Man fand Leichenteile in den Tonnen. Eine Hand am Parkplatz Morkepütz, einen Arm am Hömeler Feld. Sie gehörten nicht ausschließlich der Badenixe, sondern bildeten ein Puzzle aus Frauenleichen, das bis heute nicht vollständig ist. Rastplatz Hasbacher Höhe, Bellingroth und Lustheide! Warum wurde diese Mordserie abrupt beendet? Jetzt tauchen Beine aus Plastik in Tüten auf. Im Wald hängen sie an Bäumen. Ist der Täter von damals zurück und beansprucht Aufmerksamkeit? Sind die Kunststoffbeutel ein Rätsel, die zum Friedhof der verschwundenen Frauen führen? Oder wird ein Territorium markiert? Will er die Ermittler auf eine neue Spur führen? Vielleicht haben wir es mit einem simplen Nachahmer zu tun, der schlechte Ideen anderer kopiert und variiert. Mit der brennenden Leiche am Waldrand vor drei Jahren geht es gleich weiter …«

Die Stimme des Radiomoderators geht in einen Song über. Sie bringen »Spiel mir das Lied vom Tod!«, und ich schalte entschlossen das Gerät aus. Jetzt reicht mir diese morbide Vorstellung wirklich. Keine Mundharmonika, kein Seil.

Suizid, fungizid oder die Pest

»Schatzsuche« ist ein magisches Wort, das Lasse und Mia zu zwei geschüttelten Sprudelflaschen mutieren lässt. Unter Hochdruck zappeln die beiden herum.

»Ich brauche mein Taschenmesser!«, schreit Lasse und fängt fast an zu heulen, als er es in seinem Sachen-Chaos nicht findet.

»Ich will mit Beas Auto fahren und das Dach aufmachen«, quengelt Mia.

Also wuchtet Sabine die Kindersitze auf die Rückbank des Kugelporsches. Brunhilde guckt beleidigt, sie will nicht auf ihren Liebhaber verzichten.

»Du könntest mir als Hauptgewinn ein goldenes Ei legen«, schlage ich dem Huhn vor.

Das torkelt gackernd Richtung Bauernhof und entdeckt Ilse im Garten. Brunhilde spekuliert auf ein paar fette Würmer, denn die Bäuerin gräbt mit dem Spaten ein tiefes Loch an den Rand des Beetes.

Fröhlich winkt Ilse herüber. »Ich habe neue Pflanzen. Es sind Wunderbäume. Die habe ich mit Frau Giesbrecht gegen meine überschüssigen Tomatengewächse getauscht«, teilt mir die Bäuerin mit.

Die botanischen Qualitäten und Vorlieben meiner Nachbarn interessieren mich gerade wenig, und ich beeile mich bei der Vorbereitung unserer Schatzsuche. Schließlich finde ich in meinem Sammelsurium von bevorrateten Geschenkideen zwei bunte Jo-Jos.

Die beiden Kinder sind schwer beschäftigt. In Ermangelung der Klinge – ich habe stark meine Freundin Sabine in Verdacht, deren Jeanstasche sich verdächtig ausbeult – schleppt Lasse eine Schaufel, ein kleines Fernrohr und eine Packung Müsliriegel als Überlebenspaket an.

Und endlich, endlich geht es los. Der Hund hockt hinten, und ich hoffe, er behält alle Haare seines Fells und die Kontrolle über seinen Sabber. Die Kinder tragen Sonnenbrillen und Baseballkappen. Ich steure den Wagen durchs Dorf zum Städtchen Nümbrecht.

Die Kopfbedeckung der Kinder macht mich nervös. Eine Kappe lag auf meiner Überwachungskamera. Der Nikolaus-Täter hat sie dort deponiert, aber wer steckt wirklich dahinter? Am besten reiße ich allen Leuten, die ihr Haupt verhüllen, die Bedeckung vom Kopf und seziere das Etikett. Die einzelnen Buchstaben darauf verraten den Gesuchten. Der Name könnte mit S beginnen. S und dann I oder L oder …

Hinten winkt Mia wie Queen Mum den wenigen Passanten zu. Ich steuere die Villa Friede an und überlege, wo ich den Kugelporsche am besten stehen lassen kann. Lasse will endlich einen Schatz.

»Den müssen wir erst suchen.« Geistesgegenwärtig schalte ich mein Handy ein und schaue auf das Display. »Diesen Weg gehen wir entlang«, erkläre ich.

Lasse mault ein wenig. Er glaubt nicht mehr alles, was man ihm erzählt.

Mia schon. »Super!«, piepst sie. »Du hast ein tolles Handy. So eines will ich später auch. Dann finde ich einen Schatz nach dem nächsten.«

Wir lassen das Verdeck des Kugelporsches offen. Das Wetter ist ausnahmsweise gut und mein Wagen stadtbekannt. Mia plappert weiter, Lasse schleicht wie ein verhinderter Indianer durch den Wald. Nichts hält ihn auf dem Weg, wirkliche Kostbarkeiten finde man dort sowieso nicht, erklärt er großspurig.

»Doch, mit GPS«, murmele ich, und Sabine kichert.

Sie klingt ein wenig nervös. »Ich weiß nicht, ob wir das wirklich machen sollten«, flüstert sie.

Sie hat ihre Hand in der Hosentasche und umklammert damit Lasses kleines Taschenmesser. Ihre Bedenken kann ich nicht kleinreden. Aber Mick täten ein paar entlastende Funde gut, wenn wir sie geschickt präsentieren. Außerdem haben wir den unglaublich wehrhaften Rasputin dabei. Die Fellbürste schnüffelt und gräbt gleichzeitig mit ihrer Schnauze. Sabine zerrt an der Leine.

Beim Anblick des sich windenden und japsenden Rasputin kommt mir diese Empfindung in den Sinn, die ich seit dem Besuch der alten Strumpfhosenfabrik abschütteln will. Das eklige Gefühl, wenn sich etwas um den Hals schließt, um den eigenen, wohlgemerkt. Wenn die Atemluft nicht barrierefrei die Lunge erreicht, der Sauerstoffmangel mit jedem roten Blutkörperchen ein panisches Ballett tanzt und der Nebel im Hirn sich zu dicken Schwaden verdichtet.

Intensiv schnappe ich nach Luft, genehmige mir einen tiefen Zug wie ein Nikotininhalierender auf Entzug. Die letzten Tage haben Kraft gekostet, ich bin nicht mehr die Eule, die alles distanziert betrachtet und Zusammenhänge logisch analysiert. Ich gleiche eher einem gerupften Huhn, immer auf dem Sprung und ständig zu spät. Die Ereignisse überrollen mich.

Lasse und Mia rennen und hüpfen, das ist keine Geschwindigkeit für meine lahmen Füße. Ich hinke hinterher. Der Weg wird schmaler. Von beiden Seiten wuchern die Büsche in alle Richtungen. Die Natur hat keinen Sinn für gebahnte Pfade. Wir stecken mitten im bergischen Grünkohl, Bäume, Bäume, überall. Es riecht nach feuchter Erde und sogar vereinzelt nach Pilzen. An einem abgestorbenen Baumstamm entdecke ich welche. Dunkles Moos wuchert und wird von Ameisen durchkrabbelt.

»Wo ist der Schatz?«, brüllt Lasse.

Ich zucke zusammen. Nicht weil der Junge gerufen hat, sondern weil ich hinter uns etwas gehört habe. Ich drehe mich um und beobachte scharf jeden Bereich. Es knackt.

Im Wald bricht ständig ein Zweig ab, ermahne ich mich. Dennoch bleibe ich stehen und fixiere meine Umgebung.

»Bea!«, ruft Mia.

Ich gebe auf. Da ist nichts und niemand hinter uns. Wer sollte etwas von uns wollen? Ich frage mich das so unschuldig, dass ich diese Lüge fast selbst glaube. Richtige Beruhigung stellt sich nicht ein. Weil Sabine, Rasputin und Mia warten, gehe ich weiter und wienere zur Ablenkung mit einem Putztuch meine Brille.

»Ich habe ein Tier im Auge«, schwindele ich zur Erklärung.

»Da hängt was!«, ruft Lasse triumphierend. »Ich habe den Schatz!«

Sabine hechtet ihrem Sohn hinterher. Ich nehme sicherheitshalber Mias Hand, denn ich ahne, dass Lasses Fund eklig aussehen könnte.

»Ein baumelnder Schatz!«

Ich schlucke und versuche, die Fassung nicht zu verlieren. Keine Erinnerungen zulassen.

»Lasse, nein, nicht anfassen!«, befiehlt Sabine. Sie klingt mehr als angespannt. »Discountertüte«, zischt meine Freundin. »Mit drapiertem Fuß.«

Ich verstehe. Unsere Routenberechnung stimmte. Jetzt müssen wir nur herausfinden, wer die Plastikbeutel verteilt hat. Und warum.

»Der Serienmörder«, haucht Sabine tonlos in mein Ohr. Sie steht plötzlich neben mir, ihren Sohn hat sie mitgezogen.

Lasse wehrt sich halbherzig, schaut aber nicht zurück. Er wirkt verwirrt. Rasputin kläfft. Die Angst greift nach meinen Gedanken. Parkplatz-Leichenteile, blaue Zunge, Staumauer. Düstere Vorahnungen melden sich. Etwas, das Sabine gesagt hat, lässt mich nicht los. Vor lauter Furcht kann ich es nicht packen. Es war ein winziges Wort, das eine Wendung bringen und der Bedrohung ein Ende machen könnte.

Ich presse hervor: »Lasse, der Schatz muss in der Nähe sein. Wir suchen jetzt. Schau auf mein Handy. Wir müssen dort hinten gucken.« Ich drücke Mia das Telefon in die Hand. Mia strahlt.

Lasse will ihr das Gerät entreißen. »Ich will! Ich kann schon lesen.«

Sabine muss schlichten. Ich kann unbemerkt die zwei Jo-Jos unter einer gebogenen Wurzel verschwinden lassen. Mein Handywecker gibt Alarm. Mia lässt das Handy vor Schreck fallen. Es landet glücklicherweise weich im hohen Farnkraut. Mick wäre gewiss nicht begeistert, wenn ich schon wieder ein neues Telefon brauchen würde.

Lasse wühlt und jubelt: »Mia, ich habe den Schatz gefunden.«

Vergessen sind die seltsame Tüte und der Zorn über die Bevorzugung der Schwester. Kinder haben es gut, denke ich und schaue Sabine an, die mir das eingesammelte Handy überreicht.

»Lass uns zurückgehen. Schnell«, murmelt sie. »Irgendetwas stimmt nicht. Ich habe ein blödes Gefühl.«

Die Schnur von Mias Jo-Jo hat sich komplett ausgerollt. Sabine hilft ihr beim Aufwickeln.

»Da sitzt ein Mann!«, stellt Mia fest.

Sabine schreit nervös auf.

»Wo?«, will Lasse wissen.

Mias Arm weist in den Wald. An einer kleinen Schneise halten unsere Blicke inne und klettern langsam einen Hochsitz nach oben. Ein brauner Hut, ein Kopf, krummer Rücken und keine Bewegung. Ein Stöhnen wie das Entweichen der letzten Luft aus einer Leiche gibt uns den Rest.

Sabines Beine beginnen zu rennen. Wir nehmen die Kinder, den Hund und hasten davon. Ich glaube, ich bin schon jahrelang nicht mehr so schnell gelaufen. Mein Atem geht stoßweise, der Schmerz schneidet in meinem Rücken wie mit scharfen Messerklingen die Wirbelsäule hoch und runter.

»Mein Jo-Jo!«, schreit Mia.

Das Ding ist in einem Graben verschwunden. Ich kann nicht stehen bleiben, denn dann ist es vorbei. Ich muss in Bewegung bleiben, und wir müssen fort. Endlich erreichen wir meinen Wagen. Mia schluchzt. Sabine schnallt die Kinder an, während ich bereits rangiere.

Mit jedem gefahrenen Meter gewinne ich meine Fassung wieder. Haben wir vielleicht ein bisschen überreagiert? Oben auf dem Hochsitz saß jemand. Gruselig in sich zusammengesackt oder schlafend? Muss man deshalb flüchten? Vielleicht war es ein Obdachloser, der ein Nickerchen macht. Oder ein Jäger, der die Fährten der Tiere ausknobelt oder schlummert. Das Gesicht haben wir nicht gesehen. Nur einen breiten Rücken. Vielleicht war es eine Frau? Ich versuche, der Vernunft die Vorherrschaft zurückzugeben, und schaue zu Sabine hinüber, die paralysiert wie ein schockgefrorenes Eichhörnchen in ihre Hand starrt. Dort liegt ein Knopf. Es ist einer von dieser groben Sorte, die

Trachtenjacken zieren. Und die weder Sabine, die Kinder oder ich an der Kleidung tragen.

»Er lag auf der Fußmatte«, stöhnt Sabine.

Die alptraumhafte Geisterbahnfahrt ist nicht zu Ende. Ich will nicht in mein Haus. Plötzlich habe ich Angst davor, was mich dort erwarten könnte. Ich betätige diverse Hebel, und wir fahren. Die Richtung ist eher nebensächlich. Ein weißes Schild weist Richtung Holsteins Mühle. Wir brettern durch das Tal am Fuße des Schlosses, umrunden es und fahren wieder bergauf. Die Landstraße wird von den untertunnelnden Baumwurzeln in eine Piste mit Schanzen verwandelt.

Gut, dass das Verdeck des Wagens offen ist, so können unsere Köpfe von der Rüttelei nicht gegen das Dach stoßen. Für die blühenden Stockrosen in den Bauerngärten von Spreitgen haben wir genauso wenig einen Blick wie für den Aussichtsturm und wandernde Touristen.

Am Himmel ziehen Heißluftballons vorbei, der Brenner zischt, und eine helle Flamme faucht in die Hülle. Beide brüten wir vor uns hin. Irgendwie landen wir vor dem Rathaus, und ich lasse den Motor ausgehen. Die Kinder schniefen, und Sabine strafft die Schultern.

»Kommt, ihr beiden. Wir schauen in der Buchhandlung nach, ob wir einen neuen Schatz finden.« Sabine drückt mir den Knopf in die Hand, als wäre er eine heiße Kartoffel.

»Ich fahre zur Tankstelle und hole euch gleich am Laden ab«, beschließe ich nach einem Blick auf die Füllstandsanzeige.

Vorsichtig drehe ich und biege links ab. Vor der Waschanlage hat sich eine lange Autoschlange gebildet. Das Chaos an den Zapfsäulen ist groß, es geht nur kreuz und quer und unerträglich langsam vorwärts. Ich rutsche tief in den Sitz. Das kann dauern. Neben mir steht die große Gitterbox mit der Holzkohle.

Erstaunt beobachte ich Hajo Dellrich, wie er eine Tüte nimmt und die Aufschrift genau inspiziert. Er scheint jeden der kleinen und großen Buchstaben tief zu inhalieren und macht keine Anstalten, zur Kasse zu gehen. Ein älterer Herr, der sich auf einen Spazierstock mit gebogenem Griff stützt, leistet ihm Gesellschaft.

Ich erkenne Herrn Böhne trotz des langen Mantels mit dem hochgestellten Kragen, der ihm zum Aussehen eines verkappten Agenten verhilft.

»Wir hören auf damit«, krächzt seine Stimme. »Und den Überraschungseffekt lassen wir weg. Ich will nichts mit der Polizei zu tun haben.«

»Leise!«, mahnt Hajo.

»Wie bitte?«, hakt Herr Böhne nach und fingert an seinem pfeifenden Hörgerät herum. Ich presse mich tiefer in den Sitz. Das Verdeck ist offen. So kann ich gut hören, was um mich herum geredet wird. Aber gut getarnt bin ich bei dem Lauschangriff eher nicht.

»Natürlich machen wir weiter«, zischt es plötzlich.

Das ist die herrische Stimme einer Frau! Vorsichtig blinzele ich in ihre Richtung und bin nicht erstaunt, Charlotte zu sehen. Am Ständer mit dem Motoröl lungert der einarmige John herum. Er trägt eine Kappe auf dem Kopf. Warum auch nicht? Sie schützt vor Sonne und Regen, und für Leute, die viel draußen arbeiten, ist dieses Kleidungsstück praktisch. Bea, vermute nicht hinter jeder Baseballmütze einen Gauner und bei Gesprächen ein Komplott!, ermahne ich mich, spitze aber meine Ohren, um weitere Details zu erhaschen.

»Das gibt den Knaller. Gut, dass der Typ vom Lokalradio seine Karte in der Tür hinterlassen hat. Auch wenn er das Gegenteil behauptet. Jetzt ist er bei der Vernissage vor Ort. Je mehr Presse, Aufregung und Propaganda, desto besser. Kennst du diesen Carl-Ingo näher? Ich hatte irgendwie den Eindruck …«, überlegt Charlotte.

Hajo zaudert und dreht die Grillkohle unschlüssig in seinen Händen. Er öffnet seinen Mund, schließt ihn wieder und beginnt doch zu reden. Was er sagt, verstehe ich nicht, denn auf der Hauptstraße donnert ein Rettungswagen mit Tatütata vorbei. Er fährt Richtung Villa Friede. Ein Polizeiauto folgt wenig später, wieder mit Sirenengeheul.

Hajo und Herr Böhne sitzen nun in dem klapprigen Kombi mit dem »Atomkraft? Nein danke«-Aufkleber, der das Gefährt zusammenhält. John steht wie aus dem Boden gewachsen neben meiner Fahrertür und schaut mich grimmig an. Hinter mir ertönt eine Hupe. Ich hätte längst bis zur Zapfsäule vorfahren können und tue es jetzt hektisch. Johns Blick verfolgt mich, und ich fummele nervös an der Zapfpistole. Ist der einarmige John sauer, weil ich nicht aufgepasst und seine Zeit gestohlen habe? Oder ist es wegen der Schnüffelaktion im Bauhof? Vermutet John, dass ich daran schuld bin oder mehr weiß?

Die Bilder scheinen wie ein Film vor meinen Augen abzulaufen. John und die anderen arbeiten im Blumenbeet. Dabei sehen sie, wie Manuela Balzano mittags fortgeht, den Laden nachlässig oder gar nicht verschließt. Die Arbeiter sind alkoholisiert und abenteuerlustig. Sie suchen spontan das verwaiste Nagelstudio heim und wollen dort shoppen. Für Nagellack haben sie weniger Verwendung, doch die Weihnachtsdeko gibt das ideale Geburtstagsgeschenk für den einarmigen John ab, der zur Feier des Tages das Bierfrühstück ausgegeben hat.

Und je intensiver ich darüber nachdenke, desto plausibler kommt es mir vor. Als John von dem Besuch der Kellerbullen Wind bekommt, bestellt er Charlotte zur Beweisvernichtung. So weit, so gut.

»He!«, brüllt mich jemand an. »Blindschleiche statt Eule?«

Ich habe nicht bemerkt, dass der Tank meines Autos voll ist. Hastig stopfe ich die Zapfpistole in die Säule, verkleckere die letzten Tropfen Benzin. Sofort stinkt es danach. Ich hämmere den Tankdeckel zu und stolpere zur Kasse. Was soll ich mit meiner Theorie anfangen? Mir fällt auf, dass mein Geld im Auto liegt.

Eine Handtasche im offenen Cabrio, herzlichen Glückwunsch, Bea. Und wieder warten deinetwegen Leute. Meinen Kopf ziehe ich tief zwischen die Schultern und versuche, die Blicke der genervten Bürger zu ignorieren. Ich wähle den Umweg am Zeitschriftenregal vorbei und pralle gegen den einarmigen John.

Der bleckt die Zähne und presst hervor: »Einfach die Klappe halten und freundlich winken, Bea-Eule.«

Ich schwanke durch den Raum, kaum zu einem sinnvollen

Gedanken in der Lage. Ich kapiere nichts mehr. Ein Gewirr von unzähligen roten Fäden windet sich kreuz und quer durch mein Hirn. Ich entdecke weder Anfang noch Ende. Falls es einen Sinn gegeben hat, schlängelt er sich in unsinnigen Wirrungen davon. John folgt mir dicht auf den Fersen. Ich spüre seine Präsenz.

»Sloty!«, ruft Charlotte und klingt messerscharf vor Eifersucht.

John bleibt stehen und schaut in ihre Richtung. Ich wäre am liebsten fortgerannt, doch ich muss meine Schulden begleichen und wäre ohnehin viel zu langsam. Ist die Tankstelle der neue Dorf-Knotenpunkt? Warum genau zankten Hajo, Charlotte und der Greis? Welchen Grund hatte Johns Aktion? Und was bedeutet Sloty? Mein Hab und Gut ist halb unter den Sitz gerutscht, und ich pflücke die Handtasche aus dem Kugelporsche. Endlich kann ich bezahlen, rangiere aus dem Gewirr der wartenden Fahrzeuge und will beschleunigen.

Stattdessen trete ich fest auf die Bremse, denn Ilse Germann ist quasi vor mir auf die Fahrbahn getreten. Sie wedelt intensiv mit ihren Armen. Ich sehe, dass sie ihre Gartenschürze trägt, an der Erdkrumen kleben.

»Kommst du auch zur Kunstausstellung des A®telier? Wir planen eine Überraschung für die Künstler: ein riesengroßes Büfett mit diesem Fingerfouout oder wie das neumodische Zeug heißt, wenn man das Besteck sparen will. Ich mische meinen weltberühmten Eierlikör. Den gibt es nicht für die Eiersinger am ersten Mai, Bea! Den serviere ich bei der Vernissage in den Waffelbecherchen, die man hinterher aufessen kann. Machst du irgendeinen festen Kram, Bea?«

Ilse zückt eifrig einen Block, Kladden und Listen scheinen neuerdings überall zu lauern.

»Ja«, sage ich, um Ilse loszuwerden.

Sie tritt befriedigt zur Seite und entdeckt das nächste potenzielle Opfer, auf das sie sich stürzt. Was Ilse in die Hand nimmt, wird gewaltig in Menge und Ausmaß. Wahrscheinlich werden es die angesammelten Lebensmittel ins Guinnessbuch der Rekorde schaffen. »Längste Fingerfood-Tafel der Welt«, »größte Völlerei seit Erdgedenken«, »Eierverbrauch erreicht Spitzenwerte«.

Ebenso wie der Alkohol- und Cholesteringehalt im Blut. Mögliche Schlagzeilen schießen mir durch den Kopf.

Auf meinem Handy blinken verpasste Anrufe. Es plingt für eine SMS.

»Bea, wo steckst du?« Sabine! Wir sind am Buchladen verabredet.

Ich will hektisch abbiegen, da winkt Gregor am Straßenrand und schaut mich strafend an. Er quetscht sich in den Wagen.

»Handy am Steuer, Bea, das wird teuer«, reimt er.

Ist er nüchtern? An seinem Atem rieche ich nichts. Er nimmt mir das Telefon aus der Hand und liest die nächste SMS. »Markus ist da, nimmt uns mit nach Hause. Unsere Sachen holen wir später. Bea, melde dich!«, liest mir Gregor betont langsam vor.

»Ziemlich unverschämt von dir!«, blaffe ich ihn an.

»Ach, die NSA schneidet sowieso mit, dann darf ich das auch«, schmettert Gregor meinen Einwurf lässig ab.

»Eine Prise Größenwahnsinn geschnupft?«, keife ich. Der Alarm für eine nicht angeschnallte Person im Auto ertönt. Gregor angelt umständlich nach dem Gurt und beugt sich gleichzeitig in meine Richtung. »Warum so mies gelaunt? Was weißt du über Rizin? Bei deinem Tablettenkonsum kennst du dich gewiss mit Wirkstoffen aus«, fragt er mit einem unschuldigen Blick.

»Rizin, Rizinusöl, bekommt man nach dem Genuss von einem kräftigen Schluck nicht Durchfall?«, sinniere ich und gehe auf sein Spielchen ein. »Und der Geschmack soll etwas zu wünschen übrig lassen.«

»Kinderkram!« Gregor macht eine abwertende Handbewegung. »Wolfsmilchgewächs, der Samen ist derartig giftig, dass ein paar davon reichen, um einen Erwachsenen zu töten. Er enthält das toxische Eiweiß Rizin.«

»Gregor, du sprichst in Rätseln«, maule ich und erfahre, dass man im Blut des toten Bürgermeisters eine Menge davon gefunden hat.

»Er wurde vergiftet?«

»Nein, enthauptet und vergiftet«, stellt Gregor sachlich fest.

»Der Mann hat sich wirklich viele gefährliche Feinde gemacht«, hauche ich beeindruckt und versuche, die neuen Fakten zu verarbeiten. »Wer hat ihm das Zeug denn untergejubelt?«

»Das weiß man noch nicht. Nach unseren Recherchen ging es Giesbrecht bereits ein paar Tage nicht sonderlich gut. Es ist schwierig, den genauen Zeitpunkt der Gabe festzustellen, deshalb kommen viele Leute in Frage. Seine Frau natürlich, seine rechte Hand im Büro, Sabine Müller, andere Mitarbeiter des Rathauses, die mit ihm zusammengearbeitet haben.« Gregor schaut mich vielsagend an. Ich ignoriere seinen Blick, so gut ich kann. »Der BM hat im Jungbrunnen gespeist, mit dem Damenkränzchen Kaffee getrunken, war beim Kneipp-Verein und hatte sonstige Treffen, die wir noch gar nicht alle genau unter die Lupe genommen haben«, erklärt Gregor frustriert.

Spontan fällt mir Egon Schultheiß ein. Doch er und seine Tochter waren sehr überrascht, als ich ihnen vom Tod im Rathaus berichtete. Sie müssten verdammt gute Schauspieler sein, um so überzeugend herüberzukommen.

»Der BM-Mord ist schon kompliziert und dubios genug. Diese neue Facette stellt alles auf den Kopf.«

»Dabei hatte Giesbrecht völlig den Kopf verloren«, kichere ich.

»Das ist nicht witzig, Bea!«, tadelt Gregor meine Wortwahl.

Ich werde froh sein, wenn ich ihn bei Ilse und Günther absetzen kann. Rasant gebe ich Gas, um den Anstieg nach Oedinghausen zu bewältigen. An der Baustelle Sohnius Weide schießen die quadratischen Häuser wie kantige Pilze aus dem Boden. Gregor wühlt in seiner Tasche, die einem Fahrradkurier Ehre machen würde. Er zerrt eine Baseballkappe hervor und presst sie auf seinen Schädel.

»Zugig, so ein Cabrio«, murmelt Gregor.

Ich latsche auf die Bremse, hinter mir quietscht es, ein Aufprall bleibt aus. Ich zerre Gregor die Mütze vom Kopf und drehe sie auf links. Meine Finger zerren am Etikett. Dort steht nichts mehr, die Buchstaben und die Waschanleitung haben sich aufgelöst. Sind sie erst kürzlich verschwunden, oder ist das die Kappe, die meine Überwachungskamera von innen gefilmt hat?

Aber warum sollte Gregor einen Nikolaus in meinen Garten hängen? Weil er neidisch auf Mick ist? Oder ahnt Gregor etwas von meiner schwarzen Vergangenheit? Mir gelingt es nicht, Ordnung und Sinn in all die Begebenheiten der letzten Tage zu bringen. Ein Horrorfilm wirkt gegen diese Vorkommnisse wie ein Kindergarten.

Eine Frau mit Sonnenbrille zerrt an meiner Fahrertür. Ich habe die Dame, die hinter mir gefahren ist, mit meiner spontanen Aktion derbe ausgebremst.

»Verzeihung«, sage ich in eine ihrer Sprechpausen hinein. Ich gebe schonungslos Gas und werfe Gregor die Kappe zu. Die Frau hinter mir bleibt überrumpelt, zornig und einsam zurück.

»Ich zeige Sie an!«, glaube ich zu hören, darauf gebe ich nichts. Den entsprechenden Ansprechpartner habe ich in meinem Reisegepäck. Ich brettere in die Einfahrt, dass der Kies meterweit spritzt. Gregor klappt seinen Mund langsam auf und zu. Der ratlose Blick passt zu dem Gesamtbild eines Karpfens auf dem Trockenen.

»Tschüss!«, sage ich und stehe bereits vor der Haustür.

»So geht das nicht. Du kannst mich nicht einfach abhängen«, sagt Gregor und schaut misstrauisch seine Kopfbedeckung an.

Ich hämmere den Schlüssel ins Schloss und betrete den Flur. Im Haus ist es ruhig wie in einer Gruft. Ich trete fast auf einen von Rasputins Gummiknochen. Gregor folgt mir wie ein klebriger Fliegenfänger.

»Du solltest nicht alleine bleiben«, sagt der Freund und Helfer. Er will mit der üblichen Handbewegung Henrys Triptychon aufs Kreuz legen, da bleibt sein Arm in der Luft hängen. »Du machst Fortschritte«, stellt er fest und betrachtet die bunten Kinderzeichnungen.

»Wenn du mich sowieso heimsuchst, kannst du dir das Ergebnis meiner Überwachungskamera ansehen«, schlage ich vor und starte den Laptop.

Gregor schaut sich die Szene an. »Deshalb hast du mir die Kappe vom Kopf gerissen und meine Frisur ruiniert. Du bist auf der Suche nach dem Weihnachtsmann-Täter!« Gregor ist eingeschnappt.

»Ja, und diesen Knopf kann ich dir präsentieren. Er lag in meinem Wagen.«

Das erscheint mir die ideale Ablenkung, da kann Gregor hübsch ermitteln und ist beschäftigt. Ich drücke ihm das braune, runde Ding in die Hand. Er zuckt pikiert zurück.

Leise murmelt er: »Wie hängen diese ganzen Begebenheiten und Beweise zusammen? Weihnachtsmarkt und Widerstand, der Mord am Bürgermeister und auf der anderen Seite ein Einbruch, die ominösen Beutel und der aufgehängte Nikolaus? Kappe und Knopf … Und überall dazwischen Bea Lautenschläger.«

Klar, dass Gregor mir die Beleidigung mit der Haube heimzahlen würde.

»Lieber mittendrin als nur dabei.«

»Bea, werde vernünftig! Das ist kein schnöder Fahrraddiebstahl. Hier geht es um Korruption, brutalen Mord, das ist fünf Nummern zu groß für euch Hobbydetektive. Der aufgehängte Nikolaus ist eine Warnung.«

Blitzmerker!, denke ich ironisch und sage gespielt ungerührt: »Ja, wenn wir den Typ schnappen, ist alles geritzt und wieder friedlich. Die Kirche bleibt im Dorf.«

Gregor zieht eine verächtliche Grimasse. Er schaut den Film mehrmals an, unterbricht, spult, positioniert den Laptop in eine dunklere Ecke.

»Das ist Beweismaterial«, schnaubt der Ordnungshüter in Gregor. »Es gehört in die Hände der Polizei.«

»Na, zumindest deine Beamten-Glupschkugeln sehen es jetzt«, stelle ich fest. »Und hole mir bloß nicht wieder deine fragwürdigen Kollegen ins Haus.«

Gregor sagt keinen Ton. Damit das so bleibt, stelle ich ihm eine Bierflasche vor die Nase, alkoholfrei.

»Henry hat sich erhängt«, sagt Gregor unvermittelt.

Ich stutze, ich kann oder will seinen Gedankengang nicht nachvollziehen. Der Blick auf eine Henkersschlaufe hat nicht gerade eine überzeugende Wirkung auf meine Logik.

»Aha?«, hauche ich und warte ab.

Gregor lässt keine Anteilnahme erkennen. Er trampelt auf

meinen Gefühlen herum und ignoriert meine Trauer, sogar die gespielte.

»Ging es nach dem Suizid nicht mit rechten Dingen zu, oder warum knotet jemand ein Seil in deinen Baum?«, will er wissen. »Die Rechtsmediziner heute lassen sich nicht mehr rasch verschaukeln. Es gibt eine gewisse Sensibilität für unechte Suizide.«

»Ja, die finden sogar bei geköpften Leichen noch Gift. Willst du Henry ausgraben lassen, oder was?«, fauche ich.

»Nein, eigentlich bin ich froh, dass das Arschloch verschwunden ist«, knurrt Gregor entnervt. »Mit einer Mörderin im Bekanntenkreis lebt man vielleicht nicht mehr so ausreichend lang, wie es mir vorschwebt. Ich hätte gerne etwas von meiner Pension.«

»Dann benimm dich anständig, und du hast nichts zu befürchten«, warne ich ihn. Leise setze ich nach: »Der Nikolaus stammt garantiert von den militanten Weihnachtsmarkt-Gegnern«, und merke selbst, wie schwachsinnig meine Argumentation ist.

Draußen lärmt eine Autohupe. Ich humpele zur Tür und lasse einen verblüfften Gregor mit meinem Laptop allein. Ob das eine gute Idee ist?

»Schatzi!«, sagt Markus und lächelt etwas gezwungen, und ich bekomme meine Küsschen auf die Wangen. Markus stürmt in den Flur und lässt den Rest der guten Laune komplett im Freien. »Was habt ihr gemacht? Bei uns zu Hause dreht die Bullerei alles von rechts auf links und nicht wieder zurück. Wir waren zehn Minuten in unseren staubigen vier Wänden, da rückten sie an. Sabine steht Rede und Antwort. Der Hund ist noch komischer als sonst. Mia heult. Sie vermisst diesen dämlichen Stoffhasen. Der muss oben sein.« Markus weist mit dem Kinn zur Treppe.

»Was wollen die Polizisten denn?«, frage ich ratlos. Verdächtigen sie Sabine in Sachen Tüten-Serienmörder? Oder suchen sie nach einer Giftmischerin?

Markus gibt mir keine Antwort. Er verdreht genervt die Augen und sprintet hoch. »Warum war Sabine überhaupt hier? Bea, die Kinder sind völlig verstört.«

»Nun dramatisiere nicht«, wiegele ich ab, und meine Überlegungen laufen auf Hochtouren. »*Du* bist schließlich nie da und kümmerst dich nicht um deine Familie.«

Lange pelzige Ohren wackeln über das Geländer.

»Ist das der richtige?«, plärrt Markus und ist schon wieder unten. »Früher warst du nicht so zickig.« Er schleudert Mias Stofftier an den Löffeln im Kreis.

Gregor stößt zu uns, und Markus stöhnt. »Hast du von diesen Schnapsideen gewusst? Oder von denen deiner oberwichtigen Kollegen? Wo bleibt die Solidarität im Dorf?«

»He, he, pass schön auf, was du von dir gibst! Der Porsche da draußen gehört zu dir?«

»Nein, zum Briefträger«, pampt Markus. »Eigentlich ist das Ding gelb, hat heute eine Tarnfarbe.«

Gregor grinst müde und schlendert lässig nach draußen. Er umrundet den bulligen Geländewagen.

»Ich habe die Kiste gesehen«, erklärt er beiläufig.

»Ich bin eben viel damit unterwegs.«

Markus bemüht sich um einen neutralen Klang seiner Stimme. Es misslingt völlig. Sie hört sich gepresst an. Seine Gesichtsfarbe wechselt von Weiß zu Rot. Ich starre abwechselnd von einem Mann zum anderen.

»Mia braucht den Hasen. Ich muss zurück«, stößt Markus hervor und öffnet die Tür.

»Hm, du bist ziemlich oft am Rathaus und beim Jungbrunnen am Start. Und du kennst dich mit Lebensmitteln aus, vielleicht auch mit Toxinen …«, erwähnt Gregor, als würde er das gerade erst bemerken. »An dem Morgen des BM-Mordes ist mir diese Schleuder aufgefallen. Du fährst jetzt mit mir zu dir nach Hause. Und dann erzählst du mir und meinen motivierten Kollegen den Grund dafür. Besitzt du eine Baseballkappe?«

Gregor ist ganz freundlich, zu freundlich. Mir läuft eine Gänsehaut den Rücken herunter. Bezichtigt Gregor heute das halbe Dorf des Mordes? Oder hat Markus wirklich seine Hände im Spiel? Ich habe ihn ebenfalls häufig im Amt und im Dorf gesehen. Was soll das bedeuten? Sabine sagt, er sei in letzter

Zeit seltsam gewesen und habe Dinge verheimlicht. Markus war verreist, und jetzt taucht er wieder auf.

»Spiel dich nicht auf, Gregor! Wir kennen uns seit wie vielen Jahren? Glaubst du ernsthaft, ich würde Giesbrecht oder überhaupt jemanden umbringen?«, poltert Markus.

»Ich glaube niemandem mehr irgendetwas. Dieser ganze Dreck geht mir auf die Eier! Mit einem Beil kannst du umgehen, das weiß ich zum Beispiel mit Sicherheit. Knochen sind nichts Neues für dich, die Messerchen in der Fleischherstellung sehen etwas anders aus, aber die Klingen funktionieren beilmäßig scharf. Was hat er dir erzählt, Bea?«

Ich zucke die Achseln. »Mit dem Verteilen der Tüten haben wir nichts zu tun«, versuche ich einen schlecht gemachten Themenwechsel zur Verteidigung.

Ich mache mir Sorgen um Sabine. Gregor grunzt abfällig. Seine Mutter hat den Auflauf natürlich bemerkt und eilt in ihrer Küchenschürze herüber. Nichts entgeht ihrer nachbarlichen und mütterlichen Aufmerksamkeit.

»Gregor, Junge«, sagt sie erfreut. Der wirkt weniger glücklich. »Kommst du gleich zum Essen?«

Gregor schüttelt den Kopf.

Markus wirft ihm finstere Blicke zu. »Bei uns bekommst du keine Speisen angeboten, da sei dir mal sicher«, verspricht er sauer.

»Markus, gehört der Wagen dir? Das habe ich gar nicht gewusst«, plaudert Ilse weiter.

»Sonst hättest du Gregor nicht erzählt, dass der Geländewagen in der Nähe des Rathauses ein Dauergast war?«, ergänze ich ihren Beitrag auf Verdacht.

Brunhilde flattert in der Scheune mit dem Sinn für den richtigen Moment theatralisch auf. Yeti bummelt gemächlich zu Ilse und streicht ihr um die Waden.

»Habt ihr gehört, dass wieder eine Tüte gefunden wurde? Unterhalb der Villa Friede? Da geht jetzt auf der Bahnhofstraße nichts mehr. In ganz Nümbrecht ist Stau.« Ilses Dorffunk präsentiert eine weitere Neuigkeit.

Sabines Ausspruch fällt mir wieder ein. »Drapieren und arrangieren«, hat sie im Zusammenhang mit den Beuteln gesagt. Das hat etwas mit Dekorieren, Schmücken, Deutlichmachen zu tun. Die Tüten sind Hinweise von jemandem, der etwas betonen und anzeigen will. Mit künstlerischen, aufrüttelnden Mitteln. Das A®telier fällt mir ein. Und bekommt mit Herrn Böhne, Charlotte und Hajo Dellrich mehrere Gesichter.

Hajo Dellrich zieht an vielen Strippen, er hat gewiss Kontakte zu ehemaligen Kollegen und zu C. I. Breisler. Sollte das Müll-Körperteile-Arrangement etwas mit dem geplanten Knalleffekt der Künstler zu tun haben? Die alte Strumpfhosenfabrik, das Domizil des A®telier, liegt in dem Kreis, den Sabine auf dem Faltplan gezogen hat, und inmitten der Tüten-Fundorte.

»Wer hat den Beutel entdeckt?«, frage ich und bin erstaunt, wie souverän ich klinge.

»Na, Alexander. Er saß auf seinem Hochsitz. Mit letzter Kraft konnte er den Notruf betätigen. Es geht ihm akut ziemlich schlecht. Sein zweiter Herzanfall, munkelt man! Die Aufregung!« Ilse verteilt vor Eifer kleine Spucketröpfchen beim Sprechen.

Bevor ich meine Schlussfolgerungen mitteilen kann, schrillt eine Eieruhr in der Schürzentasche. Yeti macht einen erschrockenen Hopser.

»Die Pastetchen für diese Finger-Esserei morgen!«, entfährt es Ilse erschrocken. »Hoffentlich sind sie nicht verbrannt!« Die Bäuerin dreht ab, Markus starrt ihr mit offenem Mund hinterher.

»Du solltest eine Bürgerwehr mit dem ersten Offizier Ilse Germann gründen, Gregor. Dann brauchst du nicht mehr aus dem Keller hervorzukriechen, wirst umfassend informiert, und wir haben unsere Ruhe«, brummt Markus schlecht gelaunt.

»Fahren wir«, sagt Gregor und stellt die Kuriertasche in den Fußraum.

Erst als der Porsche fort ist, bemerke ich, dass dieser Sausack Gregor meinen Laptop mitgenommen hat.

Küchen-Olympiade

Allmählich kocht meine Wut nicht nur unterschwellig. Sie wird hitziger, und ich ramme mit meinem Fuß eine Schublade zu. Siebe, Topfdeckel und Behälter krachen aneinander. Der Lärm schlägt Yeti in die Flucht. Der feige Kater verschwindet unter dem Sofa. Wenigstens wird er nicht verdächtigt. Gerade habe ich den beschämenden Eindruck, dass ich sämtliche Freunde in den Sumpf gezogen habe. Das schlechte Gewissen nährt meinen Zorn.

Ich reiße die Klappe der Spülmaschine auf und werfe einige benutzte Tassen in die obere Schublade. Plötzlich halte ich inne. Die kleinen Härchen in meinem Nacken richten sich auf. Ich bin nicht allein im Haus. Fast entschlüpft mir ein »Mick?«. Ich richte mich aus der gebeugten Haltung auf, versuche eine gleitende Bewegung in Richtung des Messerblockes und zupfe gleichzeitig mein Handy aus der Hosentasche. Es rutscht mir aus den Fingern, kracht auf die Fliesen und schliddert weiter, während es Einzelteile als Beweis seiner minderwertigen Verarbeitung hinterlässt.

Jetzt fluche ich und lausche erschrocken. Kein Geräusch dringt an meine Ohren, das Gefühl der Bedrohung bleibt. Hastig überschlage ich meine Möglichkeiten.

Die Verandatür! Mein Fuß macht einen Schritt in die Richtung, der zweite folgt und übersieht bei der Flucht ein Plastikteil. Meine Sohle gleitet beschleunigt über den Boden, ich rudere mit den Armen und lasse mich nach vorn fallen. Auf den Knien kann ich die Reste des Mobiltelefons näher betrachten. Ich spüre Schmerz. Yeti faucht wie ein Tier in Todesangst.

Erfolglos versuche ich, ein Wimmern zu unterdrücken. Plötzlich spüre ich einen Fuß auf meinem Rücken. Ich werde nach unten gedrückt, und mein Bauch bekommt die Kälte des Untergrunds zu spüren. Bevor ich meinen Kopf drehen kann, wird etwas darübergestülpt. Es knistert laut in meinem Gehörgang, und mein Blick wird milchig.

Eine Mülltüte. Man hat einen Teil meines Körpers in einen Abfallbeutel verpackt! Ich wehre mich, schüttele die Last auf meiner Wirbelsäule ab und drehe mich zur Seite. Für eine behinderte Frau anscheinend ziemlich flink, jedenfalls verblüffe ich meinen Gegner. Ich ziehe mich an der Klappe der Spülmaschine weiter und mache damit den Navy Seals garantiert Konkurrenz. Fehlt nur der Schlamm.

Die Gitterschubladen gleiten heraus. Wahllos greife ich hinein, werfe einen dreckigen Teller durch die Küche. Das Porzellan scheppert und zerspringt, ich lege nach. Der Vorrat an benutztem Geschirr ist beträchtlich. Eine leichte Drehung, die Henkeltasse und ein Weinglas.

»Ufff!«, sagt eine Stimme, die ich nicht sofort einordnen kann, die mir aber nicht ganz unbekannt vorkommt.

Mit rechts schleudere ich die runde Tortenplatte wie einen Diskus und ernte einen Schrei, bevor das Metall scheppernd landet. Ich sehe unter dem Schrank etwas Silbriges.

»Messer«, murmele ich.

Damals wollte ich mit dem Ding auf Mick, den vermeintlichen Eindringling, losgehen. Jetzt kann ich es nicht erreichen. Es liegt an der Fußleiste, und mein Arm ist zu kurz. Jemand sollte Teleskop-Körperteile erfinden. Ich nähme direkt vier davon.

Meine linke Hand schiebt sich unter die Tüte, lässt einen Schwall frische Luft in die CO_2-Ansammlung. Komplett loswerden kann ich das Plastik nicht, irgendetwas hat sich verfangen oder wird festgehalten. Ich zerre und ziehe, das Material ist zu stabil. Mir wird schwindelig. Die Küche beginnt einen langsamen Kreisverkehr. Es rauscht in meinen Ohren, und Flecken verdunkeln mein Sichtfeld.

Ich muss etwas tun, möglichst schnell, bevor ich ohnmächtig werde. Jemand zerrt an meinen Schuhen. Ich trete und schaffe es, meinen Körper in eine Art halb aufrechte Position zu zwingen.

»Sie zerstört alles«, zischt ein Ruf wie heißer Dampf hervor.

Zitternd zerre ich die nächste Lade auf. Topfdeckel sind gefährliche Geschosse, wenn man sie mit Effet schmettert und direkt die passende Pfanne hinterherschickt. Ich rutsche auf

Knien zurück, stoße gegen den Besteckkasten aus Plastik, der klimpernd aus der Spülmaschine kippt. Ich erwische das versiffte Brotmesser. Die Klinge ist gezackt und höllisch scharf. Ich wage es, setze die Klinge an. Die Tüte reißt, die Spitze zischt haarscharf an meiner Nase vorbei. Krümel und Schokosoße kleben in meinem Gesicht. Jemand stürzt in meine Richtung, will mir das Messer entwinden. Ich halte es fest.

»John!«, brülle ich.

»Sloty!«, kreischt eine höhere Stimmlage. Die habe ich nachts am Telefon gehört. Sie sind zu zweit.

»Du Mörderin!«, schreit John. »Wer einmal getötet hat, für den ist es beim zweiten Mal ein Kinderspiel.«

Ich hangele mich an der Kante des Küchenschrankes nach oben, werfe gleichzeitig mit Obst aus der Schale um mich. Etwas Hartes muss ebenfalls dabei gewesen sein. Unsortierte Laute zeugen von einem brutalen Treffer. Ich lege nach und katapultiere die halbe Einrichtung auf meine Gegner.

Charlotte hat hinter einer offenen Schranktür Deckung gefunden.

»Aufhören! Gib auf!«, befiehlt sie.

Die Küche ist übersät mit Scherben, verbeulten Sieben und Topfdeckeln. Die Mülltüte hängt mir schräg im Gesicht. Meine Finger reißen halb tastend eine Schublade auf, rammen den Stecker in die zwei Löcher der dafür vorgesehenen Dose und betätigen einen Schalter. Ein kleiner Motor heult auf, eine Klinge dreht sich surrend. John stürzt sich auf mich. Ich schwinge den Pürierstab und metzele rücksichtslos ein Lochmuster in Johns Pullover. Der Mann weicht zurück, Blut tropft, versickert im Stoff oder malt die Fliesen an.

»Ahhhh!«, heult John. Seine Kappe fliegt von seinem Schädel und landet vor der Terrassentür.

»Was wollt ihr?«

»Einen Kaffee. Also vergreife dich nicht an dem Vollautomaten«, jault John. Er beißt die Zähne zusammen und umklammert seinen Unterarm.

Ich halte den Pürierstab drohend hoch. Das Surren klingt

überheblich und ist doch meine Lebensversicherung. Ich muss herausfinden, was John und Charlotte vorhaben.

Letztere ist völlig hysterisch. »Du brauchst einen Arzt!«, schreit sie.

»Nein, einen neuen Pullover. Den wird Bea mir kaufen. Den und noch viel mehr«, poltert John.

»Mir ist schlecht. Ich muss raus.« Charlotte stelzt mit eckigen Bewegungen aus der Küche und presst den Handballen in ihren Mund.

Yeti schießt wie der Blitz unter dem Sofa hervor und flitzt zur Hintertür, die geöffnet wird. Wahrscheinlich sind John und Charlotte dort in mein Haus gelangt. Jetzt habe ich nur noch einen Gegner. Meine Finger greifen nach dem Fleischklopfer aus Edelstahl, ein praktisches Geburtstagsgeschenk von Markus.

John winkt ab. »Lass uns reden.«

»Was meintest du eben damit, dass ich dich neu ausstatten würde? Weil ich ein Mörder bin?«, frage ich gespielt unschuldig.

»Du gibst mir Geld, und ich halte die Klappe«, erklärt John, als wäre es eine simple Rechenaufgabe.

Ich lasse den Pürierstab schnurren. »Du hast einen Knall in der Kappe!«

»Nein, brisantes Material.«

»Spuck's schon aus. Ohne Infos keine Kohle.«

John bekommt Oberwasser. Mein Zugeständnis macht ihn kühn.

»Es war kein Unfall beim Renovieren«, sagt John.

Darauf ist Gregor vorhin ebenfalls gekommen.

»Aha«, murmele ich und überlege krampfhaft, wo die undichte Stelle sein könnte.

»Charlotte hat das mit mir zusammen recherchiert: Henry hat sich erhängt. Er hat sich umgebracht. Wahrscheinlich hast du sogar nachgeholfen. Er war zu schön für dich. Du kommst dir besonders schlau vor! Der Versicherungsbetrug hat geklappt, du hast die ganze Kohle bekommen. Dabei hätte Henrys Lebensversicherung nicht zahlen dürfen: Bei Selbstmord blecht sie nur in krankhaften Ausnahmefällen, und bei Mord gibt es keinen

Cent. Der Bürgermeister ist dir auf die Schliche gekommen, sagt Charlotte. Er wollte dich feuern, und deshalb musste er sterben. Und du verheimlichst alles«, spuckt John triumphierend aus.

Ich verheimliche ganz andere Dinge. Doch das behalte ich schön für mich.

»Woher wollt ihr das wissen?«, frage ich John und spiele die betroffene, kleinlaute, gedemütigte Bea Lautenschläger. John macht einen Schritt in meine Richtung. Augenblicklich lasse ich den Pürierstab aufheulen. John geht weiter. Atemberaubend schnell kickt sein Bein hoch. Er trifft. Das Plastikgerät saust durch die Luft. Der Stecker schießt aus der Dose und rasiert Johns Augenbraue. Sie platzt auf. John flucht.

Ich nutze den Moment und stoße den Mann, der im Blutschwall nicht klar sehen kann, zur Seite. Der Edelstahl-Fleischklopfer unterstreicht meine Absichten. Hastig torkele ich zur Terrassentür und reiße sie auf. Dort steht Charlotte, sie grinst hämisch. Die spitzen Zinken meiner Spatengabel weisen auf meine Brust. Freiwillig bleibe ich stehen. Charlotte hat das Wettrüsten gewonnen. Sie dirigiert mich ins Wohnzimmer.

»Setz dich aufs Sofa!«, kommandiert Charlotte biestig.

Rückwärts gehe ich auf das Polstermöbelstück zu und hocke mich langsam auf die Kante.

»Du machst über das Onlineportal deiner Bank eine fette Überweisung auf mein Konto. Los, wo ist dein Laptop? Sloty, geh auf die Suche!«

Der grunzt: »Nimm kleinere Beträge auf mehrere Konten, das ist unauffälliger«, und wirft seine Baseballkappe auf den Wohnzimmertisch. Ich beuge mich nach vorn und greife die Mütze. Charlotte schwingt drohend die Gabel. Ich ignoriere das bedrohliche Paar und streiche das weiße Etikett glatt. Da sind sie, die nachträglich platzierten Buchstaben neben der Waschanleitung. Das S und es macht Ping. S, L, der Klecks ist das O, T und Y, der Slot eines Spielautomaten schluckt die Geldmünzen. Vom einarmigen Banditen zum nächsten Spieler-Spitznamen, dieses Mal aus Amerika. Die Kappe gehört John, und jetzt verwundert mich das nicht mehr.

»Ich finde nichts!«, ruft Sloty-John aus dem Flur.

Charlotte zielt mit der Gabel auf meine Füße, als wolle sie die mit den Zinken im Boden festnageln. Um mich zu beruhigen, rede ich mir ein, dass die orthopädischen Klunker sehr robust sind. Eilig gehe ich die Möglichkeiten durch, die meine Lage verbessern könnten. Soll man mit Entführern nicht reden, um Zeit zu schinden, bis die Hilfe kommt? Nur wer soll mich retten? Es gibt keinen Prinzen, Sabine und Markus binden die Kapazität der Polizei an sich, und auf Wunder kann man sich im realen Leben nicht immer verlassen.

»Spuck's aus. Wo hast du deinen Computer, Eule?« Charlotte nimmt die Gabel hoch, zielt auf mein Knie und stößt zu.

Im letzten Augenblick rutsche ich zur Seite. Die Zinken bohren sich in die Couch.

»Du wirst bluten, du Mörderin. Jede Nacht schreit John vor Angst. Er sieht die heraushängende Zunge und das verzerrte Gesicht. Rund um den Hals wuchert das Mal des Erhängten. John kann keine Nacht ruhig schlafen.« Charlotte streicht eine blonde Franse hinter das Ohr und klagt mich weiter an: »Du bist schuld daran, dass Henry sich selbst gerichtet hat. Er wollte nur eine Frau, die sich um ihn kümmert. Du warst kalt und hast ihn im Stich gelassen, als er dich am nötigsten brauchte.«

Ich verstehe die Zusammenhänge nicht so recht, und das Ganze wirkt ziemlich übertrieben. Charlotte, die Rächerin, betitelt mich als Killer?

»Erst nimmst du mir Henry weg, und jetzt zerstörst du John.«

In Charlottes Auge glitzert eine Träne. Sie stochert die Grabegabel aus dem Polster, ihre Hand zittert.

»Hier ist kein Laptop!«, brüllt John aus meinem Schlafzimmer und knallt Türen auf und zu.

Eben durchwühlen die Bullen meine privaten Dinge und wenig später Sloty. Gerade wünsche ich mir die Polizei herbei. Fieberhaft arbeiten meine Hirnwindungen an einer Problemlösung.

»Ich wollte Henry!«, heult Charlotte. »Seine Augen hatten die Farbe von Karamell, so weich. Nichts entging seiner Aufmerksamkeit. Wie er das Kinn vorreckte, entschlossen und zu allem bereit.«

»Hattest du schon deine Periode, als Henry und ich geheiratet haben?«, frage ich spitz.

Die Gabel schießt nach vorn und verfehlt mich wieder, weil ich einen Krimi auf meine Gegnerin schleudere. Ein Sakrileg, aber gerade nicht zu ändern. Gut, dass es kein Softcover ist, auf Charlottes Nase wächst eine Beule.

»Ich bin eine richtige Frau im Gegensatz zu dir alten Schabracke! Du elende Verbrecherin. Du bist die Mörderin, erst Henry, und jetzt hast du Roman gekillt!«, kreischt Charlotte hysterisch.

»Weiß John, dass du ein Verhältnis mit Henry hattest? Und eines mit dem BM? Das war praktisch, du musstest nur durch die Hecke springen!«

Charlotte stürzt sich auf mich. Die Zinken der Gabel prallen an dem Sitzball ab, den ich Charlotte entgegenstoße. Der Holzstiel des Werkzeugs knackt vernehmlich, dem Ball geht zischend die Luft aus.

Charlotte gerät ins Trudeln, ihre Finger verkrallen sich in meinen kurzen, strubbeligen Haaren. Ich presse meinen Ellbogen auf ihren Kehlkopf und versuche einen Hebel. Charlotte knirscht wütend mit den Zähnen. Sie windet sich und schlägt ihre Fingernägel in meine Hand. Ich halte sie fest und verstärke den Druck.

»Das geht ihn nichts an«, röchelt Charlotte. Ich lasse ihr ein wenig Luft, und sie redet, als hätte sie bereits lange auf die Gelegenheit gewartet, mir die Wahrheit ins Gesicht zu peitschen. »Ich habe Henry auf der Staumauer gefunden, als er völlig aufgelöst war. Ich habe ihn getröstet, denn du warst nicht dazu bereit.«

»Warum? Wo war ich denn?«, will ich wissen und behalte nervös die Tür im Auge. John könnte gerade stören.

»Du warst ständig zu irgendwelchen Kuren und Behandlungen, anstatt dich um Henry zu kümmern. Er brauchte eine starke Frauenhand, die ihn stützt und seine Stärken hervorzaubern kann«, schwadroniert Charlotte.

Wäre mir nicht ohnehin übel, hätten diese Eröffnungen locker dafür gesorgt. Das Polster quillt aus dem Bezug, das Sofa ist ruiniert, und mein Bild von Charlotte ist es ebenfalls. Diese miese Schlampe.

Intuitiv scheine ich den Druck zu verstärken. Charlottes Keuchen klingt gequälter. Ihr Atem macht Rasselgeräusche wie ein feuchter Kuhschlund. Ich lasse nicht auf mir und meinen Gefühlen herumtrampeln. Charlotte zappelt mit den Beinen und trifft auf die Zinken der Spatengabel. Mit der Hebelwirkung fliegt das Ding durch die Luft und in die Fensterscheibe. Die zerspringt klirrend. Charlotte und ich starten so etwas wie Catchen auf der Couch.

»Du bist uns ausgeliefert, Eule!«, kreischt Charlotte. Ihr Shirt ist verrutscht. Sie kämpft bauchfrei.

»Pff, ich will Beweise.« Mit jeder Silbe dresche ich meine Faust in empfindliche Stellen.

Charlotte schreit.

»Hallo, ist hier jemand?«, fragt plötzlich eine Stimme durch die gezackten Reste der Scheibe.

»Mick!«, ächze ich und setze einen Schwinger an, der die abgelenkte Charlotte zum Träumen bringt.

Mit einem verblüfften »Aua« sinkt ihr Kopf ins zerfetzte Polster. Danach schweigt sie. Ich rappele mich ächzend hoch. Der Elektriker meines Vertrauens klappert mit Scherben und schwingt sich durch das Fenster.

»Achtung!«, brülle ich.

John pirscht an der Wand entlang und will Mick hinausstoßen. Mick ist schneller und springt ab. Hinter dem Sessel sucht er Deckung, John geht wie ein Kickboxer im Finale auf Mick los.

Pfarrer Reinhardt Kraus kommt jetzt durch die offene Terrassentür. In Deeskalation ist der Geistliche spitze. Seine Stimme klingt gebieterisch, und John lässt die Fäuste sinken. Mick riskiert einen vorsichtigen Blick über die Lehne, und ich hole einen Kühlakku, um Charlotte wiederzubeleben und Schäden gering zu halten. Die junge Frau ist noch etwas durcheinander.

»Du gibst uns Kohle. Sonst plaudern wir dein Henry-Geheimnis aus. Wird er dann ausgegraben, weil Selbstmörder nicht in geweihter Erde liegen dürfen?«, kichert Charlotte genüsslich.

John drückt ein weißes Handtuch auf seine Augenbraue. Er will sich zu Charlotte setzen. Die drückt ihn weg.

»Den Nikolaus haben wir auch erst bestattet und später zu einem anderen Zweck auferstehen lassen«, lallt sie.

Bloß keine vorzeitige Auferstehung. Henry soll schön tot bleiben, denke ich. Laut sage ich: »Es war der Weihnachtsmann aus dem Nagelstudio, der an meinem Apfelbaum hing. Nachdem Johns Geburtstagsgeschenk gesucht worden war, musste es aus dem Pausenraum des Bauhofs verschwinden. Per Motorrad und Charlotte. Dann habt ihr dieses bärtige Ding zwischen der Hecke zum Giesbrecht-Grundstück verscharrt. Ich bin dort auf die weiche Erde getreten, und die Polizei fand das leere Grab und meinen Fußabdruck. Blöd, dass das Beil irgendwie weggekommen ist …«

Charlotte nickt, dabei geraten ihre Augen ins Schielen. »Erst war es ja da. In der Garage. Bei dem anderen Werkzeug. Aber John war auf Krawall gebürstet. Er hasst den Zwölfender an der Garage und dessen Bezwinger ebenfalls. Der Zwölfender musste dran glauben, das hässliche Ding. Dem Geländewagen hat der Mist ein paar Kratzer und Macken beschert. Sieht nicht schön aus.«

John nickt zustimmend.

»Geweih an der Garage auch nicht. Da habe ich rotgesehen. Rauf auf das Dach des Geländewagens, mit dem Beil ans Geweih und die Stücke segelten auf den Boden.«

»Eine gelungene Komposition«, kichert Charlotte und leckt Blut von der aufgeplatzten Lippe. »Weil wir so viel Spaß hatten, dekorierte ich die Schachtel dazu, die vom Giesbrecht. Also nicht die alte Schachtel, seine Frau, sondern eine leere von diesen Lakritzpastillen, nach denen Roman süchtig war.«

Das Bild von einer Charlotte, die im Rathaus den Müll durchwühlt, zuckt durch meine Erinnerung.

»Mein Vater sollte denken, dass sein Nachbar endlich den Zwölfender erledigt hat. Praktisch, John und ich waren fein raus.«

»Roman?« John ist plötzlich argwöhnisch geworden.

»Er hat einen längeren wie du«, murmelt Charlotte.

»Als du«, verbessert Mick mechanisch und schaut besorgt in Richtung des gehörnten Partners, der sein Geweih in der Hose trägt und mechanisch mit den Fingern darüberstreicht.

John plumpst mit zwei kraftlosen Beinen in den Sessel. Schließlich verbirgt er sein Gesicht in den Händen. Der Pfarrer bringt Charlotte mehrere feuchte Handtücher und legt ihr eines in den Nacken. Er räuspert sich.

»Johannes, ich bin erschrocken über deine kriminelle Phantasie. Warum hast du Bea zugesetzt? Und woher willst du wissen, was passiert ist?«

Eiskalt nutzt Reinhardt Kraus die momentane Schwäche seines Gemeindeschäfleins, um es zum Reden zu bringen. Die Taktik geht auf. Mit dumpfer Stimme stammelt John seine Erklärung.

»Ich habe nachts Alpträume. Charlotte wurde davon wach, wenn sie bei mir war. Ich habe ihr von diesem Gesicht erzählt, von Henry im Sarg. Charlotte stellte Fragen, wollte alles genau wissen.« John macht eine Pause. Henrys Gesicht scheint in seiner Vorstellung aufzutauchen. John schüttelt sich. »Beas Blumenhalstuch bedeckte das blaue Mal. Doch Henrys verzerrtes Gesicht konnte es nicht verstecken.« Johns Stimme ist leise.

Charlotte nickt. »Der arme Henry. Er tat mir so leid. Ich habe geahnt, dass Bea ihn umgebracht hat!«

»Der Sargdeckel war geschlossen«, wirft der Pfarrer ein. Er hat Etliches von seinem souveränen Auftreten eingebüßt und verschränkt unruhig die Hände.

Ich sehe Micks interessierten Gesichtsausdruck. Er wartet mit Spannung auf weitere Enthüllungen. Ich würde gern darauf verzichten.

»Ich habe meinem Onkel manchmal bei den Vorbereitungen für die Bestattung geholfen. Als ich den Blumenschmuck abstellen wollte, bin ich gegen den Sarg gestoßen. Dabei ist der Deckel verrutscht. Er lag nicht richtig auf. Der Anblick verfolgt mich bis in den Schlaf«, stöhnt John.

Charlotte jammert mit. Sie steht, beziehungsweise liegt, ziemlich neben sich. Ich massiere meine schmerzenden Finger und lasse sie knacken. Mick grinst und beginnt mit einer vorsichtigen Massage.

»Du Rabauke!«, flüstert er stolz.

»Ihr seid bei mir eingebrochen! Ihr wolltet mich wirklich erpressen und um Geld erleichtern, nachdem ihr mich mit den Anrufen, Karten und Seilen zu einem nervlichen Wrack gemacht habt?« Es klingt wie eine Drohung und ist genauso gemeint.

»Deinetwegen finde ich nachts keine Ruhe«, protestiert John etwas halbherzig. Schließlich gibt er zu: »Wir haben das in einer Bierlaune beschlossen und das erste Seil im Apfelbaum befestigt. Aber wie wir …«

»Als ihr«, verbessert Mick.

»… damit angefangen hatten, wollten wir nicht mehr aufhören. Wir haben die Karten gestaltet und heimlich eingeworfen. Die nächste Idee kam uns, weil wir eine Vogelscheuche auf dem Feld gesehen haben. Die haben wir uns ausgeliehen, um für eine Steigerung im Haus zu sorgen, die perfekte Bedrohung«, gesteht John. »Es war wie ein Spiel, eine Sucht. Wir hatten Macht, ein Geheimnis und freuten uns auf leicht verdientes Geld.«

»Es hat etwas mit Kunst zu tun, ein Arrangement mit dem Tod, gepaart mit weiblicher Intuition!«, tönt Charlotte und knibbelt eine weitere Ladung weißer Füllung aus dem Sofa. Diese gleichförmige Bewegung scheint sie zu beruhigen.

Ich dagegen bin so aufgebracht, dass ich mir am liebsten die Grabegabel schnappen würde, um damit Charlotte und John an die Scheunenwand zu nageln. Doch würde die Wand das aushalten? Sie ist nicht mehr die stabilste.

Mick flüstert mir beruhigend ins Ohr: »Cool bleiben, Bea, die zwei kriegen wir dran. Ich bekomme die Aufzeichnungen deiner Überwachungskameras direkt auf mein Handy. Das habe ich neulich eingestellt. Charlotte mit diesem spitzen Gerät in der Hand hat mir nicht gefallen. Ich dachte, ich schaue mal herein. Die nächste Alarmanlage bekommt direkt einen Anschluss zu einem Wach- und Schließdienst. Ich dachte, ich schaffe es nicht rechtzeitig. Die Bullen haben sich mächtig viel Zeit gelassen und waren ziemlich sauer, weil sie bei mir nichts Belastendes gefunden haben. Als sie mich endlich vom Wickel ließen, bin ich sofort mit meinem Rad losgebraust. Der nette Herr Pfarrer hat gesehen, dass ich am Ende meiner Kräfte war, und mich das letzte Stück bis Oedinghausen gefahren, als ich etwas von Bea und Gefahr gefaselt habe.«

Ich habe mir einen Stuhl von der Küchentheke herangezogen und throne gewissermaßen über den Dingen.

»Warum willst du Bea den Mord am BM in die Schuhe schieben?«, will Mick angriffslustig wissen und manövriert mit seinem Fuß herumliegende Sachen beiseite.

»Sie war es. Ich weiß es«, sagt Charlotte und schaut mich dabei nicht an.

Sie lügt. Sie will jemanden schützen, schießt es mir durch den Kopf. Der Gedanke verschwindet so schnell, wie er gekommen ist, glatter Durchschuss, Einschuss- und Austrittsloch.

»Bea ist keine Mörderin«, stellt Reinhardt Kraus fest. Ich widerspreche ihm nicht, obwohl mein Gewissen zu diesem Thema eine völlig gegensätzliche Meinung vertritt. »Heinrich war krank, er sah keinen Ausweg mehr in seinem Leben hier. Das müssen wir uns alle vorwerfen lassen. Um Bea Getuschel über einen Selbstmord und die Gründe zu ersparen, legten wir uns damals auf den Unfall beim Renovieren des Treppenhauses fest.« Der Pfarrer blickt John eindringlich an.

Der schüttelt leicht zweifelnd den Kopf, und Charlotte lallt ein widerspenstiges: »Doch! Vertuschen ist Lügen.«

»Das sagt die Richtige«, schnappe ich und erinnere sie an den grob demolierten Zwölfender und die falschen Spuren.

»Ihr habt etwas gutzumachen«, fordert der Pfarrer.

»Ich!«, sagt John. »Mit der da habe ich nichts mehr zu tun!«

Er heult auf und wedelt theatralisch mit seinem Arm. Die Wunden beginnen wieder zu bluten, und Mick holt den Verbandskasten aus dem Badezimmer. Er schneidet den Ärmel vom Pullover ab und wickelt Mull um den zerfledderten Unterarm.

»Du wirst Beas Garten tipptopp in Schuss halten, mein Freund. Unentgeltlich und ein paar Jahre lang«, schlägt Mick vor.

John wirkt unentschlossen und will protestieren. Mick zieht etwas fester an dem weißen Stoff. John nickt hektisch.

»Außerdem wirst du dein Wissen für dich behalten, Kumpel. Gegen deine Schlafstörungen versetze ich dich sonst gerne in Hypnose, notfalls mit meinen Stromkabeln. Kapiert?«

Wieder signalisieren Johns Schädelbewegungen Einverständnis, und er starrt gebannt auf seine kribbelnden Finger. Mick löst den Zug auf den Verband, und John leckt dankbar über seine Lippen. Sein Auge ist angeschwollen, und der Braue täten gewiss Nadel und Faden eines erfahrenen Handwerkers gut. Einen Telefonanruf später erscheint Dr. Knecht und schaut sich erschrocken in dem verwüsteten Wohnzimmer um.

»Neulich kam es mir aufgeräumter vor«, murmelt er und stellt seine Arzttasche auf den niedrigen Tisch, der wie durch ein Wunder die Zerstörung unbeschadet überstanden hat. Es gibt sie eben doch, die Wunder …

Kunst muss gefallen und Technik funktionieren

Der Tag X ist da. Die großartige Vernissage des A®telier mit Beteiligung aller Künstler startet in der alten Strumpfhosenfabrik. Eigentlich sollte BM Giesbrecht die offizielle Begrüßungsrede halten. Dazu ist er nicht mehr gekommen.

Pfarrer Kraus schlägt eine kurze Gedenkminute vor, und alle Anwesenden senken die Köpfe. Sogar das Damenkränzchen am Büfett lässt Servietten und Pastetchen in Frieden ruhen und hält inne. Ich habe mein Tablett mit Vollkorn-Gurken-Talern und Löwenzahnblatt-Dekoration pflichtschuldig abgegeben. Nun bestaune ich die aufgebauten Köstlichkeiten. Ich frage mich, wer das alles verdrücken soll. Notfalls werden Reste an den Fußballverein gestiftet, Gourmetkost am grünen Kunstrasen.

Die Werke in der Eingangshalle kenne ich bereits, den Betonsandkasten mit der festgeklebten Schaufel und die nach Umweltschutz schreienden Arrangements. Ich bummele hinter Hajo her. Er macht eine Führung und geht durch das Treppenhaus. Nun sehe ich, wo mich John und Charlotte einschüchtern wollten. Die marode ölige Maschine steht in einem Winkel. Mir bleibt die Luft weg.

Auf einer Spule sitzt Gerda beziehungsweise der Kopf der Schaufensterpuppe: Anfang und Ende der Suche nach Tätern, Motiven und Lösungen. Die langen blonden Haare sind kunstvoll in die Kolben und Schrauben der Maschine eingeflochten worden. Daneben hängen Tüten und Beutel, gefüllt mit Müll, der sich über den Fußboden ergießt.

Hajo legt mit einem lauten Knacken einen Schalter um. Ich zwinge mich, tief und konzentriert zu atmen. Grelles Licht beleuchtet diesen Teil der Strumpfhosenfabrik mit riesigen Scheinwerfern. Nichts bleibt im Schatten. Mein Blick fällt auf die Wände. Fotografien, Collagen und Plastiken aus dem Wald sind dort neben Ketten aus Tetrapaks angebracht, Hajos besonderer Knalleffekt am Rande der Legalität.

»Wir haben nur diese eine Erde. Wir müssen sorgfältig mit unserem Lebensraum umgehen. Stattdessen beuten wir sie aus und bauen hemmungslos Rohstoffe ab. Ein Beispiel sind die Supermärkte. Alles, was wir kaufen, ist verpackt. Die Herstellung der Folien kostet Ressourcen, die Entsorgung auch. Unsere Wegwerfgesellschaft verwirft das eigene Denken. Wir haben uns in Sklaven des Konsums verwandelt und versklaven unsere Erde. Wir werden selbst zu Opfern, zerstückelt von der Gier nach dem absoluten Gewinn und dem ultimativen Wachstum.«

Die Warnungen des angeblichen Serienkillers, die aufgehängten und mit Körperteilen versehenen Beutel, entpuppen sich als schrilles Projekt einer Künstlergruppe. Ein Kichern steigt in mir auf, das ich nicht bremsen kann. Hajo erläutert hoch konzentriert den tiefen Sinn jeder zusammengeklebten Müllkomposition.

»Unsere Hände müssen alles für den Umweltschutz tun. Unsere Füße müssen losgehen. Sonst hauen wir unsere Erde und schließlich uns selbst in kleine Stücke.«

Ich kassiere einen strafenden Blick von Hajo, und mein hysterisches Gekicher wird lauter. Hajo hat mich zwar bei meinem ersten Besuch der Strumpfhosenfabrik quasi hinausgeworfen und belogen, aber seinen pseudogelehrten Vortrag finde ich zum Schießen.

Krampfhaft halte ich mich an Mick fest, den die Komik noch nicht überzeugt hat. Auch Sabine lächelt eher süßsauer. Zu frisch ist die Erinnerung an die Maßnahmen der Polizei. Mein Lachanfall geht in einen Schluckauf über.

»Ey, so eine Tüte habe ich im Wald gefunden!«, ruft Lasse dazwischen. »Du hast gesagt, es wäre kein Schatz. Aber es ist Kunst und wertvoll«, wirft der Junge seiner Mutter vor. »Ich will den Beutel!«

Markus legt seinen Arm um Sabine und sagt: »Pst.«

Gregor Germann hat Hajo zur Seite genommen. Ich versuche zu lauschen. Hajo soll die Bilder abnehmen und Gregor überlassen. Er würde dafür sorgen, dass der Ärger von offiziell ermittelnder Seite für das A®telier so gering wie möglich ausfallen würde.

Hajo schüttelt entschlossen den Kopf. »Das geht uns alle an. Ich werde nicht duckmäusern. Wir haben Meinungsfreiheit. Unsere Kunst werden wir nicht verstecken.« Er schaut sich zustimmungheischend um.

Carl-Ingo Breisler zeigt seinem Informanten aufmunternd das Daumen-hoch-Zeichen und hantiert nebenbei am Mikrofon herum. Die ramponiert aussehende Charlotte nickt abwesend. Sie schaut besorgt zu ihrem Vater hinüber, dem Jäger und Allrounder Alexander Jürgens. Meine anderen Mitbürger bestaunen eher zögerlich die Exponate. Moderne Kunst findet nicht bei jedermann Gefallen.

»Dein Wagen hat vor dem Rathaus geparkt.« Gregor macht bei Hajo weiter Druck.

Ich hickse laut. Gregor bricht seine Befragung ab und schaut seinen Kollegen Christoph Löffelsterz resignierend an. Der nickt und verlässt die Strumpfhosenfabrik. Manuela Balzano wirft ihre schwarze Mähne schwungvoll nach hinten. Vorwurfsvoll will sie wissen, ob sie ihre Schaufensterpuppe wieder zusammensetzen lassen kann. Herr Böhne betrachtet sie ärgerlich.

»Lauter Kunstbanausen!«, wettert der alte Herr und zieht die Hosenträger gerade. Seine Beinkleider klemmen fest unter den Achselhöhlen.

Hajo und Charlotte ignorieren die Ansage. Ich bin vor lauter Giggeln und unterdrücktem Schlucken rot angelaufen. Mick zerrt mich zum Büfett und ordert bei Ilse ein Wasser.

»Ein schöner Erfolg. Eine tolle Sache für die Dorfgemeinschaft. Kunst verbindet«, schwadroniert sie und reicht mir ein Glas. Es besteht garantiert aus Recyclingmaterialien.

»Und ich habe vermutet, dass das gemeinsame Essen eher verbindet, ich Ignorant.« Mick weist auf die kauenden Menschen, die überall in kleinen Gruppen herumstehen.

»Wir müssen nicht mehr gegen die Verlegung des Weihnachtsmarktes kämpfen. Wir haben ein anderes Komitee zur Planung und zur Erhaltung der Tradition gegründet«, wispert mir Ilse ins Ohr.

Ich hickse und nicke. Wegen Ilses üblicher Lautstärke lauscht der ganze Saal und signalisiert Zustimmung. Ein paar Damen applaudieren laut. Das Datum steht allerdings bereits fest. Es bleibt beim dritten Advent, dem seit der Steinzeit belegten Weihnachtsmarkt-Wochenende. Die hiesige Polizei hat bereits Unterstützung zugesagt.

»Bea, du mit deinen Beziehungen könntest das Komitee bereichern«, raspelt Ilse Süßholz.

Ich verschlucke mich.

Mick grinst. »Latürnich ist Bea dabei. Sie hat eine Liste mit möglichen Händlern und Schaustellern. Und vielleicht hilft sogar die Firma Egon Hultscheiß, wer weiß?«

»Wir nehmen nur Hiesige!«, protestiert Ilse. »Schließlich ist es unser Weihnachtsmarkt.«

»Na, na, da kann man gewiss noch verhandeln, mit Zweitwohnsitz oder einer anderen dörflichen Gesetzeslücke. Und die Dekoration ist schon vorhanden«, witzelt Mick. »Sie steht vor dem bürgermeisterlosen Rathaus.«

Ich kann nur husten, eine Portion Wasser fliegt durch den Raum und befeuchtet das Büfett. Mick schlägt mir auf dem Rücken herum. Ilse reicht mir einen selbst gemachten Eierlikör in der Trinkwaffel. Ich schlürfe das schleimige Zeug und entdecke den Schluckauf-Killer Nummer eins. Nebenan wird die Diskussion lauter.

»Das machen wir unter uns aus!«, tönt Alexander Jürgens mit Donnerstimme.

Er scheint sich rasch erholt zu haben, der Hypochonder. Vor ein paar Tagen ist ihm angeblich auf dem Hochsitz im Wald übel geworden. Er hat mit letzter Kraft den Rettungswagen gerufen. Vorher konnte er wahrscheinlich unsere Schatzsuche genau beobachten. Schlau hat er eingefädelt, dass die Sanitäter des Klinos die Polizisten hinzuriefen, als sie den verdächtigen Leichenteile-Beutel entdeckten. Ein Fuchs, der Jäger und Weihnachtsbaum-Verkäufer. Er verwischt seine Spuren meisterlich.

»Ich kandidiere bei der nächsten Wahl. Wenn ich Bürgermeister bin, regeln wir die Dinge immer auf unsere Weise.«

Ihm wird vor lauter Wahlkampf heiß, und er reißt sich die

Lodenjacke und den Hut herunter. An der Jacke fehlt ein Knopf. Gregor schleicht mit hängenden Schultern zur Tür. Hajo fängt ihn ab.

»Bleib ein bisschen. Und bevor du weiter dumme Fragen stellst, sprich mit Bea. Die hat den Fall schlauer bearbeitet«, sagt er, und es klingt wie ein Befehl. Ehemaliger Bulle gegen jetzigen Dorfsheriff. Ilse lädt einen Teller mit Häppchen voll und drückt ihn Gregor in die Hand. Der murmelt etwas von »Versetzungsantrag, schlimmer als bei den Schildbürgern«, schließlich mampft er gehorsam.

Ich stehe am Rand der Gesellschaft. Mick wartet neben mir, und zusammen ignorieren wir die neugierigen Blicke, die uns streifen wie tödliche Geschosse. Ilse dagegen schaut pikiert zu Boden, Gregor versucht seine Gefühle unter einer Maske aus Selbstdisziplin zu verbergen. Carl-Ingo Breisler steckt mitten in der Menge an Exponaten und Bürgern. Sammelt der Radioreporter neue Informationen?

Plötzlich öffnet sich die Eingangstür, der Durchzug rüttelt heftig an den Objekten. Charlotte sieht reichlich angegriffen aus, jetzt nehmen ihre Wangen die Farbe von Mozzarella an. Nervös suchen ihre Augen den Raum ab und bleiben an ihrem Vater hängen, dessen Wahlkampfrede abrupt verstummt. Polizisten haben die alte Strumpfhosenfabrik betreten, Christoph Löffelsterz ist bei ihnen.

Automatisch treten die Besucher der Ausstellung zur Seite, es entsteht eine breite Gasse. Alexander Jürgens presst seinen mächtigen Körper gegen die Wand, schiebt sich hinter andere Bürger und zieht den Kopf zwischen die Schultern. Und wieder rutscht ein Puzzleteilchen in meinem Kopf an seinen Platz. Alexander Jürgens hatte seinen vom Zwölfender zerkratzten Geländewagen am letzten Tag des Bürgermeisters beim Rathaus abgestellt. Wahrscheinlich war das verschwundene Beil in seinem Besitz, und er wollte den Nachbarn wegen der unheiligen Geweih-Zerstörung nachdrücklich zur Rede zu stellen. Als Beweis reichte ihm die von Charlotte drapierte Lakritzpastillendose. Der Jäger ist immer der Mörder?

Seine Tochter Charlotte ahnte die Wahrheit. Sie wollte ihren Vater und Ernährer schützen, indem sie versuchte, mich mit Johns Unterstützung einzuschüchtern und mir die Tat in die orthopädischen Schuhe zu schieben.

Die Polizisten gehen durch den Saal und scheinen jedes Detail in sich aufzusaugen. Es trennen sie nur wenige Meter von einer Verhaftung, die sie nicht vornehmen. Sie gehen weiter.

»Er ist hier!«, ruft eine andere befehlsgewohnte Stimme aus einem Nebenraum.

Ich bin ein wenig verwirrt und kippe aus Verlegenheit einen weiteren Eierlikör in meine Kehle. Schließlich kommen die Beamten mit Hajo Dellrich an.

»Die Beutel gehen auf sein Konto. Jetzt verdächtigen ihn die Kerle, vor acht Jahren Frauen zerstückelt zu haben. Und nebenbei soll der Gockel Giesbrecht von Hajo gerupft worden sein. Sie haben Hajos alten Kombi schon sichergestellt«, sagt jemand empört.

Ilse schnappt verärgert nach Luft und faucht ihren Sohn an: »Du hast gepetzt! Wegen dir und Christoph sind diese übereifrigen Polizisten angerückt. Unternimm etwas. Du kannst nicht zulassen, dass sie Hajo mitnehmen. Er ist einer von uns.«

Gregor funkelt seine Mutter zornig an, und ich finde ihn so fast unwiderstehlich scharf. Er hämmert seinen halb leeren Teller auf eine Ablage, die wohl eher ein Kunstwerk als ein Geschirrsammelpunkt sein soll, und knurrt: »Ich glaube niemandem mehr. Dieses Wir-machen-alles-unter-uns-aus ist der tiefste Sumpf des Jahrhunderts!«

Wütend stapft Gregor davon. Ilse sinkt auf einen Stuhl, der garantiert ebenfalls zur Ausstellung gehört und aufwendig mit Moos bezogen ist. Nun drückt Ilse die grünen Flechten, Pilze und restlichen Ameisen fassungslos zusammen. Ich reiche ihr hastig meinen Becher, den ich bis an den Rand mit dem gelben Gift gefüllt habe. Ilse schaut aus, als könne sie eine Stärkung gebrauchen.

»Er war es nicht«, wispere ich ihr ins Ohr. »Wir bekommen Hajo bestimmt bald wieder zurück. Zu mir hat er gesagt, dass er das Rathaus nicht betreten hat, weil er mit dem BM keine gemeinsame Sache machen wollte. Ich nehme ihm das ab. Für seine Ausstellung und den Ruf als authentischer Künstler macht er vieles, aber lebendige Wesen brutal umbringen gehört garantiert nicht zu seinem Repertoire.«

Mit dem Fehlen der Hauptperson und der ungemütlichen, humorlosen Beschlagnahmung der Beweismittel leert sich der Saal. Ilses Arm weist ein wenig kraftlos zum Büfett. Ich rette wortlos den Nachschub des selbst gebrauten Eierlikörs und gieße Ilse den Waffelbecher voll. Sie trinkt, verlangt Nachschub und ich schütte. Meine Finger umschließen die bauchige Flasche.

Meine sorgfältig manikürten Nägel sind etwas ungewohnt. Charlotte hat da gestern Abend, nachdem sie die Küche aufgeräumt hat, ganze Arbeit geleistet. Mick kann sehr überzeugend sein. Bei dem durchbohrten Sofa war nichts mehr zu machen. Die junge Frau wird in nächster Zeit meine Beratung in Schönheitsfragen und vielleicht bei der Innenausstattung des Hauses übernehmen. Ilse winkt schon wieder mit dem Becher, der sich allmählich auflöst. Ich hole frische Behälter und fülle sie, bis der Likör verteilt ist. Ilse trinkt sich durch und weicht meinem Blick aus.

»Es war ein Unfall!«, bricht es schließlich aus ihr heraus. »Wirklich, dafür konnte keiner etwas.«

»Ilse, um Himmels willen, sei bloß still!«

Markus stürzt zu ihr und presst ihr die Hand auf den Mund. Selbst wenn Ilse flüstert, klingt es wie ein Kanonenschlag im Ohr, und noch immer sind einige Polizeibeamte aktiv in der alten Strumpfhosenfabrik.

»Was soll das heißen?« Am liebsten würde ich Ilse schütteln. »Markus, du erklärst mir auf der Stelle, was hier gespielt wird!«, verlange ich und funkele meinen langjährigen Freund wütend an. Markus versucht zwar, mich zu beschwichtigen, doch er hat keine Chance. Ich lasse nicht locker. »Spucke es aus, sonst erzähle ich den netten dunkelblauen Herren und Damen, dass du um eine Extrawurst beim Bürgermeister gebuhlt hast und meterweise Senf, äh, Dreck am Stecken hast!«

»So war es gar nicht, Bea«, will sich Markus verteidigen. Meine Verachtung für diese schlappe Ausrede lässt ihn aufgeben. »Okay, gut, aber Ilse, du bist still. Sabine, mein Augenstern, sorge dafür, dass die Bullerei oben beschäftigt bleibt. Ich will keine Zeugen.«

Das hysterische Kichern, das ich vorhin mit Eierlikör fortgespült habe, blubbert in meinem Magen. Ich reiße mich zusammen.

»Also!«, fordere ich ihn stattdessen auf und bemühe mich um eine bedrohlich klingende Tonlage. Es gelingt mir, und Markus seufzt.

»Du hast recht. Wir hätten dir das direkt sagen sollen.« Er macht eine Pause, die mir viel zu lange dauert, und ich trete ihm auffordernd gegen sein Schienbein.

»Ich konnte wieder nicht schlafen. Der Stress in der Firma, wir sind finanziell gerade nicht glänzend aufgestellt, Sabines schlechte Laune, na, da bin ich durch die Gegend gebraust. Gegen sechs Uhr sah ich Hajo um das Rathaus schleichen, und wenig später tauchte Giesbrecht mit einem Schlüssel auf. Der Typ aus dem Bauamt und Annabell kamen kurz darauf, und eine Gardine wackelte. Hajo drehte die nächste Außenrunde. Spontan bin ich ausgestiegen und dachte, ich rede mit Giesbrecht. Vielleicht könnte ich die Verhandlungen beschleunigen oder bessere Konditionen herausschlagen, wenn ich ihn solo und früh am Tag erwische. Er war nicht allein. Der Pfarrer und Jörg Arends, der Rechtsverdreher, standen bereits aufgereiht in seinem Büro. Und Ilse, sie hatte ihren Eierkorb dabei, unglaublich, die Frau. Ich dachte, sie hätten Giesbrecht ziemlich eingeheizt, weil der fertig wirkte, doch sie hatten erst kurz vor mir das Zimmer betreten. Das Thema Weihnachtsmarkt kam nicht mehr zur Sprache, denn jetzt passierte alles gleichzeitig. Die Tür flog auf, und Alexander Jürgens stürmte herein. Er schwang ein Beil und brüllte etwas von einem gewaltigen Geweih, das für immer zerstört sei. Der Bürgermeister in Amt und Würden erhob sich erbost von seinem Stuhl. Er blieb mit dem Ärmel irgendwo hängen, und der Stoff zerriss. Plötzlich kippte der Mann vornüber. Genau im selben Moment, als der Jäger das Beil zornig in den Schreibtisch hämmerte. Oder flog es durch die Luft? Es ging alles so schnell. Die Klinge traf den BM am Hals. Der rote Kopf glühte wie eine Fackel, bevor das Lebenslicht schlagartig ausgeknipst wurde. Na ja, und die dicke Platte des oberwichtigen Pultes ist hinüber. Darin blieb die Klinge stecken.« Markus hat sich nervös umgeschaut, doch keiner unterbricht seine Beichte. Er scheint ein wenig erleichtert, dass er die Sache einmal loswerden konnte. »Bea, erzähl nichts davon weiter. Es war ein blöder Unfall. Niemand hat das gewollt. Archie und Annabell standen auf einmal in der Tür. Wir haben zusammen rasch ein paar Papiere in Ilses Eierkorb gestopft. ›Das machen wir alles unter uns aus‹, hat Ilse geflüstert. ›Kein Wort zu irgendjemandem. Der Giesbrecht ist ein Auswärtiger.‹ Dann sind wir abgedampft. Eigentlich wollte Ilse, dass die Leiche mit dem Traktor abgeholt wird. Wir konnten uns nicht einigen. Die Sache wurde eine Nummer zu groß, und spät war es auch. Zu viel Verkehr um und im Rathaus. Ein Kollaps zur falschen Zeit. Hatte eine Menge Ärger am Start, der BM. Das kostet Kraft«, sinniert Markus.

»Ja, und das Gift hat den Rest erledigt«, resümiere ich trocken.

»Häh?« Markus wirkt überrumpelt.

»Der oder die große Unbekannte hat Roman Giesbrecht höchst ungesunde Bestandteile des Wunderbaumsamens untergejubelt.«

Ilse, Mick und Markus ziehen fast synchron eine mehr als verblüffte Grimasse.

»Ist das jetzt ein Moppeldord, äh, Doppelmord, weil eine Person zwei Mal umgebracht wurde?«, philosophiert Mick.

Markus schlägt sich an die Stirn.

»Da hängt noch jemand mit drin? Warum haben wir dann unbedingt dichtgehalten wie ein Vakuumverschluss? Ich hätte Sabine weniger verschweigen müssen und dir auch, Bea. Eine Menge Komplikationen wären uns erspart geblieben.«

»Und der Polizei erst!«, kichert Mick belustigt. »Haben die engagiert und pausenlos im Dreck gestochert und jetzt schon wieder den Verkehrten eingesammelt! Das ist eine Verschwendung von Geuersteldern und Sesrourcen. Und Gregor hätte nur zum richtigen Zeitpunkt den Eierkorb seiner Mutter plündern müssen, um die Morfulare und Mokudente zu finden.«

»Wen kümmern Steuergelder und Ressourcen«, murmelt Markus. »Ilse, alles klar? Dann können wir mit ruhigem Gewissen die Klappe halten. Hajo schicken wir Jörg Arend zur Verteidigung, der macht alles klar. Und dann binden wir den Giesbrecht-Sack zu!«

Meihnachtswarkt

Morgen wird die dritte rote Kerze an meinem Adventskranz angezündet. Von Lasse, denn Mia darf es bei Markus und Sabine zu Hause tun, und Lasse fühlt sich übergangen. Mia hat keinen Barbie-Adventskalender bekommen, sondern einen mit Schokolade.

Ich stehe in der Bude des fast rehabilitierten Kunstvereins A®telier und verkaufe Glühwein in garantiert bleifreien Tassen. Mein Atem dampft in der winterlich kalten Luft, und ein paar verwirrte Schneeflocken suchen den Weg abwärts zu ihren Artgenossen, die vierzig Zentimeter hohe Berge in der Landschaft gebildet haben. Der Wind bringt die weißen Vertreter zum Trudeln und verleitet sie zu Pirouetten. In meinem Rücken heizt der Öko-Ofen, doch meine Füße in den dicken, neuen orthopädischen Winterschuhen haben das Format und die Temperatur von Eiswürfeln angenommen.

Vor mir auf dem Tresen liegen großformatige Poster als Tischdecke und eine schützende Holzunterlage. Darin sind alle Buden einheitlich, und sie verwenden die Werbepapiere für den ersten Advent, die nun niemand mehr braucht. Die passenden Aufkleber werden als Bierdeckel benutzt. Die Rückseiten werden mit Vorliebe abgezogen und unaufmerksamen Passanten auf die dicken Wintermäntel geklebt. Ich habe vor einigen Tagen bereits welche auf der Urnenwand des Friedhofs gesehen und eilig abgezupft. Der Spaß geht zu weit.

Mick stapft vorbei und winkt mir mit bunten Fäustlingen einen Gruß zu. Er hat mit Egon und Inga Schultheiß die Oberaufsicht über den Weihnachtsmarkt übernommen und als Elektriker mit dem Hang zur Kreativität eine Beleuchtung hingezaubert, die Nümbrecht bisher nicht gesehen hat: beleuchtete Sternschnuppen, goldene Glocken inmitten von Tannengrün.

»Frische Weihnachtswurst vom Grill!«, ruft Markus, und Sabine drückt Mick eine Portion Kalorien in die Hand. Darauf muss Gregor verzichten. Die Ordnungshüter müssen nach ihren Ermittlungen Sympathiepunkte zurückgewinnen. Fast tun mir Gregor Germann und Christoph Löffelsterz ein wenig leid, wie sie einsam und steif neben der lebendigen Weihnachtspyramide an den mannshohen Kerzen stehen.

Eine Frau hat sich als Maria verkleidet. Sie streichelt eine kleine Ziege. Josef hält einen langen Stab in der Hand. Ganz langsam dreht sich die runde Holzplatte mit den Darstellern im Kreis. Über ihnen leuchtet der Stern. Die Hirten ziehen über den Weihnachtsmarkt. Ein Schaf schnuppert heimtückisch am Hinterteil des Ordnungshüters. Irgendwie stören die Dorfsheriffs das Idyll um die Krippe. Ob sie verhindern wollen, dass jemand das Jesuskind entführt, oder behalten sie sicherheitshalber das Gold der drei königlichen Weisen im Auge? Die Rückseite des Parkas von Christoph Löffelsterz präsentiert direkt drei antiquierte Erste-Advent-Aufkleber.

Die Kreisjägerschaft hat ihren Stand mit Geweihen geschmückt. Verkauft werden die natürlich nicht, die silbernen Zapfen, Bucheckern und Astscheiben an den grob gewebten Bändern kommen ohnehin besser an. Manuela Balzano hat ihr Herz für Alexander Jürgens entdeckt und ihre Leidenschaft für Fingernägelverzierung in Weihnachtsbaum-Schmuck gesteckt. Der Jäger steht mit seinem Weihnachtsbaum-Verkauf samt Rundum-sorglos-Paket und Wichtelservice daneben, von den Imkern auf der rechten Seite begrenzt.

»Alles aus dem Bergischen Land«, behauptet Jürgens. »Dekoration, Bienenwachskerzen und die echten Bergisch-Grün-Tannen mit Nadelgarantie bis Weihnachten.« Alexander Jürgens, mit roter Nikolausmütze statt Trachtenhut, hält eine stumpfe Axt an den fast antiken Wetzstein mit der Handkurbel. Stammt der aus der ehemaligen Messerfabrik, wo die Firma Schultheiß logiert?

»Beim Kauf von zwei Bäumen ein Gratiswurst-Bon!«, ruft er und schwenkt die Axt.

Ich ziehe vorsichtshalber den Kopf ein. Dieser Körperteil soll angeblich bei unsachgemäßer Nutzung von Werkzeugen nicht ganz fest sitzen. Und mein Schädel ist es mir wert, dass ich ihn schütze.

Am Stand der Feuerwehr können Kinder aktiv werden. Lasse hat seine Oma hergeschleift und wirft mit Bällen auf die Weihnachtswichtel, die mit einem netten Klingeln umfallen. Die lebendige Pyramide kreiselt stimmungsvoll zur Livemusik des einheimischen Musikvereins. Der Markt quillt von Besuchern über. Leute aus den Nachbargemeinden quetschen sich versöhnt an die Buden, und ich sehe sogar einen Bürgermeister, der im fremden Revier wildert.

»Neue Brille, Bea? Chic!«, sagt Gregor vor mir und lehnt einen Öko-Glühwein ab.

Ich lächele gnädig und etwas sentimental.

»Kommt jetzt die Ablösung?«, fragt Mick unvermittelt in mein Ohr.

Bevor ich etwas antworten kann, hat Mick mich aus der Bude gezerrt und Hajo zwangsverpflichtet, meinen Job zu übernehmen.

»Das ist A®telier-Chefsache! Auf geht's zu Frieda Frostig!«, jubelt Mick.

Gregor hat das Nachsehen und zupft an seiner Polizeimütze. Die dicken Stiefel trampeln den Schnee platt, bevor sie resignierend weiter über den Markt laufen. Mick und ich kommen beim Nikolaus mit roter Mütze und weißem Bart vorbei. Er ist zudem Knecht Ruprecht in einer Person, der Namensvetter Dr. Knecht. Würdevoll versorgt er die Kinder mit Lebkuchen, die Ilse Germann mit Frau Giesbrecht in nächtelanger Arbeit und mengenweise gebacken hat.

»Ich habe genau hingeschaut und die Zutaten selbst verrührt, damit sie nicht aus alter Tradition etwas Gift hineinmischt«, flüstert mir Ilse ins Ohr, sodass es jetzt das halbe Dorf weiß und die Witwe Giesbrecht verschnupft in die Gegend schaut.

Die Lebensversicherung ihres verstorbenen Mannes stellt sich quer und verweigert die Zahlung, weil der Mord am BM nicht aufgeklärt ist. Das ist wirklich dumm gelaufen, und die Witwe ist auf die Mildtätigkeit des Dorfes angewiesen. Besonders Ilse engagiert sich und hat die Ernte ihres Bauerngartens mit Frau Giesbrecht geteilt. Nur Tomaten hatte die selbst genug. Ich bin mir nicht sicher, ob Ilse Germann weiß, welch pflanzliches Wunder in ihren Beeten vor sich hin gedeiht.

Wie ist es wohl um ihre Ehe mit Günther bestellt? Oder sollen nachbarliche Zwistigkeiten toxisch gelöst werden? Ich nehme mir vor, bei den Nahrungsmitteln demnächst vorsichtig zu sein und im Frühling die Wunderbäume einem manipulierten botanischen Ende zuzuführen. Heimlich und unerkannt. Die Samen dieses Wolfsmilchgewächses haben die Gestalt von nierenförmigen Böhnchen. Daraus Gift zu gewinnen ist einfach. Mit Übelkeit, Durchfall, Fieber, Husten hat das Opfer zu kämpfen. Später kommt es zu Koliken, zu Organ- und Kreislaufversagen und dem endgültigen Besuch des Friedhofs. Wirklich ein toller Wunderbaum, der in unseren kälteren Breiten zwar weniger groß wird, aber durchaus überlebensfähig ist und die Kapseln zur Vermehrung bildet. Im feuchten bergischen Klima wuchert allerhand.

Gregor wird mich gewiss bei meiner Sicherheitsmaßnahme in Ilses Bauerngarten unterstützen. Ich muss ihm nicht auf die Nase binden, dass er sozusagen Beweismaterial vernichtet, weil die Dinger aus dem Besitz der Giesbrecht'schen Grünbestände stammen.

»Gerda hat mir bei der Zubereitung des Likörchens geholfen«, schnackelt Ilse und hat davon gewiss bereits ein paar genossen. Wieso Gerda?, denke ich und sehe die Schaufensterpuppe vor mir.

»Gerda Giesbrecht und ich haben das gelbe Gift getestet, und dabei hat sie mir erzählt, wie fürchterlich ihr Mann sie behandelt hat.«

Ilse zieht mich in die Bude der Landfrauen, wo eine weihnachtliche Köstlichkeit die andere an Kalorien und leckerem Aussehen überbietet. Mick passt nicht mit hinein und hampelt von einem Bein aufs andere. Schließlich beginnt er, Schneebälle gegen die Rückseiten der Weihnachtsmarkt-Buden zu werfen, und findet ein paar begeisterte Mitmacher. Drinnen hustet und blubbert eine asthmatische Kaffeemaschine. Vielleicht hat sie versehentlich einen der kleinen goldenen Sterne verschluckt, die überall herumliegen.

»Vor lauter Verzweiflung hat Gerda keinen Ausweg mehr gesehen. Sie hat ein Pülverchen gemischt und ihm untergeschoben. Der Alte hatte einen Mundgeruch, dass er ohnehin wenig schmeckte. Diese nachträglich präparierte Streichwurst aus der hiesigen Großmetzgerei Müller fand er klasse.«

Ilse hantiert mit dem Kaffeefilter. Feuchtes braunes Pulver bröselt auf den Holzboden der Hütte.

»Und du glaubst dieser Auswärtigen?«, foppe ich Ilse ein wenig. Ich weiß gar nicht, ob ich die genaue Beichte hören will. Sie macht mir etwas Angst. Ilse schnappt empört nach Luft. Hastig lenke ich ein und kehre zum eigentlichen Thema zurück. »Das Zeug hat nicht direkt gewirkt. Es kann drei oder vier Tage dauern, bis das Gift die volle Wirkung entfaltet und den Körper zerstört.« Das sind die Ergebnisse meiner damaligen Recherche.

»Für eine Zugezogene hat Gerda das schlau eingefädelt, denn das Pulver war so ungewöhnlich, dass keiner bei Giesbrechts Krankheit an Gift gedacht hat«, triumphiert Ilse.

»Später schon«, murmele ich und denke an Gregors Bericht aus der Rechtsmedizin.

Ein wahrer Hagel aus Schneebällen begrüßt mich, während ich die Bude der Landfrauen beladen mit bergischen Waffeln, die ich als Waffenstillstandsangebot mit Mick teile, verlasse.

»Wenn wir die vertilgt haben, sind wir schwerer und somit schneller unterwegs«, stellt Mick zufrieden fest.

Er kauft einen Bon bei Frieda Frostig und legt einen großen aufgepumpten Lkw-Schlauch auf die extra eingerichtete Rodelbahn. Mit Kunstschnee und bergischem Niederschlag, Know-how und einigen Gerätschaften wurde die Hauptstraße zur Eins-a-Piste. Wir deponieren uns auf dem Reifen, und Frieda Frostig persönlich gibt uns Schwung. Es geht rasant abwärts, und die Geschwindigkeit überrascht mich. Turbogang und Spaß hoch zehn. Ich kreische unwillkürlich auf, als wir uns um uns selbst drehen und anschließend noch schneller werden. Mick ist eine Pistensau!

»Ich habe gestern seit dem Aufbau immer wieder geübt, um dir eine gute Fahrt abzuliefern«, erklärt Mick.

Der Fäustling seiner linken Hand segelt durch die Luft und bleibt neben der Bahn liegen, ein bunter Fleck im Schnee. Wir kommen am Ziel, der Kirche, an, und Pfarrer Reinhardt Kraus hilft mir beim Aufstehen. Mick springt ebenfalls auf die Füße.

»Ich glaube, das muss ich auch versuchen. Wie teuer ist eine Rutschpartie?«, will der Geistliche wissen, und Mick gibt fröhlich Auskunft.

»Zu zweit ist man schneller!«

Mick hat den Pfarrer rasch überredet, und sie begeben sich zum Start. Statt bei Los Geld einzuziehen, zahlen sie einige Münzen und brettern die Hauptstraße hinunter. Sie rammen ein paar Jungs, die aus der Bahn kippen und sich lautstark beschweren. Ich muss lachen und öffne die klingelnde Ladentür von »Besser Balzano«.

Charlotte hat dort Dienst und versprochen, sich um meine Maniküre zu kümmern. Zuerst taut sie meine Hände in einem warmen Bad auf. Mick und der Pfarrer sausen erneut in einem Affenzahn an der Schaufensterscheibe vorbei. Charlotte arbeitet schweigend an meinen Fingern herum.

»Damals, die Staumauer, Henry, also, hattest du vorher etwas gesehen?«, frage ich Charlotte zögernd.

Diese Sache beschäftigt mich seit einiger Zeit. Könnte Henry derjenige sein, der einen jungen Mann von der Mauer gestoßen hat? Ein Motiv will mir zwar nicht einfallen, aber ich muss es wissen. Charlotte schüttelt den Kopf.

»Henry war völlig am Ende. Er blutete sogar. Jedenfalls war das Hemd bespritzt. Ich musste ihm versprechen, dass ich keinem von unserem Treffen dort erzählen würde.«

»Was hat er dir dafür gegeben?« Ich kann das Misstrauen nicht aus meiner Stimme heraushalten.

»Sein Hemd!«, sagt Charlotte.

Die Wahrscheinlichkeit, dass mein Henry etwas mit dem Tod des Mannes zu tun hat, nimmt zu. Hat das Opfer Boris P. vielleicht etwas beobachtet, das es nicht sehen sollte? Oder war

Boris P. Henrys Liebhaber? Gregor hat behauptet, dass Henry fremdgegangen wäre. Aber das kann eine gemeine Finte gewesen sein, um mich zu verunsichern.

Um nicht in einer Endlosschleife von ungeklärten Sachverhalten stecken zu bleiben, wechsele ich das Thema, und mein Tipp kommt mir altbacken und mütterlich vor, er könnte auch von Ilse Germann stammen.

»Du solltest es noch einmal mit John probieren«, finde ich und versuche, wirklich überzeugend zu klingen. »Er ist eigentlich ein netter Kerl.«

»Aber kriminell!«, spuckt Charlotte aus.

Da taucht John schon auf. Er kann Charlotte anscheinend nicht komplett aus seinem Herzen verbannen und drückt seine Nase an der Glasscheibe platt. Ich höre Mick und Reinhardt Kraus draußen an der Piste jubeln und schreien.

»Bestzeit! Bahnrekord. Wir sind die Champions!«

»Dein Vater ist ebenfalls nicht unschuldig. Trotzdem hast du ihm geholfen. Außerdem musstest du John einreden, dass ich den BM umgebracht habe. Das war nicht nett von dir. Also sei nett zu ihm!«

Ich finde es wichtig, dass Charlotte in festen Händen ist. Sonst stellt sie am Ende weiter dummes Zeug an und spannt mir Mick oder Gregor aus.

Die Ladenklingel scheppert. John stolpert herein und fängt sofort nervös an zu sprechen. Aus den Augenwinkeln beobachtet er Charlotte, die sich an einem scheuen Lächeln unter ihren zipfeligen Haaren versucht.

»Morgen muss ich gewiss nicht mehr zum Schneeschaufeln kommen, Bea. Es soll heute Nacht regnen und tauen«, brummt er. Er haucht Charlotte einen vorsichtigen Kuss auf die Wange und wird zu seinem Erstaunen nicht sofort abgewiesen. Geht doch.

Mick sitzt nach seinen erfolgreichen Abfahrten mit Egon und Inga Schultheiß im Café beim Bäcker. Es dampft aus ihren Tassen. Ich spähe durch das Schaufenster hinein. Mick sieht mich, zuckt entschuldigend mit den Achseln und beginnt auf sein Handy einzutippen. Sekunden später habe ich eine SMS: »Sorry, dauert noch.«

»Mir ist kalt«, texte ich zurück, und meine frisch restaurierten Finger verweigern mir zitternd fast den Dienst.

»Denk an mich. Bin heiß. Bin gleich bei dir!«

Ich grinse und drehe mich um. Der Weihnachtsmarkt zieht sich neben der Rodelbahn die Hauptstraße abwärts bis zur Kirche. So viele Buden und Attraktionen gab es bisher nie. Jeder hat sich etwas einfallen lassen, vom Kindergarten bis zum Seniorenzentrum, vom Schwimmverein bis zum Jungbrunnen, alle Einzelhändler und die Landfrauen sind da. Die Weihnachtsbeleuchtung strahlt mit fröhlichen Besuchern um die Wette. Vom Turm schmettern die Blechbläser Fanfaren und Choräle, gänsehautschön.

»Du klapperst mir zu laut mit den Zähnen, Bea. Los, ich gebe dir einen Glühwein aus«, sagt Gregor, der neben mir nach dem letzten geschlidderten Meter elegant auf beiden Füßen zum Stehen gekommen ist. Seine Dienstmütze hat er gegen eine private Pudelmütze eingetauscht, Feierabend für den Weihnachtsmarkt-Kellerbullen.

Ungewöhnlich einvernehmlich schlendern wir um die garantiert frierende Helmut-Skulptur herum am Knottenweiher entlang zum Jungbrunnen. Ein Witzbold hat einen bunt gestrickten Schal um den nackten Hirten gewickelt. Gefilzte Kniewärmer dürfen nicht fehlen. Die kleine Touristikmesse, auf der ein ehemaliger Ski-Olympiastar Autogramme verteilt, scheint ein voller Erfolg zu sein. Schade, dass nun dicke Wassertropfen vom Himmel stürzen. Erst schneit es, als wolle es nie wieder aufhören, und schließlich regnet es, Sauerei hoch drei. Gregor ordert zwei Tassen Jungbrunnen-Glühwein, der vom A®telier ist ihm zu ölig. Er misstraut den Kräutern und hat Hajo einen Drogentest angedroht.

»Früher konnte man auf dem Teich die Kufen gleiten lassen«, murmelt Gregor. »Einmal habe ich Anlauf genommen, mich auf den Bauch geworfen und bin unter der Brücke hindurchgerutscht.«

»Ich bin nie Schlittschuh gelaufen«, stelle ich säuerlich fest. »Und ich kann mich daran erinnern, dass dein Vater dich aus dem Tümpel gefischt hat, weil das Eis unter der Brücke zu dünn war und du eingebrochen bist.«

»Du machst all meine Heldentaten zunichte, Bea«, jammert Gregor.

Dieser hier scheint nicht sein erster Glühwein heute zu sein. Wenn der Kellerbulle auf tröstende Sprüche und Komplimente in der Art »Für mich bist du ein Held!« wartet, dann muss er bereits ziemlich betrunken sein.

Ich sage nichts, lasse mir das Heißgetränk die Kehle hinunterlaufen und genieße die wohlige Wärme, die sich in meinem Magen ausbreitet. Gleich kommt sie mit einem Ping im Kopf an, fürchte ich. Wir nehmen einen Glühwein to go als Absacker und machen uns auf den Heimweg. Fahren kann keiner von uns beiden, der Taxiservice ist ausgebucht, zu Fuß schaffen wir es durch den Kurpark. Wir umrunden den trockengelegten Säulenbrunnen und schwanken bis zu den Tennisplätzen.

Hier lassen wir unsere Tassen auf einer Bank stehen. Morgen werden sie randvoll mit Regenwasser gefüllt sein. Gregor und ich sind ebenfalls nicht mehr sehr trocken. Wir umklammern einen winzigen Knirps, den ich in meiner Handtasche gefunden habe, und trampeln durch den matschigen Schnee. Es ist rutschig, und wir kommen nur langsam vorwärts. Ich träume von einem Wohnzimmer, in dem der Ofen befeuert wurde. Vielleicht ist Mick schon dort und hat vorgesorgt. Aber er wäre kaum begeistert von Gregors Erscheinung, fürchte ich und treffe eine Pfütze.

Das Wasser spritzt hoch, und Gregor flucht alkoholkreativ, weil seine Hosenbeine eine volle Ladung aufsaugen. Der Wind faucht uns heftig entgegen, lässt unsere Gesichter taub werden und zerrt am Schirm. Der Schnee reflektiert den Lichtkegel von Gregors heller Polizeitaschenlampe. Die Landschaft liegt gefangen in der schwarzen Dunkelheit, die wenigen Straßenlaternen sind längst abgeschaltet. Wofür hat man schließlich den Mond engagiert, der heute zwischen den Regenwolken ertrunken und erloschen ist? Der Weg kommt mir weiter vor als gewöhnlich.

Es sind nur wenige Kilometer, die sogar meine lahmen Füße irgendwann schaffen.

Ich mache eine ungeschickte Bewegung. Sie fällt eindeutig zu ruckhaft aus, und meine Füße haben plötzlich ihre eigene Beschleunigung. Gregor hält mich geistesgegenwärtig fest und hakt sich nach meiner Stabilisation völlig selbstverständlich unter. In ganz Oedinghausen zähle ich vier gelbe Rechtecke, wo das Leben noch wach ist. An der Straße leistet die Radarfalle gerade einen Fotoservice, Aufpreis wegen Nachtzulage, nostalgisch in Schwarz-Weiß. Der dazugehörige Wagen prescht unbeeindruckt weiter und verteilt mit den Rädern Fontänen.

Ich berichte ein wenig lallend und mit blumigen Ausschmückungen von Johns Aktionen und dass er den toten Henry unfreiwillig im Sarg erspäht hat.

»Sah nicht schön aus«, vermutet Gregor trocken.

»Woher wusstest du von Henrys Selbstmord?«, hake ich nach. Gregor druckst ein wenig herum und erzählt von Dr. Knecht, der eine Andeutung gemacht hat. »Nicht ganz freiwillig. Ich hatte ihn ein wenig unter Druck gesetzt. Ich sagte, ich könne dir besser helfen, wenn ich genauer Bescheid wüsste, so von damals bis heute. Meine Kollegen hatten ihn kurz zuvor zu seinen Beobachtungen zum BM-Mord befragt. Der Doktor wirkte ein wenig angeschlagen und verunsichert. Er hat sich verplappert, statt von Henrys tragischem Unfall zu sprechen, rutschte ihm ein ›Sui-‹ heraus. Da konnte ich mir meinen Teil denken. Und später fiel mir ein, dass du zwar dieses bescheuerte Triptychon aufgestellt hast, aber das riesige Hochzeitsbild mit dem Seil verbannt hattest.«

»Wann warst du in meinem Schlafzimmer?«, zische ich aufgebracht.

Gregor winkt ab. »Deine Fenster stehen offen. Meine Mutter Ilse ist deine Nachbarin. Sie schaut hinein, und sie berichtet, egal, ob man es wissen will oder nicht.«

Das klingt plausibel. Gregor leuchtet in meine Handtasche, und ich finde endlich meinen Haustürschlüssel in dem Durcheinander aus Tempos, Tampons, Tabletten und anderem wichtigen Kleinkram.

Gregor stapft davon und schwingt sich nicht mehr ganz elegant über den Gartenzaun. Der Bauernhof schläft. Die Hagelkörner eines Graupelschauers prasseln herunter. Eine gewaltige Windböe begrüßt lautstark die Fensterläden, Autobleche und Dachschindeln und nimmt anscheinend direkt ein paar mit. Es klappert und poltert, und es ist mir gerade egal. Der Hofhund nebenan jault auf. Ich kümmere mich nicht darum, sondern betrete mein Haus. Ich will im Direktflug unter die Dusche und danach ins Schlafzimmer.

Da hämmern laute Schläge an die Eingangstür. Mick!, denke ich, öffne aber sicherheitshalber nur das kleine Strungsfenster an der Seite. Gregor steht genauso nass und verfroren, wie ich es eben war, in den Schneeresten. Er reibt mit der Hand über den Unterarm.

»Ich wollte den Ersatzschlüssel aus der Hundehütte holen. Das alte Vieh hat mich nicht sofort erkannt und zugeschnappt. Kann ich reinkommen?«, fragt er kleinlaut und bibbernd.

Ich lasse ihn aus alter Gewohnheit ein wenig zappeln, bevor ich die Tür öffne. Funktioniert die Anwesenheit eines Polizisten besser als eine Alarmanlage? Wahrscheinlich nur in nüchternem Zustand und bei wirklicher Gefahr.

Gregor tropft und verschwindet im Badezimmer. Anschließend verschmäht er die Treppe ins obere Stockwerk zum Gästezimmer und stuft als schlafende Testperson die Qualität meines neuen Sofas in eine Kategorie von tauglich bis bequem ein. Allerdings verhindert die Couch nicht die Auswirkungen des Alkohols, und am nächsten Morgen sitzen drei verkaterte Menschen an der Esstheke in der Küche. Ich habe mich sicherheitshalber auf dem Mittelplatz positioniert, damit die verbalen Attacken zwischen Mick und Gregor nicht zu Handgreiflichkeiten mutieren und den Frühstücksmessern keine Fehlfunktion zugewiesen wird.

Es gibt kein gekochtes Ei. Brunhilde hat ihren Liebhaber verlassen und ist in den heimischen, etwas wärmeren Hühnerstall geflüchtet. Sie hilft Ilse bei der Eierlikör-Produktion. Den gibt es auf dem Weihnachtsmarkt, und der Jungbrunnen hat sich erkundigt, ob sie das Getränk in die besondere Speisekarte mit aufnehmen dürfen: garantiert aus bergischen Eiern oder so. Ilse ist beschäftigt.

»Ein Loch ist im Eimer, äh, im Dach«, meldet Mick. »Von der Scheune hat es einige Zachdiegel geweht.«

»Schade, dass dein dämlicher Kopf nicht darunter war«, brummt Gregor unfreundlich.

Er wischt halbherzig einen Fleck von der Uniformhose. Ich reiße die Verandatür auf, um den Schaden näher zu betrachten. Ungemütlich feuchtkalte Luft schlägt mir entgegen. Vom Regen fast durchsichtiger Schneematsch bedeckt die Wiese. Ich stapfe los, und mit einem peinlich klingenden Geräusch sinken meine Sohlen tief in den matschigen Boden ein.

Den Schaden im Dach hätte ich mir nach dem Kanonenschlag in der vergangenen Nacht größer vorgestellt. Am heutigen Sonntag, dem dritten Advent, werde ich kaum einen Fachmann herlocken können, um die Sache auszubessern. Zu meinem Erstaunen haben sich Gregor und Mick bereits Jacken angezogen und fachsimpeln.

»Hast du Ersatzschindeln?«, will Mick fachmännisch von mir wissen.

»Hm, in der Scheune, oben am Giebel müssten welche sein«, glaubt sich Gregor zu erinnern. »Mein Vater und ich haben damals welche geordert, als unser Stalldach geflickt werden musste. Henry hat total herumgezickt«, berichtet Gregor. »Nachbarschaftshilfe war ein Fremdwort für ihn. Er wollte nichts herausrücken. Dann durfte keiner auf den Zwischenboden der Scheune. Angeblich waren die Bretter morsch.«

»Wenn das gestimmt hätte, wären die schweren Dachsteine doch ebenfalls abgestürzt«, wundert sich Mick.

Gregor enthält sich eines Kommentars zum Geisteszustand meines Ex-Mannes, Gott hab ihn selig.

»Na, Henry ist hinaufgeklettert und hat einige Pfannen in die hochgestellte Schaufel des Traktors geladen und sie uns zähneknirschend auf den Hof gefahren.«

»Davon weiß ich gar nichts mehr«, murmele ich.

»Du warst in einer Kur oder in der Klinik.«

Das habe ich von Charlotte im Zusammenhang mit der Staumauer schon einmal gehört. Anscheinend habe ich durch meine Abwesenheit wichtige Sachen verpasst. Ich nehme mir fest vor, in Zukunft besser auf mich aufzupassen.

»Henry hat sich aufgeführt wie der Schlossherr persönlich«, sagt Gregor.

»Traktorschaufel ist eine gute Idee«, sagt Mick und reibt seine klammen Finger gegeneinander. »Funktioniert der Trecker in der Scheune? Ich wollte schon immer mal damit fahren.«

Ich habe keine Ahnung und zucke mit den Achseln, weil das Ding seit Henrys Tod nicht mehr bewegt wurde. In der Scheune tropft das Wasser von der Decke und bildet auf dem Boden einen kleinen See.

»Wir müssen das Loch stopfen, sonst zieht die Feuchtigkeit in die Balken, und das alte Ding ist nicht mehr zu retten«, sagt Mick, und Gregor späht auf seine Uhr.

»Vielleicht reicht provisorisch etwas Folie? Ich muss gleich zum Weihnachtsmarkt!«

Ich humpele zurück ins Haus, um mich kälte- und wärmetechnisch besser auszustatten. Zwischendurch füttere ich rasch den Kater, bestücke die Spülmaschine und räume die Butter in den Kühlschrank. Seit der Küchenolympiade ist mein Geschirrvorrat dezimiert, und ich nutze Frühstücksbrettchen aus Kunststoff.

Als ich wieder draußen bin, knattert der Traktor unternehmungslustig. Mick hat ein großes Stück schwarze Folie und einen Tacker gefunden. Die Leiter zum Dachboden des Schuppens hängt unbeachtet an der Wand. Mick und Gregor ähneln zwei kleinen Jungen unter dem Weihnachtsbaum, die ihr Spielzeug auspacken und testen. Dieses Mobil auf vier Rädern rußt und spuckt ähnlich einer Dampfmaschine mit Ladehemmung. Mick löst Gregor hinter dem Lenkrad ab.

»Setz dich in die Fauschel, Bea. Ich fahre dich hoch zum Dach.«

»Ich wollte auf Händen getragen werden und nicht als Sperrgut auf eine Baustelle«, nörgele ich.

»Sei kein Spielverderber.« Gregor packt mich wenig zartfühlend und verfrachtet mich in den riesigen Eisenlöffel des Traktors.

Mick richtet ihn sofort auf, sodass an einen ungefährlichen Ausstieg nicht zu denken ist. Gregor springt dazu und hält mich fest, weil ich gleich einer betrunkenen Nebelkrähe oder Schnapsdrossel schwanke. Wie ist es dazu gekommen, dass sich die beiden Männer gegen mich verbrüdert haben? Ein großes Spielzeug macht alles möglich?

Dennoch rechne ich es Mick hoch an, dass er langsam die Einfahrt passiert und auf der Straße dreht, um zurückzurumpeln. Gregor weist Mick ein. Das Fahrzeug mit dem improvisierten Lastkran bleibt unterhalb des Loches stehen.

»Höher!«, schreit Gregor und legt seinen Arm fester um mich, bis die Schaufel zum Stillstand kommt. Mit der Polizeitaschenlampe leuchtet Gregor in das Obergeschoss der Scheune.

»Da steht etwas, es ist weiß und eckig«, ruft er. »Bea, hast du dort deine geheimen Alkoholvorräte? Die werden wir plündern!«

»Was? Wieso? Wie soll ich da jemals drankommen?«, murmele ich und umklammere eine Metallstrebe. Die Stabilität des alten Gefährtes überzeugt mich nicht, und ich will nur nach unten, am besten augenblicklich.

Gregor klappert an den Schindeln. Er drückt mir die Lampe in die Hand, während er die Dachpfannen zur Seite schiebt, um den Einstieg zu vergrößern und die Folie zu befestigen.

»Leuchte mal, Bea«, verlangt Gregor. »Dann kann ich sehen, ob und wo die anderen Dachziegel gestapelt sind.«

Ich gehorche. Mick hat sich auf die Motorhaube geschwungen und macht einen langen Hals. Er will einen Blick in das sanierungsbedürftige Nebengebäude erhaschen. Wir sehen keine Strohballen, sondern eine weiße Tiefkühltruhe, die zu allem bereit an einem roten Kabel hängt.

»Der geheimnisvolle Stromfresser!«, triumphiert Mick mit detektivischem Kennerblick. Er springt in die Höhe und ergänzt: »Das Ding hat ein paar Jährchen auf dem Buckel. Könnte in einer Firma gestanden haben, ist Industrieware.«

Ich staune und lasse den Lichtkegel wandern. Neben dem Elektrogerät steht eine alte, halbrunde Zinkbadewanne auf Füßen, die einem Antiquitätenhändler Freude machen würde. Die braunroten Stellen, die ich als Rost deute, müsste man allerdings abschmirgeln. Wer hat das Zeug hier hochgeschleppt? Mein Vater? Henry? Ist meine Scheune ein Möbellager für Sachen, die niemand fortwerfen wollte? Vielleicht finden wir längst vergessene Schätze? Mir schweben geheime Tagebücher, kostbares Porzellan oder edle Stoffe vor, die hoffentlich nicht vom Zahn der Zeit oder vom Regenwasser zerstört worden sind.

Plötzlich wird der Taschenlampenstrahl reflektiert. Überrascht und geblendet kneife ich die Augenlider zusammen. An der Decke hängen große Spiegel. Wer in der Wanne lag, konnte sich selbst betrachten, kombiniere ich. Fette, energiesaugende Scheinwerfer, die Micks Elektrikerherz vor Entrüstung zu einem Stakkato bringen würden, sind an den freiliegenden Balken befestigt. Der runde Spot wandert am Holz abwärts, und ich erkenne scharfe Messer, Skalpelle und Sägen, die dort von Stahlnägeln herabbaumeln.

Ich fühle mich immer mehr wie die Entdeckerin eines Gruselkabinetts. Gleich biegt Dr. Jekyll um die Ecke. Dennoch bewege ich die Lampe weiter, sie zittert in meiner Hand und stoppt an etwa einen Meter hoch aufgestapelten Dachziegeln.

Bevor ich »Bingo!« rufen kann, erkenne ich, dass ein stabiles Brett darüberliegt, auf das eine Art Triptychon gestellt wurde. Es ist ein hoher, dreigeteilter, klappbarer Spiegel, wie sie früher auf den Frisierkommoden standen. Dort klebt etwas. Die rechteckigen Papiere haben sich größtenteils zusammengerollt. Eine Reihe, die anscheinend sorgfältiger befestigt worden ist, entdecke ich auf der linken Seite.

»Frauen. Das sind Fotos von Frauen«, krächze ich betroffen.

»Von gut aussehenden Ladys«, bekräftigt Gregor und wirft sein Hochleistungsgedächtnis an.

Es sitzt in der Hose. Die Dritte von links liegt gänzlich unbekleidet auf einem Felsen, die nächsten Bilder zoomen die einzelnen Körperteile. Ich beiße mir vor Schreck auf die Zunge. War hier ein Stalker am Werk? Oder ein anderer Perversling? Zögernd verharre ich, Gregor greift mein Handgelenk und steuert die Lampe. Er beleuchtet ein weiteres Foto der Reihe.

Ich schreie. Das Bild, die Frau! Sie trägt ein kurzes Kleid. Es ist zitronengelb und duftet fast nach Sommer. Gregor schaut verkniffen in den Speicher der Scheune und hält meinen Arm rücksichtslos fest.

»Was ist da los? Ich sehe nichts!«, schreit Mick und hampelt.

Schließlich schwingt er sich vom Traktor auf das Dach und verschwindet im Loch.

»Nein!«, brüllt Gregor. »Komm raus da!«

»Ich will ein Eis«, quengelt Mick. »Mach mal Licht. Die Truhe ist gewiss steinalt und nicht beleuchtet.«

Er rennt irgendwo gegen. Eisen klimpert, und ein dumpfes Poltern jagt mir einen Schauer über den Rücken.

»Mick? Was ist mit dir? Bist du verletzt? Sind die Bretter

durchgekracht?«, kreische ich. Meine Stimme klingt so hysterisch, dass ich vor Scham im Boden versinken möchte. Doch der ist zu weit entfernt.

»Jetzt!«, sagt Mick.

Ein Schalter klickt. Der gesamte Heuboden der Scheune ist nun so grell ausgeleuchtet wie ein Kunstprojekt des A®telier. Mick zerrt am Deckel der Gefriertruhe. Er sitzt ziemlich fest, doch Mick ist kräftig, und knirschend gibt das Elektrogerät nach.

»Vanille, Schoko oder …?« Mick bricht ab.

Er schlägt seine Hand vor den Mund und verliert komplett die Gesichtsfarbe. Wie irre gleitet sein Blick durch den Raum. Er torkelt zurück. Gregor kann ihn gerade noch auffangen, sonst wäre der Schwachströmer kopfüber aus dem Loch gestürzt. Stattdessen tropft Micks Frühstück vorverdaut aus seinem Mund und trifft mit einem satten Platschen auf das Kopfsteinpflaster des Hofes.

Ich starre von der Truhe zu dem Altar aus Dachziegeln und den ausgestellten Bildern. Ich sehe das blau-rote Seil, an dem mumifizierte Köpfe mit Wäscheklammern an ihren langen Haaren befestigt worden sind. Jetzt hält es auch mein Frühstück nicht mehr in meinem Magen. Nur Gregor hält sich wacker. Ich denke an den Radiobeitrag von C. I. Breisler über die ungeklärten Kapitalverbrechen im Bergischen.

Tonlos stelle ich fest: »Deshalb ist die Mordserie mit den zerstückelten Leichen plötzlich abgerissen. Der Killer hat seinen natürlichen Lebenszustand geändert und das Zeitliche gesegnet.«

»Arme, Beine, Hände!«, würgt Mick. »Steif und tiefgefroren, mit Etikett.«

»Das sind Trophäen. Was für einen abartigen Typen hast du bloß geheiratet, Bea?«, stößt Gregor so leise hervor, dass ich ihn fast nicht verstehe.

»Henry.« Das Seil hat meine letzten Zweifel ausgeräumt. Der Heuboden war Henrys Ort der Verdammnis und sein Werk.

Der traditionelle Weihnachtsmarkt muss ohne uns auskommen. Gregors Kollegen kennen den Weg zu meinem Haus aus Erfahrung und sind feuerwehrschnell vor Ort. Zum ersten Mal bin ich fast dankbar für meinen kletteruntüchtigen Körper. Der Verdacht, etwas gewusst zu haben oder beteiligt gewesen zu sein, ist mir unerträglich und trotz meiner verdächtigen Vorgeschichte relativ zügig ausgeräumt. Gregor und Mick beteuern meine Unschuld. Schließlich habe ich nichts gegen eine Scheunenbesichtigung unternommen. Und mein Entsetzen über die Entdeckung ist echt.

Wir sitzen im Wohnzimmer, wo man die Scheune nicht sehen kann. Dort liegen Leichenteile, echte. In meiner Scheune sind Menschen gestorben, oder Henry hat sie nach ihrem Tod dorthin verschleppt. Junge Frauen, hübsch, lebenshungrig und zur falschen Zeit am falschen Ort. Ich muss an ihre Freunde denken, die unglücklichen Familien, die sie jahrelang gesucht haben. Ich will nicht reden, nicht denken, und doch kehren meine Überlegungen ständig zum Heuboden der Scheune zurück.

»Ich lasse das Ding abreißen«, beschließe ich. »Krampe, Guido Krampe, der Tiefbauer, kann das gewiss kostengünstig erledigen. Schließlich muss er kein Schwimmbecken mehr für Giesbrecht bauen, und sein bevorzugter Auftraggeber ist gestorben.«

Dieser Entschluss ist Balsam für meine Seele. Genau wie der Cappuccino, den Mick geschäumt hat.

Rund um mein Haus wimmelt es von Menschen. Die Presse wartet hinter der Absperrung auf der Straße. Ich sehe Carl-Ingo Breisler mit sabbernden Lippen am Schild stehen. »Mörderisches Bergisches Land« könnte der Titel seines Beitrages lauten.

Mick und ich haben uns seitlich am Fenster positioniert, wir sehen die Leute der Spurensicherung in weißen Overalls herumlaufen.

»Zu früh«, sagt Mick. »Der Tatort am Sonntag läuft erst um zwanzig Uhr fünfzehn im Fernsehen.« Ich fürchte, das hier ist unser Live-Tatort, und die Erkenntnis ist gar nicht witzig.

Gregor betritt das Wohnzimmer, nachdem er seine ermittelnden Kollegen mit Fragen und guten Tipps bedacht hat. Ich vermute, dass sie sich mächtig darüber gefreut haben.

»Die Tiefkühltruhe stammt aus der Großmetzgerei Müller. Markus und Sabine bekommen wieder Besuch von Staatsdienern«, stellt Gregor sarkastisch fest.

Ich winke müde ab.

»Henry wollte ständig irgendwelche Sachen. Er hat gebettelt, geschnorrt und die Leute genervt. Markus wird das Ding herausgerückt haben, um wieder Ruhe zu finden.«

»Vielleicht hat Markus-Steve Müller das eine oder andere Messerchen gespendet, und er hängt mit drin, hat beim Filetieren geholfen«, setzt Gregor einen drauf.

»Du bist widerlich«, sage ich.

»Ob Henry ein Tagebuch geführt hat und uns einen Einblick in seine perverse Welt gibt? Wieso hat sich Henry umgebracht, ohne das belastende Material zu vernichten?«

Ich sage nichts. Gregor brütet düster.

»Mann, der Typ hat Frauen gekillt! Die Last seines schlechten Gewissens konnte und wollte er nicht mehr tragen. Deshalb hing er schön schwer im Seil am Balken nach unten«, schlägt Mick vor.

Schweigend trinke ich den letzten Rest des lauwarmen braunen Gebräus. Ich fühle mich leer und beschmutzt. Gregor trommelt mit seinen Fingern auf der Kommode herum und blickt finster vor sich hin. Mick schaut von einem zum anderen, ein wenig ratlos.

Die Stille wird bedrohlich.

Der Elektriker meines Vertrauens platzt unvermittelt heraus. »Genug gegrübelt. Wisst ihr eigentlich, dass Kellerbulle in verdreht Bellerkulle heißt? Das hört sich fast niedlich und süß an.«

Genauso süß wie der Geschmack des Eierlikörs, den Ilse herüberbringt. Sie kippt ein Glas nach dem anderen und schnappt immer wieder: »In der Scheune! Henry, dieses Schwein! Hätte ich das geahnt.«

»Was dann?«, fragt Gregor misstrauisch. Sein polizeilicher Instinkt ist geweckt.

»Na, ich hätte Bea den Tipp mit dem Rizin vom Wunderbaum sicherheitshalber gegeben. Der löst Probleme nachhaltig.«

Gregor muss sich setzen. Mick schaut die Bäuerin mit offenem Mund an.

»Ihr Männer denkt immer in zu kleinen Kategorien. Plastiktüten als Botschaft eines Serienmörders, der längst ins Gras gebissen hat. Ein Beil als Mordwaffe. Lächerlich!« Ilse zwinkert mir zu. »Wir machen das unter uns aus. Unter uns Frauen. Und die Männer lassen wir einfach hängen.«

Bergisches Lexikon

Bergische Kaffeetafel – Koffedrenken met allem Dröm on Dran: besondere Nachmittagsmahlzeit im Bergischen Land. Unbedingt gehört der Kaffee dazu. Außerdem Waffeln, Milchreis mit Zimt, Hefeplatz und süße Aufstriche sowie deftigere Sachen wie Schwarzbrot, Käse und Wurst.

Dröppelminna – Silberne Kanne aus Zinn auf drei Füßen. An der Seite befindet sich ein Hahn, aus dem der Kaffee herausträpfelt. Häufig war der Auslass vom Kaffeepulver verstopft.

Eiersingen – Ein Heischebrauch: Am ersten Mai (in einigen Dörfern an Pfingsten) ziehen Sänger von Haus zu Haus. Sie tragen blaue Hemden mit roten Tüchern und singen das typische Lied, bis ihnen die Tür geöffnet wird. Sie sammeln Eier und laden die in einen Bollerwagen. Die Strophe »Me dunn uns och bedanke, on wolle uns nit mieh zanke« erklingt. Abends werden die Eier gemeinsam verspachtelt, und das eine oder andere Gläschen wird getrunken.

Haferspanien – So wird zuweilen die karge Landschaft im Südosten des Bergischen Landes bezeichnet. Dieser Titel könnte vom Landesfürsten Jan Wellem stammen. Der gab 1705 »ein Brot nach Art des Landes« in Auftrag. Er wollte prüfen, was der Boden hergab. Man setzte ihm ein Brot aus Haferschrot und Kleie vor, das dem Landesfürsten überhaupt nicht schmeckte. Er verzichtete auf weitere Abgaben aus dem Landstrich. Der Landesfürst lag mit Spanien im Streit; so kam der abwertende Begriff »Haferspanien« zustande.

Hefeplatz – ein Hefestuten mit Rosinen

Helmut – Heißt eigentlich »Knabe mit Stab« und ist eine Statue aus Bronze, die unbekleidet am Teich in der Dorfmitte steht. Von den Oberbergern wird sie im Andenken an einen ehemaligen Gemeindedirektor »Helmut« genannt.

Kurpark – Dort steht der Säulenbrunnen, den der Künstler

Michael Schwarze gestaltet hat. Für die Landesgartenschau 1974 wurde der Kurpark angelegt, und dort waren die Schilder »Betreten des Rasens erwünscht« aufgestellt.

Saunelken – gelb blühender Löwenzahn

Schlosskirche – Die evangelische Kirche wurde (wie auch der Ort Nuenbret) das erste Mal 1131 erwähnt. Im 17. Jahrhundert nutzten die Grafen von Sayn-Wittgenstein zu Homburg sie als Hofkirche. Besondere Merkmale sind der romanische Turm und die barocke Turmhaube. Im Inneren steht eine besondere Kanzel mit Schalldeckel.

Strungsfenster – Kleine Fenster rechts und links neben der Haustür. Sie wurden geöffnet, um einen kleinen Plausch zu halten, um zu »strungsen«. So blieb die Wärme im Haus.

Ilses Eierlikör-Rezept

Zutaten:
8 Eigelb
200 g Puderzucker
1 Pck. Vanillezucker
500 ml süße Sahne
¼ l Rum (oder nach Belieben)

Zubereitung:
Eigelb und Zucker schaumig schlagen. Nach ungefähr vier Minuten die Sahne und den Alkohol zugeben und weitere sechs Minuten rühren. In eine Flasche füllen und kühl stellen.

Danke an

Julia, Ulrike und Anna für morbide Gedanken,
Reiner, Wieland, Tarek, Harald,
Torsten, den Elektriker meines Vertrauens,
Stefan, Sandra,
Birgit für Buchstaben-Akrobatik
und das Team vom Emons Verlag.